論壇 14

中共「十八大」菁英甄補
人事、政策與挑戰

The Chinese Communist Party's Elite
Recruitment and the 18th Party Congress:
Personnel Arrangements, Policies, and Challenges

陳德昇 主編

編者序

　　本書是2012年4月政治大學舉辦中共「十八大」研討會論文彙編。不同於市面上有關「十八大」專書，多為稗官野史、小道消息，本書之論文與人事預測雖不在於百分之百精準，但重視專業分析、制度論證，以及學理與實務之解讀，為本書特色且具價值的部分。

　　參與此次論文發表之學者，皆為一時之選。丁望社長是世界知名的中共人物研究專家，其理論架構、研究方法與實務分析，皆展現其洞察力與專業素養。林和立教授亦是國際知名之中共研究評論家，其從派系政治與內部人觀點之分析，亦頗具參考價值。

　　國內年輕一代的中共研究學人寇健文、張執中、王瑞婷、王信賢，以及大陸留澳學人由冀，從中共「十八大」菁英甄補、軍委會組成考量因素、「人大」菁英流動，以及當前大陸最具挑戰之社會管理和創新，做菁英甄補與流動之分析，以及政策取向之解讀。

　　在對外關係與對台政策方面，「十八大」後朝鮮半島情勢變化，以及兩岸議題亦值得關注。韓國朴炳光、高英煥研究員與醒吾科技大學郭瑞華研究員，以及東京大學松田康博教授，在人事與政策面分析，有助於瞭解中共「十八大」之內外環境與政策運作。

　　本書完成必須感謝行政院國家科學委員會贊助、政治大學東亞所黃華璽與政治所周詩茜同學之編校，以及印刻出版公司協助出版。

陳德昇

2012／9／3

目　錄

作者簡介（按姓氏筆畫排序）

丁望

　　大學學歷，現任當代名家出版社（香港）社長兼總編輯。主要研究專長為中共政治史、政治菁英與秩序文化、中共經濟政策。

王信賢

　　政治大學東亞研究所博士，現任政治大學東亞研究所副教授。主要研究專長為東亞政治、國家理論、兩岸關係、全球化與科技管理。

王瑞婷

　　政治大學東亞研究所博士班研究生。主要研究專長為中共黨史、中共黨政。

由冀

　　澳洲國立大學博士，現任澳洲新南威爾士大學社會科學與國際關係系教授。主要研究專長為中國政治軍事與亞太地區安全。

朴炳光

　　上海復旦大學政治學博士，現任韓國國家安保戰略研究所研究員。主要研究專長為中國政治外交。

林和立

　　武漢大學政治經濟學博士，現任香港中文大學歷史系兼任教授、日本秋田國際大學國際事務研究部特任教授。主要研究專長為中共高層政治、中國政治與經濟改革、中國外交。

高英煥

平壤外國語大學學士（法語專業），現任韓國國家安保戰略研究所研究員。主要研究專長為北韓政治外交。

郭瑞華

政治大學東亞研究所博士，現任醒吾科技大學東亞暨兩岸經貿研究中心特約研究員。主要研究專長為兩岸關係、中共黨政、國際關係。

張執中

政治大學東亞研究所博士，現任開南大學公共事務管理學系副教授。主要研究專長為中國政府與政治、社會主義轉型、中國大陸地方治理。

寇健文

德州大學奧斯汀校區政府系博士，現任政治大學政治系教授、東亞所所長。主要研究專長為中共政治、政治菁英。

政治繼承與人事安排

世代的量化與胡錦濤後的接班群——
以解構和歷史的視角分析政治世代和政治菁英*

丁望

（香港當代名家出版社社長兼總編輯）

摘要

「人事有代謝，往來成古今。」（唐・孟浩然）

今年（2012）秋冬舉行的中共「十八大」和十八屆一中全會，有黨、政高層的新陳代謝。這次的換屆改組，關乎政治世代的角色變遷，將開啟第四代中、後期（1950至1959年出生，或可稱「五十後」）主導中共中央的新階段，由習近平（1953-）、李克強（1955-）和李源潮（1950-）組成「新三馬車」。

本文以解構和歷史的視角分析世代，先分解中共的權力觀和幹部體系的法律、制度結構，再建構世代體系，涉及世代的量化、世代的差異、世代的推移；同時，以秩序文化的視角，分析政治人物的菁英優勢、十八屆政治局的競爭者，展現世代交錯的政治圖像。

本文分析的世代，不是流行的「領導集體」世代，而是個人的世代，以每個人的出生年份為量化的要素；每一個階段的「領導集體」，都有不同的年齡層，是世代交錯的、多層次的年齡結構模式。

本文分析的中共高幹，有兩個層次。一是高於部長的高層官員，即「黨和國家領導人」；二是省、部級官員，主要是省委書記和省長、中共中央和國務院的部長。對幹部制度、世代變遷的分析，以胡溫新政期間（2002-2012）為主。

關鍵詞：解構、秩序文化、世代、量化世代、定格量化、菁英優勢

* 本文發表於政治大學舉辦之中共「十八大」學術研討會，文章於2012年7月6日略修改，相關資訊截至2012年7月3日。

壹、權力體制：從專政論到新三民主義

中共的國家論、權力觀和政治體制、幹部管理體系，深受國際共產主義運動（簡稱共運）的影響；在馬克思列寧主義的旗幟下，中共一直擁抱「無產階級專政論」。2007年10月，中共「十七大」修改（部分）通過的黨章稱：「在社會主義現代化建設的整個過程中，必須堅持四項基本原則，反對資產階級自由化」；[1]「四項原則」包括「堅持人民民主專政」。

一、一黨體制：不與黨外分享權力

所謂人民民主專政，就是「無產階級專政」即共產黨專政。這就是趙紫陽（1919-2005）說的「一黨領導」體制。[2]

中共的「一黨領導」體制，源自馬克思、恩格斯、列寧、斯大林的專政論。

馬克思（K. Marx, 1818-1883）狂熱歌頌1871年的法國巴黎公社，宣揚只存在七十二天的無產階級暴力統治。在巴黎公社成立之前，他就提出「工人階級專政」即「無產階級專政」的口號。[3] 他有一句話，成為共運口號的「經典」：「暴力是替孕育著新社會的舊社會接生的產婆。」[4]

恩格斯（F. Engels, 1820-1895）接過馬克思的暴力論，說：「暴力是社會運動藉以開闢道路並破壞死硬化政治形式的工具和手段。」[5]

---

[1] 中國共產黨第十七次全國代表大會文件匯編（北京：人民出版社，2007），頁62。

[2] 「趙紫陽總書記會見戈爾巴喬夫總書記」，新華月報（北京），第5期（1989），頁144。

[3] 馬克思，「1848至1850年的法蘭西階級鬥爭」，馬克思恩格斯選集，第1卷（北京：人民出版社，1956），頁417。

[4] 恩格斯，反杜林論（北京：人民出版社，1956），頁190。

[5] 恩格斯，反杜林論，頁190。

列寧（V. I. Lenin, 1870-1924）在1917年寫的〈國家與革命〉，宣揚馬、恩的「暴力革命不可避免」，把國家稱為「用來鎮壓某一階級的暴力組織」。[6]

他們的無產階級專政論，是暴力論，也是權力獨佔論，無產階級（實指號稱代表無產階級的共產黨）不能同其他階級分享權力、政權。[7]這是共運的權力觀「內核」。

繼列寧之後，斯大林（J. Stalin, 1879-1953）強調：「國家首先是一個階級反對其他階級的工具」，「紅軍是無產階級專政的工具」[8]。在他控制蘇共和政府期間（1924-1953），實行個人專權的恐怖、暴力統治，建立高度集權的政治體制和命令型的計劃經濟體系。英國政治經濟學家海耶克（F. A. Hayek, 1899-1992）在《到奴役之路》中，論及斯大林政體，稱它是通向奴役之路的極權主義。[9]

波蘭著名經濟學家布魯斯（W. Brus, 1921- ）分析斯大林模式，提出「防範式恐怖」的概念。他認為，斯大林式的恐怖，是「在社會各階層（包括權力機構中的所有環節）充滿恐怖」，以達致政治的防範效應。[10]

二、家長專制：強化專政反自由化

毛澤東（1893-1976）的權力觀、政體論，比上述共運領袖的「專政力度」更強。在文革初期，他竟提出「無產階級專政下繼續革命論」，並

---

[6] 列寧選集，第3卷（北京：人民出版社，1965），頁163-271。

[7] 中國社會科學院哲學研究所編寫組，無產階級專政學說史1842-1895（長春：吉林人民出版社，1979），頁63。

[8] 斯大林全集，第9卷（北京：人民出版社，1954），頁115-117。

[9] F. A. Hayek, *The Road to Serfdom* (Chicago: The University of Chicago Press, 1994), pp. 28-36.

[10] 布魯斯著，鄭秉文等譯，社會主義的所有制與政治體制（北京：華夏出版社，1989），頁135。

[11] 中國共產黨第九次全國代表大會文件匯編（北京：人民出版社，1969），頁39、74。

寫入中共「九大」（1969）文件。[11]被「專政」的「階級敵人」，竟有他先後指定的接班人劉少奇、林彪和大批政治局委員。[12]

　　毛澤東模式的權力觀和無產階級專政論，可概括為馬克思列寧主義和斯大林模式加秦始皇專制。[13]

　　在毛澤東之後，中共中央自1980年代以來推行經濟體制改革，經濟的恢復和發展快速，平反政治事件等舉措，又減輕了政治恐怖氣氛，但中共的權力觀、政體論沒有「本質改變」，「一黨領導」體制仍「堅持無產階級專政」。

　　鄧小平（1904-1997）的家長制集權（1980-1994）[14]，排拒「黨內民主」，發生了胡耀邦（1915-1989）、趙紫陽（1919-2005）兩任總書記「非常態」的下台，並有政治清算之舉。[15]

　　繼趙紫陽擔任總書記的江澤民（1989至2002年在任），在1991年的「七一講話」中強調「階級鬥爭」仍存在、加強政權的專政職能，又提出劃清兩種改革觀的界線、反資產階級自由化、反和平演變。[16]

---

[12] 「粉碎林陳反黨集團反革命政變的鬥爭」（材料之一，中共中央1971年77號文件）（北京：中共中央辦公廳，1971年12月），頁1~29。

[13] 1958年5月，毛在中共「八大」二次會議上說：「秦始皇算什麼？他只坑了四百六十個儒，我們坑了四萬六千個儒。我們鎮反，還沒有殺掉一些反革命的知識分子嗎？我與民主人士辯論過，你罵我們是秦始皇，不對，我們超過秦始皇一百倍。罵我們是秦始皇，是獨裁者，我們一貫承認，可惜的是，你們說得不夠，往往要我們加以補充（大笑）」。毛澤東思想萬歲（北京：紅衛兵出版物，1969），頁195。

[14] 1980年，中共中央政治局決定，華國鋒「辭去」中共中央主席、軍委主席職務，由胡耀邦、鄧小平分別主持中央政治局、中央軍委會。1981年6月，中共「十一屆六中全會」決定胡任中共中央主席、鄧當中央軍主席，華和趙紫陽為副主席。從1980至1994年握決策最後拍板權十四年，作者稱為鄧小平家長制階段。

[15] 丁望，總書記有冤與冰點事件（香港：當代名家出版社，2006），頁21-46、153-200；楊繼繩，中國改革年代的政治鬥爭（香港：Excellent Culture Press，2004），頁327-367、567-597。

[16] 求是雜誌（北京），1991年第13期（1991年7月1日），頁6-11。

強化專政論導致社會的「左折騰」。曾任中共中央政治局委員、副總理的田紀雲（1929- ），在回憶錄中透露：「有人想以開展農村社會主義教育為名，否定農村改革的大方向；想以『反和平演變』為名……企圖開歷史倒車。」[17]

北京改革派學者、中共中央黨校教授蔡霞說：「我們長期以來把領導與執政混為一談……把國家政權系統作為執政黨的政治指令的工具……甚至以黨代政，黨政不分，由黨組織代行國家職能，在社會領域中，黨組織實際掌握各類社會組織的權力資源，全面運用權力意志來指揮甚至命令群眾。」[18]

三、胡溫新政：小調整拒三權分立

所謂胡溫新政（2002-2012），「新」的內涵之一是執政觀有些「修正」（調整）。在中共「十六大」後的2002年12月，中共中央總書記胡錦濤提出：「權為民所用，情為民所繫，利為民所謀」，[19] 權稱為「新三民主義」。

執政觀的「調整」，是為了適應經濟體制改革的發展、所有制（產權）的變化和利益訴求的多元化。馬克思在1869年寫於倫敦的《政治經濟學批判》說：「隨著經濟基礎的變更，全部龐大的上層建築也或慢或快地發生變革。」[20]他說的上層建築，是指在經濟基礎（現實基礎）之上的法律、政治等。

---

[17] 田紀雲，改革開放的偉大實踐——紀念改革開放三十周年（北京：新華出版社，2009），頁526。

[18] 蔡霞，「中國民主政治建設為何艱難」，改革內參（北京），2010年第46期（2010年12月10日），頁25-28。

[19] 胡錦濤，「堅持發揚艱苦奮鬥的優良作風，努力實現全面建設小康社會的宏偉目標」（2002年12月6日在西柏坡的講話），人民日報（北京），2003年1月3日，第1、2版。

[20] 馬克思著，徐堅譯，政治經濟學批判（北京：人民出版社，1964），頁1-5。

　　「新三民主義」的提出，是想建立執政合理性的基礎，因而把正視民生疾苦、改善民生、提供初級的社會福利保障，視為維持執政地位的主要取向。這並不意味權力向體制外開放。

　　在「一黨領導」體制下，中共既無真正的黨內民主，也排拒體制外者分享權力，社會上並無民主改革的起步。被視為「江親信」的人大委員長吳邦國多次重申，不能實行行政、立法、司法「三權分立」的制度。[21]

貳、制度解構：權力金字塔與幹部選拔

　　中共的集權化是「有中國特色的社會主義」的標誌之一。

一、金字塔型：頂層設計九頭分管

　　中共中央和地方的領導層，是金字塔型的權力結構。在中共中央、最尖頂的，是總書記及其主持的中央政治局常委會；其下是決策機構政治局，再下面是它的執行機構中央書記處。

　　決策權集中於政治局，特別是常委會，常委會或政治局成員主持的各大系統領導小組、協調小組，[22] 握有決策和協調的實權。這三個層次的決

---

[21] 吳邦國，「我們不搞多黨輪流執政 不搞『三權鼎立』和兩院制」，人民網，2011年3月10日，http://2011lianghui.people.com.cn/GB/214392/14107844.html。

[22] 中共中央高層決策、協調機構有：中央國家安全領導小組（簡稱國安小組，組長胡錦濤、副組長吳邦國、溫家寶等），中央外事領導小組（外事小組），中央財經領導小組（財經小組），中央黨的建設領導小組（黨建小組），中央宣傳思想領導小組（宣傳小組），中央對台工作領導小組（對台小組），中央港澳工作協調小組（港澳小組），中央政法委員會（政法委），中央社會管理綜合治理委員會（綜治委），中央新疆工作協調小組（新疆小組）等，都是政治局常委的「規格」；另有政治局委員規格的中央農村工作領導小組（農村小組）等，農村小組組長為政治局委員、副總理回良玉。部分小組的設置文獻，參閱鄒錫明，中共中央機構沿革實錄（北京：中國檔案出版社，1998），頁170-216。

策模式，被北京官方和學界稱為「頂層決策」或「頂層設計」。[23]

　　政治局九個常委分管九大系統（參閱表三），形成「九頭分管」的集權模式。

　　在省領導層，最尖頂的，是省委書記、副書記（二人）及由他們主持的常委會（大都以十三人為限）。[24]

表一：中共十七屆中央委員會權力結構

總書記

政治局常委
（9人）

政治局委員（25人）

書記處書記（6人）

中央委員（204人）

說明：政治局委員二十五人包括九個常委。

---

[23] 夏斌，「關於『頂層設計』的思考」，調查研究報告（北京），2012年第21號（2012年2月23日），頁1-17。

[24] 「少數民族自治區」的西藏和新疆，享「特殊例外」。「十八大」前新一屆的副書記，西藏增漢族和藏族各一人（共四人），新疆共三人（增新疆生產建設兵團政委一人）；常委總數都是十五人。同為少數民族聚居地的青海，常委十四人。

表二：中共省委權力結構

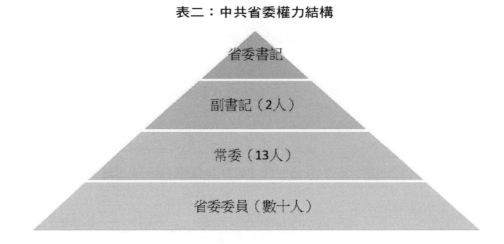

省委書記

副書記（2人）

常委（13人）

省委委員（數十人）

二、法律框架：公務員法管理規範

　　儘管中共的權力結構仍是集權化，但幹部管理和選拔、接班群的制度結構，卻有緩慢改革中的變化。

　　中共中央主導的法律體系，包括國家法律、國務院行政法規和地方法規，另有「黨內法規」，這是「有中國特色社會主義」的一大特色。

　　建立公務員的法系，是胡溫新政「法制建設」之一。2006年元旦生效的〈公務員法〉，[25]替代1993年實施的〈國家公務員暫行條例〉，建立了「一黨領導」體制下公務員體系的法律規範，涉及「領導成員」的招聘、考核和相關程序等。

　　中共中央亦有「黨內法規」下達，如〈幹部教育培訓工作條例（試行）2006〉、[26]〈關於實行黨政領導幹部問責的暫行規定〉（2009）和〈黨政領導幹部選拔任用工作責任追究辦法（試行）〉（2010）。[27]還有改革的規劃，如2010年由中共中央辦公廳發出的〈2010-2020年深化幹部

---

[25]「中華人民共和國公務員法」，人民日報（北京），2005年5月11日，第15版。

[26]新華月報〔紀錄版〕（北京），2006年5月號，頁13-14。

[27] http://news.xinhuanet.comj/politics/2010-03/31/c_1211251.htm。

人事制度改革規劃綱要〉。[28] 國務院也下發管理文件，如〈國務院關於加強法治政府建設的意見〉（國發2010年第33號文件），[29] 這些法規、文件，對幹部的選拔、管理，有較明確或較嚴格規範。

三、制度模式：年齡邊界任期邊界

幹部制度化是中共行政體制改革的著力點之一。美國政治學者亨廷頓（Samuel P. Huntington, 1927-2008）撰寫《變動社會的政治秩序》，論述制度化與組織「穩定性」的關係，認為：制度化的水準，體現於組織和程序的適應性。[30]

中共推動的幹部制度化，是「制度建設」初級階段的低端模式，但其目的與西方文官體制追求行政效率、凝聚政策共識有相似之處。當然，中共更追求組織的控制力、動員力，確保執政黨的統治地位。

中共幹部制度改革的結構，可分解為年限、任期、程序、黨政換屆職務預設機制、定格量化、軍人角色等部分。

中共對退職年齡和職務任期的限制，本文稱為年齡邊界、任期邊界。

副省、部級和正省、部級的年齡邊界，分別為60、65歲；中共新一屆中央委員的年齡臨界點，是67歲，已成為剛性約束，形成「七上八下」模式（67歲可入新一屆中委會、68歲退下）。

對於政權高層職務的任期邊界，中共早在1982年寫入「八二憲法」：國家主席、人大委員長、國務院總理及其副職和最高法院院長、最高檢察長，任期均不超過兩屆（十年）。[31]

---

[28] 新華月報〔紀錄版〕（北京），2010年3月號，頁38。

[29] 「國務院關於加強法治政府建設的意見（國發〔2010〕33號）」，中華人民共和國中央人民政府門戶網，2010年11月8日，http://www.gov.cn/zwgk/2010-11/08/content_1740765.htm。

[30] Samuel P. Huntington, *Political Order in Changing Societies* (New Haven: Yale University Press, 1998), pp. 12-24.

　　2006年8月，中共中央公布〈黨政領導幹部職務任期暫行規定〉，規定中共中央、人大、國務院的工作部門和工作機構正職黨政領導成員，「在同一職位上任職達到兩個任期，不再推薦、提名或者任命擔任同一職務」（第2條、6條）。[32] 按此規定（任期十年），中共中央組織部部長、中央宣傳部部長等工作部門領導幹部，以十年任期為限。政治局成員幹部的任期，則仍無明確的限制。

　　關於招聘、公示、考核一類的程序，也有較全面的「制度建設」。政府體制的改革在持續推進。[33]

四、預設機制：換屆改組黨政互動

　　黨政換屆職務預設機制，是高層幹部制度重要的一部分，這是作者對黨政職務互動安排的概括。

　　中共官方並無此機制的術語。中共每一屆中央委員會的政治局及常委會，與第二年政權領導層的改組緊密相連，預定擔任「人大」委員長、國務院總理、政協主席、國務院常務副總理者，均有政治局常委席位（參閱表三）。這樣的機制，已常態化。

---

[31] 第66、79、87、124、130條的規定。中華人民共和國憲法，1984年第二版（北京：人民出版社，1988），頁33、39、41、54、55。

[32] 人民日報（北京），2006年8月7日，第8版。

[33] 王瀾明，「政府體制改革研究」，中國行政管理（北京），2011年第12期（2011年12月），頁7-11。

表三：中共十七屆中央政治局常委

姓名 畢業大學	世代，現齡 在學科系	現任中共中央、國務院職務（代表身分） 兼任之高層決策、協調小組職務
1. 胡錦濤 　清華大學	三後，70	總書記、軍委主席，國家主席（總書記）
	水利工程系	中央國安小組、外事小組、對台小組組長
2. 吳邦國 　清華大學	三後，71	常委，人大委員長（人大委員長）
	電子學系	中央國安小組副組長
3. 溫家寶 　北京地質學院*	三後，70	常委，國務院總理（國務院總理）
	地質構造專業	中央外事小組副組長、財經小組組長
4. 賈慶林 　山西工學院	三中，72	常委，政協主席（政協主席）
	電力系	中央對台小組副組長
5. 李長春 　哈爾濱工大	三後，68	常委（宣傳思想系統總管）
	電機系	中央宣傳小組組長、文明委主任
6. 習近平 　清華大學	四中，59	常委、常務書記，國家副主席（常務書記）
	化工系	中央黨建小組組長、港澳協調小組組長
7. 李克強 　北京大學	四中，57	常委，常務副總理（常務副總理）
	法律系	中央財經小組副組長
8. 賀國強 　北京化工學院	三後，69	常委，中紀委書記（中紀委書記）
	無機化工系	中央黨建小組副組長
9. 周永康 　北京石油學院	三後，70	常委（政法系統總管）
	勘探系	政法委書記、綜治委主任、新疆小組組長

說明：「在學科系」僅列入正規國民教育類，不列入當官後的在職學位。*溫家寶是研究生學
　　　歷（類似1982年後的碩士研究生），其餘八人均為大學本科學歷。高層決策、協調小
　　　組之全稱，請參閱註22。

五、定格量化：均等分配少數例外

　　在幹部制度中，有這樣的規範：對特定規格（與權力含金量有關的級
別、階層）、族群，確定政治資源（權位）分配的量化指標，本文稱為
「定格量化」。

　　以三十一省（直轄市）的地方幹部而言，他們在中共中央委員會和省（直轄市）委員會的「定格量化」是：每省的中央委員二席（省委書記和省長）；西藏和新疆則有「特殊例外」的安排，各增少數民族一席，[34] 新疆還多一席提供給生產建設兵團。[35]

　　西藏、新疆的「特殊例外」安排，關乎邊疆反恐、反獨、防範少數民族抗爭「形勢嚴峻」和「任務繁重」，[36] 也與對少數民族上層的「統戰」有關。[37]

　　美國學者謝淑麗（Susan L. Shirk），對中共中央與地方的關係頗有研究。她認為，中共中央委員中的省領導人，會爭取地方席位。[38]

　　在中共中央委員「定格量化」之下，地方的博弈空間很小。地方與中央博弈的著力點，不會是中央委員的人數，而是特殊的經濟利益，如在本省關「國家級」經濟開發區，向中央「要政策」，爭取財政撥款。國務院則防範地方的國內生產總值（GDP）亢奮、地方債務平台濫舉債，[39] 以免發生新的金融危機。[40]

---

[34] 中共十七屆中央委員中，西藏、新疆多一席少數民族席位：西藏人大主任列確（藏族）、新疆政協主席艾斯海提·克里木拜（哈薩克族）。在其他二十九個省，省人大主任、省政協主席均非中央委員。

[35] 新疆生產建設兵團是副省級編制，但兵團政委是中共中央委員：十七屆的轟衛國（2010年已調職）、十六屆的張慶黎。

[36] 「中央新疆工作協調小組會議紀要」（2003年5月8日），新疆工作的文獻選編〔1949-2010〕（北京：中央文獻出版社，2010），頁569-572。

[37] 西藏和新疆的「特殊性」，還在中共中央政治局設有中央西藏工作協調小組、新疆工作協調小組，由主持中央政法委員會的政治局常委兼任組長。

[38] Susan L. Shirk, *The Political Logic of Economic Reform in China* (Berkeley: University of California Press, 1993), pp. 149-196.

[39] 孟元斯，「地方政府債務：一斑驚人，全貌成謎」，改革內參（北京），2010年第30期（2010年8月13日），頁17-18；王梓，「破解地方債務危機之門」，21世紀經濟報道（廣州），2004年3月4日，第4版。

　　在中共中央政治局，地方代表的「定格量化」已逐漸定型。四個中央直轄市、東部經濟發達省份廣東、西部經濟落後的新疆，均有十七屆政治局委員席位。[41]

　　上述六省、直轄市中，京、滬、津、粵，都在經濟相對較發達的東部，廣東是經濟總量的強省，其餘三市則以人均經濟指標領先。這四省有政治局席位的時間最長，顯現中共中央以經濟政績分配席位為第一取向。西部經濟相對較落後省份席位的安排，與地區平衡、新疆反恐、反獨有關。

　　在中共省委中，「定格量化」幾乎是一刀切。除了西藏、新疆之外，中共省委的常委均以十三人為限（常委中含省委書記和二個副書記，一個副書記是省長），藏、疆的限額則是十五人。這是公共資源「均等分配」的取向，「例外」的是極少數。

　　對於女性族群，也有「定格量化」：在中共中央政治局的成員中，最少有一人是女性；[42] 在國務院九個副總理和國務委員中，至少有一人是女性。[43] 在中共省委十三個常委中，至少有一人是女性。江蘇例外，在最近換屆時由二人增至三人。

　　在高層，少數民族的「定格量化」是：在政治局委員和國務院副總理、國務委員中，至少有少數民族一人。[44]

---

[40] 「國務院關於加強地方政府融資平台公司管理有關問題的通知」（國務院文件，國發2010年第19號），中華人民共和國中央人民政府門戶網，2010年6月13日，http://www.gov.cn/zwgk/2010-06/13/content_1627195.htm。

[41] 十四屆（1992-1997）有：北京、上海、天津三市和廣東省；十五屆（1997-2002）有：北京、上海和廣東、山東；十六屆（2002-2007）有：北京、上海、天津和廣東、新疆、湖北（中部）；十七屆（2007-2012）有：北京、上海、天津、重慶和廣東、新疆。

[42] 十五屆、十六屆的吳儀（1997-2007）、十七屆的劉延東（2007-2012）。

[43] 朱鎔基內閣（1998-2003）的吳儀（國務委員），溫家寶內閣（2003-2013）的吳儀（副總理）和陳至立（國務委員）（2003-2008），劉延東（國務委員，2008-2013）。

[44] 十六、十七屆：政治局委員回良玉，是回族；在溫家寶內閣的少數民族，有回良玉（副總理，2003-2013）和土家族的戴秉國（國務委員，2008-2013）。

六、職業軍人：角色定位參政程度

中共幹部制度改革的最大進步，是對職業軍人參政的限制。

在文革期間（1966-1976），軍人參政程度很高，[45] 但官方對軍人的身分往往缺乏明確的邊界。1969年，作者對職業軍人初作界定。[46] 在1986年1月發表的〈梯形推移和角色「神入」〉中，作者對職業軍人的解讀是：「指原具軍銜（按：1955至1964年實施）、軍籍者，或原無軍銜卻擔任實際軍職的幹部。」[47] 凡是兼任政委的黨官，不列為職業軍人。

1988年軍銜制恢復後，具軍銜任軍職者才算是職業軍人（以下稱軍人）。

軍人參政程度的主要指標，是在中共中央委員、政治局委員和省領導層佔的比例。

在文革前，軍人參政的程度比中共「十三大」（1987）後為高。在1956年9月產生的中共八屆中央政治局十七個委員中，有七個職業軍人，[48] 佔41%。

文革期間，毛澤東和軍人相互利用，形成軍人干政狂潮，在中央和地方的黨政領導機構，軍人勢力很大。[49]

---

[45] Ting Wang, "The Emergent Military Class," in William W. Whitson ed., *The Military and Political Power in China in the 1970s* (New York and London: Praeger Publishers, 1972), pp. 115-132.

[46] 丁望，「中共新中央委員會人事問題初探（上）」，明報月刊（香港），1969年7月號，頁21-30。

[47] 明報月刊（香港），1986年1月號，頁22。

[48] 朱德、林彪、陳毅、羅榮恆、彭德懷、賀龍、劉伯承，均為元帥。——名單據中共中央組織部，中國共產黨組織史資料（1921-1997），第5卷（北京：中共黨史出版社，2000），頁40、41。

[49] Thomas W. Robinson, "Lin Piao: A Chinese Military Politician" and Parris H. Chang, "Changing Patterns of Military Roles in Chinese Politics," in William W. Whitson ed., *The Military and Political Power in China in the 1970s* (New York and London: Praeger Publishers, 1972), pp. 73-92; pp. 47-70.

1969年4月產生的中共中央委員會和政治局，軍人的比例偏高。在170個中央委員中，軍人有七十七人，佔45.3%，而1956年八屆中央委員中的比例是26.8%（1966年蘇共中委的軍人比例是7.7%）。[50]

1987年11月中共「十三屆一中全會」產生的中央政治局成員二十三人（二十二個委員、一個候補委員），軍人只有二人。[51] 以後歷屆政治局的軍人席位均是二個。

在中央委員中，軍人的比例也減少。2007年10月產生的中共十七屆中央委員204人，其中軍人三十九人，佔19%，與上一屆相若。

在中共省委的常委中，職業軍人只有一人（省軍區政委或司令員，少將軍銜），[52] 佔的比例在8%以下。

中共中央給職業軍人的角色定位，是集中力量「從事國防建設」，在「黨的領導下」支援地方的救災搶險等，不再參與各級的黨政工作。職業軍人回軍營的取向，是汲取文革浩劫的「歷史教訓」。

參、世代量化：沿歷史脈絡定代際邊界

中共中央「有計畫地培養接班人」，始於1980年代初，中共元老葉劍英（1897-1986）和鄧小平、陳雲（1905-1995），提出「幹部年輕化」的構想，把年輕化、知識化、專業化和革命化，定為選拔幹部和接班群的取向，在確保幹部的「政治可靠」（革命化）前提下，提升幹部的知識、專

---

[50] 丁望，「中共新中央委員會人事問題初探（下）」，明報月刊（香港），1969年8月號，頁22-30；Ting Wang, "A Preliminary Appraisal of the Personnel of the New CCP Central Committee," *Chinese Law and Government*, Vol. III, No. 2-3 (Summer-Fall 1970), pp. 100-133.

[51] 中共中央軍委常務副主席、有實質軍權、具軍籍的楊尚昆和秦基偉。

[52] 只有新疆是二人：新疆軍區司令員（或政委）和新疆生產建設兵團政委。

業水準，緩解幹部的老化，廢除職務終身制。鄧小平說：「大膽提拔和放手使用比較年輕的有專業知識又有實際經驗的人才」，[53] 他呼籲：「老幹部第一位的任務是選拔中青年幹部」（1981年7月2日）；[54] 陳雲稱：「提拔培養中青年幹部是當務之急」（1981年5月8日），「要成千上萬地提拔中青年幹部」（1981年7月2日）。[55]

一、第二代說：脫離歷史有隨意性

中共十二屆中央總書記胡耀邦（1982至1987年在任），在一次高幹會議上，提到第一梯隊、第二梯隊和第三梯隊，他說：「我們下決心搞第三梯隊……不僅要培養和選拔55歲以下的人，還要培養和選拔40歲左右的人。」[56]

依據胡氏等人的講話和中共中央文件，所謂中青年幹部或「年富力強幹部」，是指「第三梯隊」，其上限是55歲。在1980年代前期，被提升起來的「第三梯隊」有：胡啟立、郝建秀、田紀雲、王兆國、李瑞環、胡錦濤和李鵬等。[57]

官方的幹部年輕化政策，雖派生出第一代、第二代、第三梯隊和跨世紀接班人的官方術語，卻沒有世代的量化指標，更無關於世代的系統理論

---

[53] 鄧小平，「黨和國家領導制度的改革」（1980年8月18日），鄧小平文選，第2卷（北京：人民出版社，1994），頁323。

[54] 鄧小平，「黨和國家領導制度的改革」（1980年8月18日），頁384。

[55] 陳雲文選（1956-1985）（北京：人民出版社，1986），頁260、267。

[56] 新華月報（北京），1983年第6號，頁5、6。

[57] 在1982年9月中共「十二屆一中全會」，胡啟立（53歲）、郝建秀（47歲）分別任中央書記處書記、候補書記；在1985年「十二屆五中全會」，胡升任政治局委員、書記處常務書記，郝升任書記處書記，王兆國（時年44歲）出任書記處書記。田紀雲、李鵬（57歲）為政治局委員兼書記處書記。同年，李瑞環（51歲）為天津市委書記。胡錦濤在1984年（42歲）任共青團中央第一書記（正部級）。

框架。

　　西方研究中共政治制度的學者，有關於中共政治世代或代際述評，但無世代的系統化量化指標。

　　官方術語中的第一、二、三代，因無量化指標而帶有「隨意性」。把毛澤東、鄧小平分別稱為第一代、第二代，就有脫離歷史的隨意性。

　　鄧小平從來不是中共中央「合法」（符合黨章）的第一領導人，不像毛澤東、華國鋒當過中共中央主席（兩人的先後任期是1945至1976年、1976至1981年）；在1980至1994年，他是中共黨內的大家長（1995至1997年因病重無法過問政事），因而被稱為第二代領導人。

　　這種「第二代」之稱的隨意性，在於迴避年齡的差異。

　　1982年中共舉行「十二大」時，鄧小平78歲，葉劍英85歲；實際是第二代（抗日戰爭時期幹部）的華國鋒61歲、胡耀邦67歲、趙紫陽63歲、萬里66歲，與鄧、葉的年齡相差甚大，把他們都稱為第二代，與實際的世代脫節。

　　在1956年9月的中共「八屆一中全會」，鄧小平成為中央政治局常委兼總書記；在主席制之下，他的地位僅次於主席毛澤東和副主席劉少奇、周恩來、朱德、陳雲，是第六號人物，是1950年代的第一代領導核心。

　　不管是從年齡還是「領導世代」來觀察，他都是第一代。他如果是第二代，就很難解釋華國鋒和葉劍英的世代。

二、量化指標：歷史分期世代邊界

　　在二十一世紀，中共官方把毛、鄧、江、胡分別稱為一、二、三、四代，是以「最高領導人」的次序劃分；在鄧之後，是以第幾任總書記定世代。

　　研究中共的政治人物或高層接班群，無法迴避年齡和世代，世代的界定自要有量化指標。

　　在分析世代的量化前，得先略述本文作者對世代劃分的過程。1973年，在〈論毛澤東的繼承人〉一文，[58] 作者提出「世代」的概念，按中共黨史分期把年長幹部稱為元老幹部（指1921至1927年幹部）、二七幹部（從1927年「八一暴動」到1933年的幹部）、長征幹部（1934至1936年參加「二萬五千里長征」者），把1937至1945年的幹部稱為抗戰幹部。

　　1985年的論文〈中共培植第三代與「角色變換」〉、[59] 1986年的論文〈梯形推移和角色神入──中共政壇新陳代謝與第三代高幹的興起〉，[60] 提出第一、二、三代的量化劃分，大致以1937年抗戰那年為界，把1937年前的幹部，稱為第一代；抗戰時期（1937-1945）、國共內戰時期（1946-1949）的幹部，稱為第二代；1949年以來的幹部，稱為第三代。列為第三代者為：胡啟立（56歲，計算至1985年的年齡，下同），李鵬（57），田紀雲（56），郝建秀（50），李瑞環（51），李鐵映（49），王兆國（44），胡錦濤（43），李長春（41），吳官正（47）等。[61]

　　1996年，作者撰寫《北京跨世紀接班人》一書，確定了世代的量化指標[62]（請參閱表四）。

---

[58] 丁望，「論毛澤東的繼承人」，明報月刊（香港），1973年9月號，頁2-12；及1973年10月號，頁28-34。

[59] 明報月刊（香港），1985年7月號，頁15-20；及1985年8月號，頁14-20。

[60] 明報月刊（香港），1986年1月號，頁21-26。

[61] 在1987年11月的中共「十三屆一中全會」，胡啟立、李鵬首次成為政治局常委；田紀雲續任政治局委員，李瑞環和李鐵映初進政治局（李瑞環於1989年6月升任常委）；在1992年10月中共「十四屆一中全會」，胡錦濤初進政治局常委會；在1997年9月中共「十五屆一中全會」，李長春、吳官正成為政治局委員；在2002年11月中共「十六屆一中全會」，王兆國成為政治局委員。郝建秀受胡耀邦事件影響，於1987年調離書記處，遭貶任，退休前官至政協副主席，列為「黨和國家領導人」。

[62] 丁望，北京跨世紀接班人（香港：當代名家出版社，1997年8月初版，1998年5月修改二版），頁99-103、171-172。

　　胡耀邦曾說過，幹部的世代大概是十五年一代。在文革之前，中共黨史對1949年前的「歷史分期」是：第一次國內革命時期（1921-1927）、第二次國內革命時期（1927-1937）、抗日戰爭時期（1937-1945）、解放戰爭時期（又稱國共內戰時期，1946-1949）；1949年後的分期是：文革前十七年（1949-1966）、文革十年（1966-1976）等。在官方流行術語中，有抗戰幹部或「三八式」、[63] 解放幹部等。

　　作者的世代量化，是對每一個人的量化，而非指「領導集體」世代。大致是以十五年為一代，並與中共黨史分期「趨近」。世代的量化要素，是每一人的出生年份；每一世代的上限，是出生年份加22歲，[64] 如第三代的高低區間是1928至1944年，1928加22就是1950，指第三代最早念完大學就業的年份是1950年，其餘類推。

表四：中共幹部世代的量化（一，第一、二、三代）

世代，2012年齡 出生，就業	中共黨史分期* （年代）	代表人物 （生－卒）或（現齡）
第一代，98歲以上 1914或以前出生 1921-1937參加中共	中共建黨初期 （1921-1923） 第一次國內革命戰爭時期 （1923.6-1927.8） 第二次國內革命戰爭時期 〔土地革命時期〕 （1927.8-1937.7）	毛澤東（1893-1976） 朱　德（1886-1976） 周恩來（1898-1976） 劉少奇（1898-1969） 林　彪（1907-1971） 鄧小平（1904-1997） 葉劍英（1897-1986） 陳　雲（1905-1995）

---

[63] 指抗日戰爭於1937年7月7日爆發後，在1938年左右參加中共工作的人。鄧小平在1982年提起「三八式」。見鄧小平，「黨和國家領導制度的改革」（1980年8月18日），頁411。

[64] 在北京跨世紀接班人（頁101），作者解釋：「為什麼要把22歲定為幹部的『起算點』？這是因為正常完成大學本科教育，通常要在22歲或稍後幾歲。1980年代初以來，中共中央提升幹部傾向於年輕化、知識化、專業化，新提拔的中高級幹部要有大專教育程度，22歲也就成了擔任文官的『起步點』，把它定為幹部的『起算點』是比較合理的指標。」

世代，2012年齡 出生，就業	中共黨史分期* （年代）	代表人物 （生－卒）或（現齡）
第二代，85-97歲 1915-1927出生 1937-1949參加中共 二代前期：1915-1923生 二代後期：1924-1927生	抗日戰爭時期 （1937.7-1945） 第三次國內革命戰爭時期 〔解放戰爭／國共內戰 時期〕 （1946-1949）	第二代前期： 華國鋒（1921-2008） 胡耀邦（1915-1989） 趙紫陽（1919-2005） 李德生（1916-2011） 萬　里（96）宋　平（95）
		第二代後期： 江澤民（86）喬　石（88） 鄒家華（86）葉選平（88）
第三代，68-84歲 1928-1944出生 1950-1966就業 三代前期：1928-1936生 三代中期：1937-1940生 三代後期：1941-1944生	文革前17年時期 （1949.10-1966） 第三代：文革前大畢、就業 三前：1950年代大畢、就業 三中：1959-1962前後大畢 三後：1963-1966前後大畢	第三代前期： 胡啟立（83）李瑞環（78） 朱鎔基（84）尉健行（81） 李　鵬（84）羅　幹（77） 田紀雲（83）李鐵映（76）
		第三代中期： 曾慶紅（73）吳官正（74） 賈慶林（72）何　勇（72）
		第三代後期： 胡錦濤（70）溫家寶（70） 吳邦國（71）李長春（68） 賀國強（69）回良玉（68） 王兆國（71）戴秉國（71）

資料來源：*中共黨史分期，據**中國共產黨史大辭典**（北京：中國國際廣播出版社，1991），頁
　　　　41、76、185、291。

表五：中共幹部世代的量化（二，第四、五代）

世代，2012年齡 出生，就業	中共黨史分期 （年代）	代表人物 （現齡）
第四代，53-67歲 1945-1959出生 1967-1981就業 四代前期：1945-1949生 四代中期：1950-1956生 四代後期：1957-1959生	文革時期（1966-1976） 後文革時期（1976-1978） 經改初期（1979-1981） 四代：文革至1980年代初 就業 四前：文革前期就業 四中：文革後期就業 四後：經改初期就業	第四代前期（63-67歲）： 張德江（66）俞正聲（67） 劉延東（67）王岐山（64） 張高麗（66）劉雲山（65） 第四代中期（56-62歲）： 習近平（59）李克強（57） 李源潮（62）汪　洋（57） 令計劃（56）王滬寧（57） 許其亮（62）楊　晶（59） 第四代後期（53-55歲）： 沈躍躍（55）趙樂際（55） 楊煥寧（55）王正偉（55）
第五代，34-52歲 1960-1978出生 1982-2000就業 五代前期：1960-1968生	中共「十二大」後經濟改 革時期（1982-2000）	第五代前期（44-52歲）： 周　強（52）胡春華（49） 孫政才（49）張慶偉（51） 努爾·白克力（51） 吉　林（50）張曉蘭（47）

肆、世代差異：有相似經歷有代際差別

　　世代的量化貼近中共黨史分期，關聯兩個因素，一是人群的「共同記憶」，二是社會的「時代烙印」（或稱「歷史烙印」）。同一世代的人，有相似的經歷、相同的境遇，或因此有相似（相同）的「政治認同」；不同世代的人，則有代際的差別。

一、生命歷程：共同記憶似曾相識

西方學者分析美國的「代」或「政治代」，關注生命歷程（life-course）的影響因素，例如同年齡層的生活經驗、心理對個人誠信、政治行為的影響。[65]

對於「一黨領導」體制下的生命歷程（或稱心路歷程），本文的解讀是：在同一世代的每一個人，生命歷程中有許多共同或相似的經驗，也留下「共同記憶」（或稱「集體記憶」）。如1928至1944年出生的第三代（在1955年時11至27歲），適逢中共實行向蘇聯「一邊倒」的政策，許多在1950年代上中學、大學者，受的第一外語教育是俄文，受蘇聯的價值觀、生活方式的影響，有唱蘇聯歌曲、周末跳集體舞[66]的「共同經驗」；許多人讀過《鋼鐵是怎樣煉成的》（報導文學）和《靜靜的頓河》、《被開墾的處女地》、《遠離莫斯科的地方》（小說）；許多人嚮往蘇聯式的工業化，報考大學的工科，「立志要做紅色工程師」。[67]

1950至1959年出生的第四代中、後期，在文革初期的1967年是8至17歲，到四人幫倒台的1976年是17至26歲，都有文革的「共同經驗」。大多數人面對「停課鬧革命」的失學困擾，有下鄉當農民的「知青經驗」，會唱紅歌，受過背誦毛語錄和跳「忠字舞」的「磨練」。在生命歷程中，他們留下鄉村生活艱苦的「煤油燈記憶」。

這種特殊的生活經驗、人生體驗，對他們的「後來」有許多正面或負

---

[65] 西摩‧馬丁‧李普塞斯（Seymour Martin Lipset）著，張紹宗譯，政治人：政治的社會基礎（上海：人民出版社，1997），頁127。

[66] 胡錦濤是清華大學舞蹈隊活躍分子，擅跳蘇聯式的集體舞。引自丁望，胡錦濤：北京廿一世紀領袖，增訂5版（香港：當代名家出版社，2003），頁55-57、64。

[67] 現任中共中央政治局九個常委中的第三代七人：胡錦濤、吳邦國、溫家寶、賈慶林、李長春、賀國強、周永康，都是在1950年代上中學、1950年代末或1960年代初上大學，全部報讀大學工科（參閱表三）。

面的影響。李克強沒有機會上高中，汪洋沒念完高中，他們都有貧困鄉村的「人生掙扎經驗」，[68] 磨練了他們的「上進」意志。李氏跟隨「私塾老師」學古文吸收知識，[69] 1978年以優異成績進入北大法律系。李氏在遼寧的改革、汪洋在廣東的改革，都在摸索「模式創新」，[70] 或有「煤油燈記憶」催生的動力。

二、政治風浪：時代烙印正反影響

美國有學者研究分析，在特殊的政治、社會變革中，年齡相近的群體，因有共同經歷而形成「政治共同體」。[71]

在「一黨領導」體制下，中共黨內鬥爭和政治運動頻仍，政治鬥爭或社會變革（如農村的包產到戶、城市的經濟體制改革），給人們留下的「時代烙印」頗深。

在毛澤東時代（1949-1976），從反右、反右傾、大躍進、人民公社、四清到文革，都是「左折騰」，造成沉重的社會災難。這是第三代和第四代經歷的政治風暴。1960年或以後出生的第五代（「六十後」），則或有1986年、1989年學潮的「現場經驗」；有些人雖無參與，卻有「共同關注」的激情。

對許多人來說，「時代烙印」不只在政治運動，還在於1958至1960年的大飢荒導致3000萬人餓死，這是許多人無法忘卻的政治浩劫和生命悲劇。

---

[68] 汪洋生長於安徽北部宿縣清貧之家，朱珠、彭惠平的〈皖北走出有志青年〉透露：「汪洋從小就是半個『家長』，他每天早上五點鐘起床打水、做飯，照顧弟弟妹妹吃飯……」──環球人物（北京），總第80期，2009年5月（中），頁26-28。

[69] 李克強，「追憶李誠先生」，安徽日報（合肥），1997年5月15日，第7版。

[70] 丁望，「烏坎請願事件 出現汪洋拐點」，信報（香港），2011年12月22日，第A17版。

[71] 梅爾文・里克特，「政治代」，布萊克維爾政治學百科全書（中譯本）（北京：中國政法大學出版社，1992），頁557。

　　同一世代的政治運動和社會變革，既可能形成「共同認知」（如認為文革是「左禍」），也因個人素質（包含思考力、覺醒度）、政治訴求的差異，從政後有截然不同的反應。

　　溫家寶經歷過1950、1960年代的政治運動，留下大飢荒的「時代烙印」，他在公開的講話，提及「吃不飽」的滋味；2011年在天津南開中學的演講，說到1968至1982年的經歷：「參加工作以後，我有十四年時間在海拔4000到5000米的極其艱苦的祁連山區和北山沙漠戈壁地區工作。這期間，我一邊工作一邊接觸基層群眾，更使我深深懂得了民生的疾苦和稼穡的艱難。」[72]

　　溫氏鼓吹「學點窮人政治學」，傾心於深化改革特別是推展農村的「休養生息」，關心民疾並改善民生。這種關心弱勢群體的施政理念和舉措，與青少年時代的生活記憶、政治風浪中的「時代烙印」、從政後的深刻思考息息相關。

　　當然，「靠近改革家」的政治機緣和上層關係，也是他和第三代某些政治菁英的「共同經驗」。他任中共中央辦公廳副主任、主任（接王兆國），受知於改革家胡耀邦，在1985至1987年有近距離接觸胡氏的機緣，[73]深受胡氏改革精神的影響。後來，他在總書記趙紫陽手下工作，也受到趙

---

[72] 溫家寶的演講也提到「左折騰」：「上高中和大學以後，我家裡人在接連不斷的政治運動中受到衝擊。爺爺在1960年因腦溢血去世，是我把他背進醫院的。現在他教過書的學校還留著他的檔案，裡面裝了一篇篇『檢查』，小楷字寫得工工整整，字裡行間流露出對人民教育事業的忠誠。父親也在1960年因被審查所謂的『歷史問題』，不能教書，被送到郊外一個農場養豬，後來到圖書館工作。我考上大學向他告別就是在離城很遠的養豬場。父親告假回家幫我收拾行李。」見「溫家寶與南開師生談心 細數從學經歷冀青年重民生」，中國新聞網，2011年11月2日，http://www.chinanews.com/gn/2011/11-02/3432775_3.shtml。

[73] 溫家寶，「再回興義憶耀邦」，人民日報（北京），2010年4月15日，第2版；胡德華，「父親胡耀邦與溫總理的交往」，中國共產黨新聞網，2010年4月26日，http://dangshi.people.com.cn/GB/120281/11456340.html。

氏改革理念的影響。

　　與溫家寶相反的，第四代前期的薄熙來（63歲），有文革的經歷，卻未「汲取文革教訓」，以「復活」毛澤東個人崇拜和文革的一些手段（唱紅歌唸語錄），創「重慶模式」，並以此「極左姿態」掩蓋他和家屬的「黑幕」，引起中共黨內和社會各階層的爭議。[74]

伍、世代推移：黨政高層職務代謝率高

　　在年齡邊界、任期邊界的「剛性約束」下，世代推移常態化。每五年一次的中共黨代會，都推進各個層級的新陳代謝。

　　「七上八下」的「十六大」模式（「十七大」維持）如不改變，中共黨政軍高層換屆（中共十八屆、人大十二屆）的代謝率會很高。在政治局二十五個委員中，十四人已超過新一屆中委的年齡臨界點要退下（參閱表六），代謝率達56%（參閱表七）；其中，九個常委要退下七人，佔77.8%。

　　中共黨政軍高層預期的代謝率高，第三代後期（1941至1944年生）將寫下句號，使有相對年齡優勢的第四代中、後期（1950至1959年生），在高層有更大的空間。

　　在地方，中共省委、省政府也在世代推移中。在2012年4月，三十一省的省委書記、省長，由第四代中、後期主導：1945至1949年出生的第四代前期，快要「全退下」，只有八人，佔13%；1960年後出生的第五代四人，佔6.5%；其餘是第四代中、後期，佔80.5%。

---

[74] 新華社電訊稱：「薄谷開來（薄熙來同志妻子）及其子同尼爾‧伍德過去關係良好，後因經濟利益問題產生矛盾並不斷激化。經複查，現有證據證明尼爾‧伍德死於他殺，薄谷開來和張曉軍（薄家勤務人員）有重大作案嫌疑。薄谷開來、張曉軍涉嫌故意殺人犯罪，已經移送司法機關。」見「中共中央決定對薄熙來同志嚴重違紀問題立案調查」，新華網（北京），2012年4月10日，http://news.xinhuanet.com/politics/2012-04/10/c_111761745.htm。

表六：中共現屆黨政軍高層幹部面對「七上八下」

職務 （人數）	1945年以前出生者 姓名（2012年齡）	1945年或以後出生者 姓名（2012年齡）
1. 中共中央 　政治局委員 　（25人）	胡錦濤（70）吳邦國（71） 溫家寶（70）賈慶林（72） 李長春（68）賀國強（69） 周永康（70）王　剛（70） 王樂泉（68）王兆國（71） 回良玉（68）劉　淇（70） 徐才厚（69）郭伯雄（70） 【前7人為政治局常委】	習近平（59）李克強（57） 王岐山（64）劉雲山（65） 劉延東（67）李源潮（62） 汪　洋（57）張高麗（66） 張德江（66）俞正聲（67） 薄熙來（63）★ 【前2人為政治局常委】
2. 中共中央 　書記處書記 　（6人）	何　勇（72）	習近平（59）劉雲山（65） 李源潮（62）令計劃（56） 王滬寧（57）
3. 國家主席	主席胡錦濤（70）*	副主席習近平（59）
4. 國務院總理 　副總理 　國務委員（10人）	溫家寶（70）*回良玉（68）* 梁光烈（72）戴秉國（71）	李克強（57）張德江（66） 王岐山（64）劉延東（67） 馬　凱（66）孟建柱（65）
5. 人大委員長 　副委員長 　（14人／8人）	吳邦國（71）* 王兆國（71）* 路甬祥（70）* 烏雲其木格（70）* 華建敏（72）陳至立（70） 司馬義·鐵力瓦爾地（68）	李建國（66）
6. 中共中央軍事 　委員會（11人）	主　席　胡錦濤（70） 副主席　郭伯雄（70） 　　　　徐才厚（69） 委　員　梁光烈（72） 　　　　陳炳德（71） 　　　　李繼耐（70） 　　　　廖錫龍（72） 　　　　靖志遠（68）	常　委　常萬全（63） 　　　　許其亮（62） 　　　　吳勝利（67）

說明：1.「七上八下」規則如不改變，1945年為年齡分界線。人大委員長和副委員長十四
　　　人，只列中共黨籍的八人。★薄熙來涉案已被停職（2012年4月）。

　　　2. 中共十七屆中委會任期為：2007年10月至2012年10月；現屆政權領導層任期為：
　　　2008年3月至2013年3月；有*者，滿兩屆（十年）。

在新一屆的黨政高層，世代推移的趨勢是：第三代（1927至1944年生）全退下；第四代前期與第四代中、後期共同執政，而由後者主導。前者已是政界「黃昏族」，未來五年是坐最後一班車，沒有跨越2017年中共「十九大」的「年齡條件」（超過67歲）。

表七：中共黨政軍高層代謝率

職務	人數總數／退下	代謝率
中共中央政治局 其中：常委	25/14 9/7	56.0%* 77.8%
中央書記處	6/1	16.7%
國家主席、副主席	2/1	50.0%
國務院高層	10/4	40.0%
人大高層（中共黨籍）	8/7	87.5%
中央軍委高層	11/8	72.7%

說明：＊如加上非年齡因素（薄熙來涉案停職），則為60%。

陸、秩序文化：從立敬惟長到菁英優勢

胡錦濤之後的接班群，會有哪些強勢的競爭者？本文以秩序文化的視角分析。

一、權力轉移：資源分配秩序規範

在1990年代，本文作者提出秩序文化的概念。[75] 在2001年的《胡錦濤：北京廿一世紀領袖》（增訂二版），作者對秩序文化的表述是：

---

[75] 丁望，北京跨世紀接班人，頁129。

　　　　北京官方沒有提出秩序文化的概念。我把與資源分配、利益
分配、人際關係、社會秩序、權力體制等有關秩序的價值觀念、
規範和文化內涵，稱為秩序文化。

　　　　它有中共革命歷史傳統和無產階級專政論的沉澱，如政治血
統論、按資排輩論；又有1949年以來「有中國特色的社會主義」
色彩，如走後門和權力租賃的觀念、性關係效應的行為模式。[76]

　　中國歷史典籍雖無「秩序文化」一詞，但有治理天下、政權運行的秩
序約束理念，特別是等級倫理、互助和諧的觀念。

　　《尚書・伊訓》曰：「立愛惟親，立敬惟長，始於家邦，終於四
海。」[77]

　　《孟子・滕文公》云：「父子有親，君臣有義，夫婦有別，長幼有敍
（序），朋友有信。」[78]

　　《荀子・天論》謂：「君臣之義，父子之親，夫婦之別，則日切瑳
（磋）而不舍（捨）也。」[79]

　　上述典籍強調的君臣、父子、長幼之序，是維持禮、義與和諧的差
序。

　　就權力運行而言，古代的秩序文化中以民為本的「節制觀」頗值得後
人深思。《易經・節》曰：「天地節，而四時成，節以制度，不傷財，不
害民。」[80]《論語・學而》謂：「敬事而信，節用愛人。」[81]

---

[76] 丁望，胡錦濤：北京廿一世紀領袖，頁248。

[77] 李民、王健，尚書譯注（上海：上海古籍出版社，2004），頁122。

[78] 蘭州大學中文系孟子譯注小組，孟子（北京：中華書局，1960），頁125。

[79] 王忠林注釋，荀子讀本（台北：三民書局，1978），頁277。

[80] 高亨，周易大傳今注（濟南：齊魯出版社，1998），頁357。

[81] 楊伯峻編著，論語譯注（上海：中華書局，1958），頁4。

當代的社會治理、權力運行秩序文化，自也有等級、利益的差序和法律、制度的基礎。

二、菁英優勢：關係網絡升遷差序

中共權力轉移的秩序文化，有前述的「有中國特色社會主義」的法律、制度基礎。政治人物在政壇的發展，也與菁英優勢息息相關，菁英優勢的強或弱，形成機會、升遷的差序。

政治人物的菁英優勢，可歸納為年齡優勢、學歷優勢、專業優勢、台階／資歷優勢、經驗優勢、群體（性別／民族）代表性優勢、政治血緣優勢、關係網絡優勢（含上層關係優勢）、政績優勢、順位優勢、替代優勢等。[82]

在菁英優勢中，學歷優勢只指受正規國民教育的學歷，不列入當官後取得的「在職博士」之類，[83] 因為「以權謀私」和造假行為很普遍，北京官方調查報告中甚至提到「兩水現象」：文憑注水、年齡縮水。[84]

在菁英優勢中，政治血緣優勢（高幹子女即公子黨、高幹秘書等具此優勢）、關係網絡優勢（特別是上層關係）最為重要。

中共的權力轉移制度、政治局結構和幹部管理政策，形成一種特別的順位優勢，這是關乎政治人物競爭高層職務的差序。

---

[82] 因篇幅有限，本文無法詳釋秩序文化和菁英優勢的內涵，請參閱拙著：胡錦濤與共青團接班群，第二版（香港：當代名家出版社，2005），頁187-191。

[83] 如在大學教書、研究所研究期間，正常進修取得的學位，則算是正式學位。

[84] 李永忠，「幹部人事制度存在六大硬傷」，改革內參（北京），第42期（2010年11月12日），頁36-40。

三、順位優勢：資歷優勢特定台階

　　依中共「十四大」以來的中央政治局換屆模式，政治局成員是「只進不退」，除非因貪腐等被處分或判刑（如十四屆的陳希同、十六屆的陳良宇），上一屆的政治局委員，都有新一屆政治局的順位優勢。

　　在「十八大」和「十八屆一中全會」的權力重組中，高幹的順位優勢有幾個層次。第一層次，是已有十七屆政治局委員台階、未超過新中委的年齡臨界點者（67歲）；他們是表六列入的十一人中的十人，包括第四代中、後期（1950至1959年生）的習近平、李克強、李源潮、汪洋和第四代前期（1945至1949年生）的張德江、俞正聲、劉延東、王岐山、張高麗、劉雲山。

　　十一人中的「唯一例外」是薄熙來。他有重慶模式的爭議，王立軍案件的牽連。2012年4月10日，中共中央宣布停止他的政治局委員職務。

　　第二層次，是已有中央書記處書記台階的令計劃（56歲，現兼任中央辦公廳主任）、王滬寧（57歲，現兼任中央政策研究室主任）。

　　第三層次，是已有中共中央軍委委員台階的許其亮（62歲，空軍司令員）、常萬全（63歲，總裝備部部長），均具上將軍銜。

　　按政治局的結構，政治局委員中有中央軍委會的代表二人（分別有總參謀部、總政治部資歷），均為軍委副主席。

　　現任副主席郭伯雄（原指揮官）、徐才厚（原政工），因超過67歲不會再「入局」，許、常有接任的順位優勢，但並無「替代的當然」。原因之一是，二個預定接任軍委副主席者要有一人有政工背景。

　　在指揮官和政工各一人的「定格量化」之下，或有政工背景的第三競爭者，現任海軍政委劉曉江（63歲，胡耀邦女婿），總後勤部政委劉源（61歲，劉少奇之子），第二炮兵政委張海陽（63歲，張震上將之子），總政治部副主任童世平（65歲），都具上將軍銜，有資歷優勢；其中，劉曉江和童世平有總政副主任的台階，具備升總政主任的順位優勢，但前者

有重病的傳聞。

表八：解構中共中央政治局

分層	中共十六屆〔2002-2007〕	中共十七屆〔2007-2012〕（2012年齡）
1. 中央政治局常委	胡錦濤　吳邦國 溫家寶　賈慶林 曾慶紅　黃　菊 吳官正　李長春 羅　幹	胡錦濤（70）　吳邦國（71） 溫家寶（70）　賈慶林（72） 李長春（68）　習近平（59） 李克強（57）　賀國強（69） 周永康（70）
2. 書記處書記	劉雲山（宣傳） 周永康（政法） 賀國強（組織） 王　剛（中辦）	劉雲山（65，宣傳） 李源潮（62，組織）
3. 國務院副總理	曾培炎　吳　儀 回良玉	回良玉（68）　張德江（66） 王岐山（64） 劉延東（67，國務委員）
4. 軍委副主席	郭伯雄　徐才厚	郭伯雄（70）　徐才厚（69）
5. 人大黨組副書記	王兆國	王兆國（71）
6. 政協黨組副書記	－	王　剛（70）
7. 地方領導人	劉　淇（北京） 陳良宇（上海） 張立昌（天津） 張德江（東部，廣東） 俞正聲（中部，湖北） 王樂泉（西部，新疆）*	劉　淇（70，北京） 俞正聲（67，上海） 張高麗（66，天津） 薄熙來（63，重慶）★ 汪　洋（57，東部，廣東） 王樂泉（68，西部，新疆）
總人數	25	25

說明：十六屆政治局有二十四個委員、一個候補委員（王剛），十七屆都是委員。*王樂泉已於2010年調離新疆，轉任中央政法委副書記。如「七上八下」模式不改變，68歲或68歲以上者要退下。★薄熙來涉案已被停職（2012年4月）。

柒、世代交替：四十後與五十後領導層

一、定格量化：沈躍躍有替代優勢

除了上述三類之外，按政治局人選的結構，具有順位優勢者，還有沈躍躍、楊晶、李建國等。

政治局人選的「定格量化」之一，是中組部長和中宣部長，有政治局委員和書記處書記的席位，前者如十六屆的賀國強、十七屆的李源潮，後者如歷任兩屆的劉雲山。

這種「定格量化」如不改變，則沈躍躍是強勢競爭者。

第四代後期女將、55歲的沈躍躍，現任中共中央組織部常務副部長，有正部級的台階。現任中央書記處書記、中組部長李源潮諒在「十八大」後升任政治局常委，接替習近平任書記處常務書記，沈氏有接替李氏任中央書記處書記、中組部長的順位優勢和替代優勢，按例可以「入政治局」。

所謂替代優勢，是指積累了豐富的資歷優勢、經驗優勢、政績優勢，又有某一職務的順位優勢，因而具備在同一系統內接替前任的競爭優勢。

沈氏兼具中央與地方資歷，有中共浙江省委組織部部長、安徽省委副書記、中組部副部長、國務院人事部副部長的台階，有中央和地方組織工作的經驗優勢，也有地方共青團背景（浙江團省委副書記、書記），以組織能力強、務實、正派聞名。[85]

她如能「入局」又任書記處書記，則是中共建黨（1921）以來，第二位女性書記。[86]

---

[85] 丁望，「李源潮登塔頂　沈躍躍也飛躍」，信報（香港），2010年11月4日，第20版。

[86] 第一位是受知於胡耀邦的郝建秀；1982至1985年任書記處候補書記，1985至1987年任書記處書記。

現任的中央書記處書記、中央政策研究室主任王滬寧，有接替劉雲山任中宣部長的菁英優勢，如任此職便有機會「入局」。

二、少數民族：楊晶有省部級台階

如前述的「定格量化」，政治局有一個少數民族的席位，由預定擔任國務院副總理或國務委員者「入局」。十六、十七屆政治局委員的回良玉，是回族；在國務院，他是主管三農、宗教、少數民族的副總理（任期2003至2013年）。

在現任正部級高幹中，蒙古族的楊晶（四中，59歲），是唯一有省長（內蒙自治區政府主席）和國務院部長（民族事務委員會主任）的資歷、又有中央委員身分，具少數民族的族群代表性優勢。[87] 已有省長台階的王正偉（回族，寧夏）、努爾‧白克力（維吾爾族，新疆），卻無國務院的部長資歷。

三、人大黨組：李建國有入局順位

在政治局的結構中，有「人大」第一副委員長、黨組副書記的席位。

現任的「人大」第一副委員長兼黨組副書記王兆國，會在「十八大」後退出政治局，現任副委員長兼秘書長、黨組成員李建國（四前，66歲），有接替他的順位優勢。

2013年3月十二屆「人大」改組時，排在他前面的中共黨籍副委員長王兆國、路甬祥、烏雲其木格、華建敏、陳至立（參閱表六）等，因年齡邊界或任期邊界要退下，李氏最有可能成為第一副委員長，並主持人大和黨組日常工作。

---

[87] 楊晶又有地方共青團背景，當過內蒙團委書記。

　　李氏受知於中共天津市委領導人陳偉達、胡啟立、李瑞環等，一度任胡氏的秘書。他崛起於天津，曾任天津市委辦公廳副主任、主任和市委副秘書長、秘書長（接鄭萬通），為李瑞環主持天津市委時的政治大管家。後來，當過天津市委副書記，陝西、山東省委書記，具地方資歷優勢。政治局如保留「人大」黨組副書記的席位，他可望「入局」。李瑞環在政壇的崛起，得力於胡耀邦、萬里。

　　李建國有政治血緣優勢，其父李雲川曾任駐瑞士大使、國務院勞動人事部常務副部長（正部級）。

　　現屆的「政協」黨組副書記是政治局委員王剛（政協副主席），將在「十八大」後退下，繼任的可能人選之一，是現任政治局委員、書記處書記、宣傳部部長劉雲山（四前，65歲）。他擔任中宣部長兩屆十年，按中共中央相關文件的規定，不會再續任（請參閱第12頁及註32）。令計劃也有可能接替王剛，他的機會或比劉雲山較大。

四、行政系統：孟建柱、張平和王家瑞

　　在政治局人選的「定格量化」中，政法系統至少有一個席位。現任中共中央政法委副書記、國務委員兼公安部長的孟建柱（四前，65歲），是政法系統的代表人物，有地方台階（上海市委副書記、江西省委書記），在江西（2001-2007）執行國務院林業產權改革有政績，有「入局」的資歷優勢。

　　他既被稱為「江親信」，又是國務院領導層能「接受」的官員，在「十八大」的派系平衡中，有被「看好」的一面；政法系統的經驗，更是他重要的政治資源。

　　按政治局的結構，預定2013年3月擔任國務院副總理者和部分國務委員，也有政治局席位。現任的國務委員馬凱、「發改委」主任張平（均四前，66歲），工業和信息化部部長苗圩（四中，57歲）等，有很強的資歷

優勢。他們如不能「入局」，也有在國務院或「人大」高層的競爭條件。

　　在外交系統至少有一人「入局」或在國務院高層（如當國務委員主管外交），具競爭力者有中共中央對外聯絡部部長王家瑞（四前，63歲）、外交部黨委書記（正部級）張志軍（四中，59歲）。

五、沒有懸念：郭金龍進入政治局

　　政治局的地方席位，有四個直轄市、東部廣東和西部新疆的書記，這是比較固定的席位分配模式；山東或中部的湖北，曾有過代表，但並不固定。

　　中共「十八大」前的地方（省）換屆改組，於7月3日完成。依正省級的年齡邊界，新一屆書記都應在65歲以下。但是，三十一省（含直轄市）的書記中，有兩類「特殊的例外」。一是具政治局委員銜、未超過67歲（可入新一屆中委會）者：上海的俞正聲、重慶的張德江、天津的張高麗；二是北京的郭金龍和浙江的趙洪祝。

　　第一類，是以政治局委員身分兼直轄市的市委書記。政治局委員是高於部長的高層黨幹部，即「黨和國家領導人」，不受正省、部級年齡邊界的約束；在地方換屆時，他們仍當市委書記，是將在十八屆中委會連任政治局委員或「入常」；這是過渡性安排，在「十八大」開幕前，會有新人選替代他們的地方職務。

　　第二類，是釋放了「更上一層樓」的政治符號。

　　中共北京市委的換屆改組，於7月3日定案、公布。65歲的郭金龍接替70歲的劉淇（政治局委員），出任北京市委書記，按「十六大」、「十七大」模式，「入局」沒有政治懸念。

　　郭氏畢業於南京大學物理系，有長期的地方工作經驗，扎根於四川、西藏、安徽三省和北京市，曾任中共四川省委副書記（1992-1993）、西藏區委副書記（1993-2000），後來擔任西藏、安徽的書記（2000-2004，

2004-2007），2007年至今任北京市市長。

現任地方幹部中，他的地方資歷優勢甚強，又地跨西、中、東部，兼具農村和大都市的經驗，派系性不明顯。

六、浙江書記：趙洪祝更上一層樓

對於趙洪祝以65歲之齡連任浙江省委書記，本文的解讀是：這是具「標誌性」的過渡安排，所謂「標誌」，是指在「十八大」改組中會「更上一層樓」。「上樓」有兩個層次，一是「入局」，將調上海或廣東等有政治局席位的省、直轄市當書記（另一可能是經濟大省浙江也有政治局席位，趙氏留在浙江）；二是入中央書記處而不「入局」，接替何勇的書記處書記和「中紀委」常務副書記職務。

胡耀邦十分信賴的喬石、尉健行（先後擔任「中組部」部長、「中紀委」書記），在紀檢系統有扎實的基礎。何勇是他們十分了解、重用的部屬，尉氏先後任中組部長、國務院監察部長時，他都任副部長（後曾任監察部長）；在尉氏主持「中紀委」時（1992-2002），他是中紀委常委、副書記。

趙洪祝與尉氏也有近距離的網絡關係，在尉氏手下先後當「中紀委」辦公廳副主任、主任、副秘書長和常委，為尉氏的政治大管家，後來曾任監察部副部長，具有紀檢系統經驗優勢。[88]

現任中紀委副書記、監察部部長馬馼（女，四前，64歲），有同類經驗，也有接替何勇的台階。

但是趙氏的資歷優勢較強，2003至2007年當過中組部常務副部長（正部級），又有浙江省委書記的歷練（2007-2012）。

中共上海市委副書記、市長韓正（四中，58歲）被稱為「江派」，管

---

[88] 丁望，「浙江趙洪祝或入書記處」，信報（香港），2012年6月25日，第A20版。

理大城市的經驗豐富，但只有「上海經驗」，沒有上海以外的資歷。

其他省份的資深省委書記，多有兩省以上的省委書記台階，如陝西的趙樂際、河南的盧展工、四川的劉奇葆、安徽的張寶順。就地方資歷的廣度而言，韓正比較弱，升任上海市委書記而「入局」的競爭動力較低，如能升任書記，則自有政治局的席位。

七、地方代表：周強和張春賢突出

湖南的周強（五代，52歲）不管是否會調到重慶，都像新疆的張春賢（四中，59歲），具有較強的「入局」競爭優勢。他有法律教育背景和司法部資歷，為李克強之後的共青團中央第一書記，後任湖南省長、省委書記（2006-2010，2010-），積極推動地方行政程序的立法。

張春賢有國務院交通部長和雲南省長助理、湖南省委書記台階，在湖南以寬猛相濟之公共治理聞名。他現任中共新疆區委書記（接王樂泉）、新疆軍區和新疆生產建設兵團黨委第一書記、中共中央新疆工作協調小組副組長。在新疆實施湖南式的寬猛相濟治理政策，一方面猛打「東突」新疆獨立運動和恐怖分子活動，[89] 另方面緩和官民衝突。他的資歷、政績創造了上升的競爭優勢。

山東的姜異康（四中，59歲），兼具中央和地方的資歷優勢，亦較有競爭動力。

政治局人選的「定格量化」，還在於年齡結構。新「入局」者至少有一人是55歲以下或55歲邊緣，如十四屆的胡錦濤（時年50歲，下同）、吳邦國（51）、溫家寶（50），他們分別是政治局的常委、委員、候補委員；十五屆的溫家寶（55歲，升為政治局委員）、李長春（53）；十六屆的劉雲山（55）和張德江（56）、陳良宇（56）；十七屆的習近平

---

89 「張春賢與土耳其總理峰會會談」，新疆日報（烏魯木齊），2012年4月10日，第1版。

（54）、李克強（52）、汪洋（52）。

表九：中共十八屆政治局常委會競爭者

身分代表	十七屆常委（現齡），職務	十八屆具競爭優勢者（現齡），現職〔預定職務〕
中央總書記國家主席	1胡錦濤（70），國家主席、軍委主席、國安小組組長	1習近平（59），常務書記、國家副主席〔中央總書記、國家主席〕
國務院總理	3溫家寶（70），總理、中央財經小組組長	2李克強（57），常務副總理〔國務院總理〕
人大委員長	2吳邦國（71），委員長國安小組副組長	3張德江（66），■副總理〔人大委員長〕
政協主席	4賈慶林（72），政協主席、中央對台小組副組長	4a俞正聲（67），■上海書記4b劉延東（67），■國務委員〔政協主席〕
書記處常務書記	6習近平（59），國家副主席、中央黨建小組組長	5李源潮（62），■▲中組部長〔書記處常務書記〕
宣傳思想系統總管	5李長春（68），中央宣傳思想領導小組組長	6a劉延東，同4b6b劉雲山（65），■▲中宣部長6c汪　洋（57），■廣東省委書記〔宣傳思想系統總管〕
常務副總理	7李克強（57），常務副總理	7王岐山（64），副總理〔常務副總理〕
中央紀委書記	8賀國強（69），紀委書記	8a汪　洋（同6c）8b俞正聲（同4a）8c張高麗（66），■天津書記〔中央紀委書記〕
政法系統總管	9周永康（70），中央政法委書記、新疆小組組長	9a孟建柱（65），●國務委員兼公安部長9b張高麗（同8c）〔中央政法委書記〕

說明：■▲●分別代表中共十七屆中央政治局委員、書記處書記和中央委員。第二欄，姓名前的數字，是在常委會的排序。

　　十八屆如不改變與55歲有關的「定格量化」，則沈躍躍、周強和趙樂際（55歲），具有「入局」的年齡優勢，這是資歷優勢之外很強的政治資源。

捌、新三馬車：習近平、李克強和李源潮

　　新一屆的政治局常委會，如維持前兩屆的組合模式，由九人組成，則具有政治局常委競爭條件者中，最具菁英優勢的八人是：第四代中期（1950至1956年生）的習近平、李克強、李源潮和汪洋；第四代前期（1945至1949年生）的張德江、俞正聲、劉延東、王岐山（參閱表九）。

　　略弱的競爭者有孟建柱和劉雲山、張高麗，都是第四代前期官員。他們如不能「入常」，仍會在「黨和國家領導人」之列。後兩人可連任政治局委員，張有當副總理或調任上海市委、廣東省委書記的資歷優勢，他的地方經濟和對外開放經驗豐富；孟則「入局」或留在國務院高層。

　　常委人數如由九人減至七人，由預定任中紀委書記的常委兼管政治系統、另一常委兼管「宣傳思想系統」，則「八強」中的劉延東或俞正聲難以「入常」，只連任政治局委員。

　　在政治局這一層級，菁英優勢特別強的，文官中有令計劃、王滬寧、沈躍躍、李建國、郭金龍、張春賢、周強、姜異康和具少數民族代表優勢的楊晶（蒙古族）等；軍方（在政治局有二席）的強勢競爭者，則有常萬全、許其亮或劉曉江等。

一、地方台階：習近平在冀閩浙滬

　　最強勢的八人，大都兼具中央與地方的資歷優勢，地方歷練較長。習近平有最完整的地方台階，具縣、地區（相當於現在的地級市）、省會市（福州）、副省級市（廈門）、省和中央直轄市的資歷，當過福建、浙江的省長和浙江省委書記（2002-2007）、上海市委書記（2007-）。

習近平在福建的時間最長，從1985年任廈門市副市長（正廳級）到代省長、省長（1999-2002），長達十七年。他不只有相對的年齡優勢，地方資歷優勢甚強，也有相當的政績。在福建的對外開放、對台統戰，在浙江發展私營（民營）企業，積聚在地方的政治資源。更為重要的，是他有很強的政治血緣優勢，父習仲勛（1913-2002）生前官至政治局委員、「人大」副委員長；他早年曾任中共中央軍委秘書長、國防部長耿飆的秘書（1979-1982）。

二、兩李入常：中央團系政治菁英

李克強是繼王兆國、胡錦濤、劉延東之後的中央團系「靈魂人物」，在團中央十六年（1982-1998），曾任第一書記（1993-1998），有河南省省長和河南、遼寧省委書記資歷，在遼寧以工礦區木屋（棚戶區）拆建、提供保障性住房等建立政績。2008年3月成為國務院常務副總理，協助溫家寶深化改革，主管宏觀經濟規劃和環保、國土資源和能源、基建和住房保障、財稅、衛生、食品安全等。他有農業大省河南、老工業大省遼寧的地方經濟工作經驗，也有國務院宏觀經濟規劃和調控的歷練、理論基礎。[90]他畢業於北大法律系，有法學基礎。在現任政治局委員中，他是唯一受過正規國民教育體系法律專業教育者。

李源潮也是中央團系的政治菁英，長期任團中央書記（1983-1991），是王兆國、胡錦濤、劉延東的政治夥伴，受知於胡耀邦，曾隨他下鄉調研，有近距離接觸他的機會。[91]他有國務院文化部副部長、南京市委書記、江蘇省委書記的台階。「十七大」後主持中組部，大肆改革幹

90 李克強，「關於調整經濟結構　促進持續發展的幾個問題」，新華文摘（北京），2010年第16期（2010年8月），頁1-70。

91 李源潮，「共產黨人的高風亮節：懷念胡耀邦同志」，紀明編，大地之子（北京：中國人民大學出版社，1999），頁59-60。

部管理制度，[92] 激活交流機制，大幅增強地方幹部易地和央地（中央與地方）幹部交流，並有兩者互動、互補的模式創新，也強化地方幹部的培訓，增加提拔少數民族、女性幹部。

李源潮具備政治局常委、書記處常務書記的順位優勢，有接替習近平主持書記處日常工作的替代優勢。在中共中央政治局，擔任（或預定擔任）總書記、國務院總理和書記處常務書記者，「權力含金量」最高，形成金字塔頂的「三馬車」，如十六屆的胡錦濤、溫家寶和曾慶紅，十七屆的胡、溫和習近平。在十八屆的政治局，習近平、李克強和李源潮組成「新三馬車」，似已成定局。

三、重慶事件：張德江再增新機遇

在現任政治局委員中，張德江是唯一有四個省委書記的台階（1995-2007、2012-），包括四個板塊中的東北（吉林）、東部（浙江、廣東）和西部（重慶），有最強的地方資歷優勢。他也有國務院部門台階，1986至1990年任民政部常務副部長兼黨組副書記（定為正部級）；2008年以來任副總理，主管工業、交通、國企和安全生產。

他是中組部喬石等在1980年代篩選的「後備幹部」，由總書記胡耀邦拍板列為「培養對象」。1990年代以來受江重用，被稱為「江派」（另稱「靠江派」），但不是「新海派」（上海幹部）那樣的嫡系。

2012年3月，薄熙來調離重慶，張德江於4月接任重慶市委書記，這是過渡性的兼職。他是各派比較能接受的「靠江派」，兼任重慶職務是妥協

---

92 「組織部長要選賢任能公道正派」，人民日報（北京），2012年4月6日，第2版；「李源潮：推進幹部人事制度改革　建高素質幹部隊伍」，中華人民共和國中央人民政府門戶網，2010年7月16日，http://www.gov.con/jrzg/2010-07/16/content_1656466.htm；「李源潮強調加強中央機關與地方幹部雙向交流」，新華，2010年12月9日，http://news.xinhuanet.com/2010-12/09/c_12864488.htm。

的安排。重慶事件的善後，是他競爭「入常」的新機遇，如創下新的政績，「入常」自更順利。

在「十八大」前各方權力分配的角力中，胡錦濤無法迴避「江派」的訴求，張德江「入常」的資歷優勢強。「入常」的可能「代表身分」之一，是預定2013年任「人大」委員長。

有人說，張德江已出任重慶市委書記，會留在重慶不「入常」。這是不可能的事。他接替薄熙來當重慶市委書記，如同1995年尉健行（時為政治局委員）接陳希同（涉貪污案免職）任北京市委書記，是短期性的。為了兼任重慶市委書記而不升政治局常委之說，是不合政治邏輯。

另有一說，張高麗、李源潮比張德江的資歷更強，其中一人將接任「人大」委員長，並因這種預設安排而先成為政治局常委。

事實是：在現任政治局成員未超過67歲者中，只有張德江、俞正聲和劉雲山（請參閱表六），有政治局兩屆十年的資歷；張氏還有國務院副總理的台階。按中共「十三大」（1987）以後的慣例，「人大」委員長都由具副總理台階者擔任（從1988年的萬里、1993年的喬石直至2002年的吳邦國）。此慣例如果不改變，張德江有接任人大委員長並先「入常」的順位優勢。

四、首位女性：或入政治局常委會

劉延東有共青團中央（1982-1991）和中共中央統戰部（1991-2007）的系統經驗優勢（2002年接王兆國任統戰部部長）。2007年「十七大」後任政治局委員，在國務院任國務委員（2003-），主管科、教、文、體和婦女兒童、港澳工作；在中共中央宣傳小組，她是副組長，有宣傳系統的台階。

她受知於胡耀邦，有很強的政治血緣優勢，父親生前任農業部常務副部長兼黨組書記（正部級）。她的關係網絡甚好，是胡錦濤、王兆國的政

治夥伴。

　　她在統戰系統十六年的資歷、政協副主席（2003-2008）的台階，建立了接任政協主席、升任政治局常委的順位優勢。

　　她又有接替李長春主持宣傳系統的台階優勢。在中共黨政界，宣傳系統並不只是指政治宣傳，它包括兩個板塊，一是中共中央宣傳部掌控的宣傳、思想教育機構，如黨報、黨刊等黨辦媒體和社會科學院，二是國務院主持的科技部、教育部、文化部和體育總局等。在李長春總管之下，前一個板塊由政治局委員、中宣部長劉雲山主管，後一板塊是劉延東的權力範圍。與「江派」的劉雲山一樣，她有接替李長春的順位優勢。但最後的「拍板」，是「雲上」還是「東升」，則與利益集團的博弈相關。

　　中共前朝權要的「後影響力」，在宣傳（筆桿子）、政法（刀把子）系統，主導「十八大」改組的胡錦濤還得周旋，在互有得失之下妥協並做出「平衡安排」。[93]

　　劉延東如「入常」（主管宣傳或主管政協），將是女性在中共建黨以來常委會的「零突破」。

玖、簡要結論：權力重組形成老壯共治

一、菁英優勢：強勢者與新三馬車

　　本文分析中共「十八大」權力重組，以一項「制度設計」不改變為假定，即「七上八下」的「十六大」模式不變。這項「制度設計」是：中共新一屆中央委員的年齡臨界點為67歲，67歲或67歲以下具備入中委會的年齡條件，68歲或68歲以上則要退位；今年的「年齡劃線」以1945年為界

---

[93] 如由劉延東「入常」接替李長春，同時安排王滬寧升政治局委員（仍兼書記處書記），並接任中宣部長，是江、胡妥協的可能「選項」之一。王原是上海復旦大學教授，是相對比較開明的參政者，獲江提拔重用，又為胡接受。

（「十七大」是1940年），1945或1945年後出生者，才有機會入中委會。在維持「七上八下」模式之下，中共中央高層的代謝率會很高。

　　本文解構中共選拔接班群的制度結構，提出「定格量化」和黨政領導預設機制的概念。

　　在秩序文化的視角下，本文評估具備「入常」或「入局」競爭動力者、菁英優勢特別強者，在表九和第捌節（41-45頁）列出。

　　重組後的政治局，是第四代前期（1945至1949年出生）的張德江、俞正聲、劉延東、王岐山等，和第四代中、後期（1950至1959年出生）共治；前者扮演承上啟下的角色，後者則居最核心地位，主導中共黨政工作，形成習近平、李克強、李源潮的「新三馬車」。

　　在中央階層的黨政新領導層，不可能是「五十後」獨大。在中共省委領導層，「五十後」處於主導地位；「六十後」（1960年或以後出生的第五代）比重在增大，在正省級中則仍甚低。

二、權力體制：高度集權弊端未改

　　中共的權力觀和政治體制並沒有「本質改變」。儘管胡溫新政以來有觀念更新，也推行了較廣的行政體制改革，中央和省兩個領導層仍是高度集權，決策權集中於常委，在省或省以下的地方領導層則往往集中於「一把手」[94]，「長官意志」決策和施政，[95] 衍生了薄熙來專權的重慶模式。

---

[94] 中央組織部黨建研究課題組，「關於地方黨委一把手行使職權情況的調查報告」，黨建研究內參（北京），2007年第2期（2007年2月5日），頁1-6。此文稱：「有的大權獨攬，小權不放；有的無視黨內民主，該集體研究決定的事項，不討論不研究，一人說了算；有的不遵守黨的政治紀律，有令不行、有禁不止；有的隨意簡化工作程序，規避制度約束等。」

[95] 崔裕蒙，「科學分解和配置行政決策權」，內部參閱（北京），2007年第43期（2007年11月16日），頁13-19。此文稱：「決策權力的高度集中」，使決策的一些環節「成了執行『長官意志』的工具」：「你要進行專家論證，我就花高薪聘我所用的專家；你要舉行決策聽證，我就盡可能減少反對者的話語權；你主張決策公示，我就把有益於我的信息放大。」它稱：「作風專制的領導者則視規則為兒戲。」

這兩、三年，溫家寶多次提到要「解決」權力過分集中的弊端，也在國務院出台了一批行政管理改革和行政程序的政策、文件。[96] 在「十八大」後，新領導層或會推進這方面的改革。

三、央地關係：利益博弈政令難暢

中共的中央政令難以暢通，是當前中央與地方關係（簡稱「央地關係」）的危機之一。自1980年代中央與地方「財政分灶」以來，中央逐步向地方放權，又經常以宏觀調控之名收權，大體形成政治集權和經濟分權的格局。

央地關係以經濟利益博弈為一大特色，組織控制與服從命令的「有效性」降低，有政治野心、派系勢力者，熱中於「政績工程」，對抗政令（如避免GDP增長太高的宏調指令），並不鮮見。重慶的GDP多年超過15%增長率，就與薄熙來的「長官意志」有關。以類似「文革」的手段推動「唱紅歌念語錄」的極左之舉，更與中共中央的「政策主流」相背。省以下的地方黨政界，有更多的「地方山頭主義」弊端。

胡溫已著手處理省領導層的「半獨立王國」，較早前把「新疆王」王樂泉（在新疆領導層十數年）調走；2012年3月則把薄熙來調離重慶，並以處理薄熙來事件重建「中央權威」。胡溫之後的新領導層，諒會增強改善央地關係。

四、鞏固地位：維持兩岸良性互動

從習近平、李克強、李源潮近兩年的講話、文章來看，他們留意吏治腐敗，也有繼續改善大陸與台灣關係的意向。

---

[96] 「我國將進一步推進行政審批改革」，決策信息簡報（北京），2012年第2期（2012年1月31日），頁11-12。

　　他們成為「十八大」後的領導核心後，勢必會忙於央地關係的整合，應對歐債危機負面影響，發展經濟改善民生，整治官吏貪腐，以緩和民怨，鞏固權力地位。在這種「改善民生鞏固權力」的優先取向之下，他們諒會避免兩岸關係倒退。

　　有人認為，習近平接任總書記後會推行政改，為「六四事件」平反，對台政策的政治空間會更大。這是過分樂觀的評估。

　　「六四事件」的平反，絕不會是習近平的「當務之急」。他在中共中央黨校的一系列演講，大都是言必稱「兩M」，大引馬（Ma）克思、毛（Mao）澤東語錄，重新抬高「毛澤東思想」。這是不同於胡錦濤（少引兩M）之處，更與溫家寶幾乎不引「兩M」、表示認同普世價值的改革觀大異其趣。[97] 習氏熱中引述「兩M」語錄，恰折射政治的偏緊趨勢。[98]

[97] 丁望，「習近平：從農民到總書記──中共十八大與政治菁英分析之一」，信報月刊（香港），2012年6月1日，頁50-54。

[98] 丁望，「八九請願事件　翻案障礙重重」，信報（香港），2012年6月7日，第A17版。

參考書目

一、中文圖書

丁望，六四前後：對八九民運前後的政治分析（台北：遠景出版事業公司，1995）。

＿＿＿，北京跨世紀接班人，增訂二版（香港：當代名家出版社，1998）。

＿＿＿，胡錦濤與共青團接班群，二版（香港：當代名家出版社，2005）。

中共中央組織部幹部調配司編，參照國家公務員制度管理工作指導手冊，第1冊（北京：黨建讀物出版社，1995）。

中共新疆維吾爾族自治區委員會編，新疆工作文獻選編〔1949-2010〕（北京：中央文獻出版社，2010）。

中國共產黨第十七次全國代表大會文件匯編（北京：人民出版社，2007）。

中國共產黨歷史，第2卷（北京：中共黨史出版社，2011）。

中國社會科學院哲學研究所編寫組，無產階級專政學說史〔1842-1895〕（長春：吉林人民出版社，1979）。

王忠林注釋，新譯荀子讀本（台北：三民書局，1978）。

王信賢，爭辯中的中國社會組織研究：「國家—社會」關係的視角（台北：韋伯文化出版社，2006）。

王夢鷗注譯，禮記今註今譯，二版（台北：台灣商務印書館，1971）。

石佑啟、楊治坤、黃新波，論行政體制改革與行政法治（北京：北京大學出版社，2009）。

石亞軍編，中國行政管理體制實證研究：問卷調查數據分析（北京：中國政法大學出版社，2010）。

布魯斯（波蘭）著，鄭秉文譯，社會主義的所有制與政治體制（北京：華夏出版社，1989）。

列寧選集，第3卷（北京：人民出版社，1965）。

李俊清，現代文官制度在中國的創構（北京：三聯書店，2007）。

俞可平編，中國地方政府創新案例研究報告〔2003-2004〕（北京：北京大學出版社，2006）。

姜華宜、張蔚萍，中國共產黨會議概要（瀋陽：瀋陽出版社，1991）。

徐斯儉、吳玉山編，黨國蛻變——中共政權的菁英與政策（台北：五南圖書出版公司，2007）。

崔武年，我的83個月（香港：高文出版社，2003）。

寇健文，中共菁英政治的演變：制度化與權力轉移（台北：五南圖書出版公司，2005）。

新華社總編室編，信心與希望：溫家寶總理訪談實錄（北京：新華出版社，2010）。

陳德昇主編，中共「十七大」政治菁英甄補與地方治理（台北：INK印刻出版有限公司，2008）。

陳德昇，中共國務院機構改革之研究〔1978-1998〕（台北：永業出版社，1999）。

楊伯峻編著，論語譯注（上海：中華印書局，1958）。

趙建民，當代中共政治分析（台北：五南圖書出版公司，1997）。

二、中文文章（期刊、報紙）

「任建明：選拔領導幹部兩種模式的比較」，內部參閱（北京），2003年第26期（2003年7月11日），頁9-19。

「李克強：保持經濟平穩較快發展」，原載求是雜誌，2009年第16期（2009年8月16日），中央政府門戶網（北京），2009年8月2日。

丁望，「胡溫維新與科學發展觀」，信報財經月刊（香港），2007年12月號，頁46-50。

＿＿＿，「天蒼蒼分三類　水滔滔思天道」，信報（香港），2008年6月25日，第11版。

＿＿＿，「沿布列頓森林　整合秩序文化」，信報（香港），2008年11月19日，第11版。

中國行政管理學會課題組，「政府效能建設研究報告」，中國行政管理，2012年第2期，頁7-10。

由冀，「兩岸戰略新格局與北京對台政策的重大調整」，發表於中共政經發展與兩岸關係：2008-2009檢視與前瞻研討會論文（台北：政治大學中國區域發展暨治理論壇主辦，2009年5月），頁1-17。

呂承文等，「地方治理行動自由空間中的五大矛盾解析：個人與制度衝突」，公共行政，2012年第2期，頁30-34。

李源潮，「以最堅決的態度整治用人不正之風」，人民日報（北京），2009年5月25日，第2版。

汪洋，「組織部長要對上不曲意逢迎，對下不許官許願」（原載廣州日報），中國共產黨新聞網
　　（北京），2012年3月20日。

周強，「抓依法行政　也是抓發展」，人民日報（北京），2008年9月13日，第10版。

習近平，「領導幹部要讀點歷史」，學習時報（北京），2011年9月5日，第1版。

莫勇波、張定安，「制度執行力：概念辨析及構建要素」，公共行政（北京），2012年第2
　　期，頁15-21。

許耀桐，「黨內監督何以能量不大」，改革內參（北京），2007年第28期（2007年10月1
　　日），頁3-5。

郭衛天、劉為民，「我國行政體制內卷化傾向淺析」，國家行政學院學報（北京），2011年第6
　　期（2011年12月），頁37-41。

劉姬，「黨的地方組織權力運行主體偏離」，改革內參（北京），2007年第26期（2007年9月
　　10日），頁8-10。

薄智躍，「中共十七屆政治局候選人：從地方菁英到權力核心」，收錄於陳德昇主編，中共
　　「十七大」政治菁英甄補與地方治理（台北：INK印刻出版有限公司，2008）。

三、網路文稿

「中共中央決定對薄熙來同志嚴重違紀問題立案調查」，中華人民共和國中央人民政府門戶網，
　　2012年4月10日，http://www.gov.cn/jrzg/2012-04/10/content_2110508.htm。

「全國宣傳部長會議在北京舉行　李長春出席並講話」，中國共產黨新聞網，2012年1月5日，
　　http://cpc.people.com.cn/GB/64093/64094/16794791.html。

「周強：推進幹部人事制度改革」，新華網，2010年5月25日，http://news.xinhuanet.com/
　　politics/2010-05/25/c_12139490.htm。

「溫家寶與南開師生談心　細數從學經歷冀青年重民生」，中國教育報，2011年11月2日，
　　http://www.chinanews.com/gn/2011/11-02/3432775.shtml。

「賀衛方：溫總真誠推政改」，明報新聞網，2012年3月24日，http://news.mingpao.
　　com/20120324/caal.htm。

「劉延東：全面提高高等教育質量必須堅持改革創新」，中華人民共和國中央人民政府門戶網，2012年3月23日，http://www.gov.cn/ldhd/2012-03/23/content_2098846.htm。

「劉國光：兩種改革觀的較量不可迴避」，馬克思主義評論網，http://www.reviewing.com/2012/0218/16571.html。

四、英文圖書

Huntington, Samuel P., *Political Order in Changing Societies* (New Haven: Yale University Press, 1998).

Shirk, Susan L., *The Political Logic of Economic Reform in China* (Berkeley: University of California Press, 1993).

Ting, Wang, *Chairman Hua Leader of the Chinese Communists* (Montreal: McGill-Queen's University Press, 1980).

Whitson, William W. ed., *The Military and Political Power in China in the 1970s* (New York and London: Praeger Publishers, 1972).

五、英文文稿

Cheng, Joseph Yu-shek and Wang Ting, "Administrative Reforms in China in 1992: Streamlining, Decentralization and Changing Government Functions," in Joseph Yu-shek Cheng and Maurice Brosseau eds., *China Review 1993* (Hong Kong: The Chinese University Press), pp. 4.1- 4.20.

Domes, Jurgen, "China in 1976: Tremors of Transition," *Asian Survey*, Vol. 17, No. 1 (January 1977), pp. 1-17.

Li, Cheng, "Jiang Zemins's Successsors: The Rise of the Fourth Generation of Leaders in the PRC," *The China Quarterly*, No. 161 (March 2000), pp. 1-40.

Page, Jeremy, Brian Spegele, and Steve Eder, "'Jackie Kennedy of China' at Center of Political Drama," *The Wall Street Journal,* http://online.wsj.com/article/SB10001424052702303299604577327472813686432.html.

Ting, Wang, "The Succession Problem," *Problems of Communism*, Vol. 22, No. 3 (May-June 1973), pp. 13-25.

中共「十八大」後的派系平衡與改革展望

林和立

（香港中文大學歷史系教授）

摘要

中共「十八大」將於2012年秋季舉行，本文檢視此世代交接的盛會召開前後的派系結構，以及預定以習近平為核心的中共第五代領導班子的政策取向。作者評估新領導班子將如何應對在政治、經濟與外交政策上一連串前所未有的挑戰。黨內外意識形態與政治改革遲未推展，「儲君」習近平、李克強（預定出任國務院總理）是否能夠有所作為？

就菁英政治的角度看，共產黨派系鬥爭兵家必爭之地，當然是在黨內權力核心中央政治局常委會的名額。目前中央政治局常委有九人，除了習近平與李克強以外，所有現任常委，均已達退休年齡。黨內最大派系共青團領導人胡錦濤，期盼除了現任國務院副總理李克強之外，共青團能再有二至三位成員「入常」。

從政策而言，值得關注的是，過去溫家寶和廣東省委書記汪洋所提倡的政治與體制改革會不會付諸行動；尤其是在前重慶市委書記薄熙來所推動的「唱紅打黑」運動，在3月遭受嚴重打擊後，政改的春天會否到來？然而，在「穩定重於一切」的大前提下，習近平至少在執政頭五年不可能大刀闊斧地進行政治或意識形態變革，改革前景不容樂觀。

關鍵詞：派系結構、「入常」、政改、「十八大」

壹、「十八大」後權力平衡的前景

中共高層刻意營造的團結表象，在2012年3月出現嚴重撕裂。中央政治局委員、備受矚目的太子黨薄熙來不再兼任重慶市委書記，且其中央委員與政治局委員資格被中止，薄與夫人谷開來正接受刑事審查，失去人身自由。

薄熙來失勢去職，是中共兩大派系長年鬥爭所造成的後果：一方是由胡錦濤主導的共青團，或稱為「團派」，另一方是太子黨與上海幫結合起來的勢力，唯江澤民與習近平馬首是瞻。薄熙來事件不免令人聯想到前上海市委書記陳良宇，他在2006年因貪污被逮捕，最終被免職與監禁。在薄案中，團派祭出的「反貪牌」、「反黨紀牌」，甚至謀殺外商的罪名，把薄打進萬惡深淵。[1]

由於薄熙來是太子黨的重要成員，且習近平曾在2011年年初視察重慶，肯定薄熙來的施政表現，如今薄垮台，代表整個太子黨在政治上一大挫敗。同時，北京政圈盛傳薄有可能利用他與解放軍中太子黨的關係圖謀政變，而薄的軍中「哥們」以總後勤部政委劉源與二炮部隊政委張海陽最為突出。劉、張以至其他「軍中太子」的仕途可能備受威脅。江澤民的健康亮起紅燈，無疑賦予胡錦濤確立團派權威地位的契機。然而，兩大派系間的權力平衡，只能在「十八大」中各派系有多少成員入常來確立。

根據黨內各派系在2011年底達成的共識，政治局常委席次將採取「三三三分配制」：共青團和太子黨各自佔據三個席次，最後三席由其他派系或沒有明顯派系傾向的幹部接任。照此舊有安排，共青團背景出身的

---

[1] 有關薄下與十八大人事安排，參看孫嘉業，「薄熙來出局後的十八大競爭」，明報，2012年4月18日，第A18版；Sharon LaFraniere and John F. Burns, "The Bo Xilai Scandal and The Mysterious Neil Heywood," *The New York Times*, April 11, 2012, http://www.nytimes.com/2012/04/12/world/asia/bo-xilai-scandal-and-the-mysterious-neil-heywood.html?_r=1。

國務院常務副總理李克強、中共中央組織部部長李源潮與廣東省委書記汪洋皆會「入常」。同樣地，習近平、國務院副總理王岐山，以及薄熙來或上海市委書記俞正聲也可能取得常委席次。最後三個常委可能從下列幹部中選出：國務院副總理張德江（張和江澤民關係密切）、天津市長張高麗（張和溫家寶關係密切）、中共中央宣傳部部長劉雲山（劉與江澤民關係密切）、國務委員劉延東（劉是團派大姐，又能為上海幫接受）、國務委員孟建柱（上海幫背景）。[2]

　　備受外界關注的是，薄熙來被解職之後，政治局新常委名單還會不會有三位太子黨成員。可能之一是薄熙來的「空缺」由俞正聲接替，他是太子黨老大哥兼鄧小平家族的代表。如此一來，太子黨的整體勢力就不會因薄熙來出局而受到重大削弱。然而，若胡錦濤利用薄熙來被罷黜的機會，將團派人馬（如劉延東）推入常委名單，共青團無疑將獲得重大優勢。更甚者，如此也讓太子黨在常委名單剩下兩個席次，大大打擊習近平的權力基礎。

　　必須說明的是，隨著革命元老凋零，政治強人不再，造成派系鬥爭加劇，但派系之間的差異，本質已經有所轉變。1997年鄧小平逝世前，中共不同派系之間的對立，主要源於意識形態與重大政策之爭。過去毛澤東和「走資派」劉少奇、鄧小平之間有所謂「兩條路線鬥爭」。在1980年代至1990年代，針對經濟自由化的步調與走向，鄧小平也與倡導「鳥籠經濟」的保守派元老陳雲數次交鋒。但是，在1989年發生「六四天安門事件」與1990年代初期蘇聯東歐共產政權垮台之後，黨內派系凝聚高度共識，他們

2　參考「北京倒薄內幕」，開放雜誌（香港），2012年4月號，頁13-31；Willy Lam, "Hu Jintao Draws Blood with the Wang Lijun Scandal," *China Brief*, Jamestown Foundation, Washington, March 2, 2012, http://www.jamestown.org/programs/chinabrief/single/?tx_ttnews%5Btt_news%5D=39092&tx_ttnews%5BbackPid%5D=25&cHash=4c9b60e4f8bf8dd6bc9f171a1e2a5e8c。

體會到在意識形態、黨國政策等「核心利益」上必須維持高度一致。這些共識包括共產黨無限期大權獨攬；加緊鎮壓異己的維穩工程；粉碎所謂將中國和平演變為資本主義國家的陰謀；以強硬手段對付在西藏、新疆、香港與台灣的分離主義者的「反北京」圖謀；將經濟成長率維持在7%至8%，以保持最起碼的社會穩定；維持黨政軍高幹與如央企等大企業集團的壟斷性既得利益等。[3]

　　主要派系不再因為意識形態而相互鬥爭，如今他們爭奪的主要是經濟與政治資源。譬如中央委員會和政治局常委的席次，以及國家應該重點投資哪些地區或領域等。但這類競爭激烈程度並不亞於意識形態鬥爭，甚至當經濟增長降溫時，各派系的資源爭奪戰可能變得更慘烈。

貳、「無為而治」的藝術

　　在胡錦濤尚未成為中共最高領導人之前，外界大量臆測「誰是『胡』」（Who's Hu?）──胡錦濤給外界的印象沉默寡言又面無表情，上任後他會成為哪種類型的領導人？關鍵是他是否會比江澤民呈現更多改革思維。

　　如今到了2012年，對習近平有同樣疑問的卻不多。主因可能是習近平從未給觀察家他具備「隱秘改革者」（closet reformist）的印象，也不曾讓外界感覺到他既有宏大遠景，也願意承擔風險付諸行動。中國知識分子與學界對習近平的看法均相對負面。拜維基解密（Wikileaks）之賜，我們能夠管窺2009年學者和時任美國上海總領事的康碧翠（Beatrice Camp）的

---

[3]　有關中共黨內各派系的分野與共識，參看Willy Lam, "The Death of Factions within the Chinese Communist Party?" *China Brief*, Jamestown Foundation, Washington, May 20, 2011, http://www.jamestown.org/single/?no_cache=1&tx_ttnews%5Btt_news%5D=37957。

對話。談話主題是習近平的政治取向。上海市美國學會會長丁幸豪指出，習近平在浙江和上海唯一的成就是「無為而治」。丁幸豪認為，習近平天性謹慎──他不過是設法讓局勢「不要陷入混亂」而已。上海大學歷史系教授朱學勤對習政權的改革前景的評價是：「沒有任何機會」，他說習近平不能、也不願意推動中國極需要的改革。根據上海社會科學院世界經濟研究所副所長徐明棋的見解，未來十年「情勢嚴峻」，因為北京必須解決許多盤根錯節的社會政治難題，胡錦濤的接班人面臨重大風險。[4]

　　丁幸豪用「無為而治」來形容習近平的治國理念一語中的。無為而治就是不特別做什麼事，更準確來說是「順應事情的發展」或順其自然。以無為而治來描述一位幹部或統治者不一定具有貶義。無為而治是道家代表人物老子善治的核心理念之一。無為而治是順應自然，讓人民依循天性，發展自身的長才、專業、能力與財富。然而，統治者的角色並不被動。表面上，統治者採全然不干預的立場：如果人民已經用正確的方式過活，他當然不應介入。在這樣的脈絡下，無為而治甚至和西方資本主義自由放任（laissez-faire）的傳統相仿：最好讓市場自己運作，而政府不應該干涉人民的創意與創業精神。但是，若人民朝著錯誤方向前進，統治者應該巧妙地、不強人所難地引導他們朝向「正道」。深謀遠慮的領導者應該以懷柔、協調、不強迫的方式帶領人民，讓人民感受到他們應該做的都是自然而然的事情。

　　然而，隨著時代變遷，「無為而治」也可以有明顯的貶義，用以形容墨守陳規、只想維持現狀的官員。這些人缺乏新思維，也欠缺將想法付諸實踐的勇氣和權威。提到習近平時，丁幸豪等人顯然是引用無為而治的貶義，但最重要的是習近平本人是遵循哪種版本的無為而治：是因為他深諳

---

[4] 參考維基解密 "Political Pessimism as 60th Anniversary Approaches," *Wikileaks*, September 9 2009, http://wikileaks.org/cable/2009/09/09SHANGHAI405.html。

道家只要人民遵守正道，就能隨性發展的智慧，或者習近平不過是個「和稀泥」式、畏懼大刀闊斧改革的「習以為常」型官僚？

　　綜觀習近平的仕途，習近平很難被識別出明顯的政治取向：他最廣為人知的特點，就是規避具有爭議的立場，並儘量遵循多數人的觀點，「與中央保持一致」。這項特色一度被他稱為「團結學」，或團結的藝術：維持同志間的和諧，並避免挑戰正統。[5] 事實上，習近平除了行事謹慎之外，不左不右的立場造就了他大器晚成的生涯。直到2007年，54歲的習近平才被拔擢為上海市委書記，等於取得政治局常委會的入門票。而他之所以成為胡錦濤的接班人，也是妥協與「團結」的結果：習近平不惹爭議、奉行中庸之道、不輕易冒險、鮮少樹敵，讓他在黨國機構中，為黨內多數派系所接受。

　　事實上，習近平毫無保留地擁護胡錦濤所支持的原則：用「馬克思主義與社會主義的現代化與中國化」，確保馬克思主義與社會主義能適用於二十一世紀的中國。習近平的保守論點在他於中央黨校的演說以及《求是》和《學習時報》等刊物所發表的文章中表露無遺。首先，習近平認為，「有中國特色的社會主義思想體系」——亦即中共正在實踐的理論——是「馬克思主義中國化」最新也最可行的路徑。他主張在任何情況下，中共都應該「運用馬克思主義的原則、觀點和方法，來研究與解決中國在轉變、建設和改革過程中所產生的實際問題」。[6]

　　習近平在許多演說中都引用大量證據，來證明毛澤東和其接班人如何做出正確的決策和策略。「王儲」習近平最常引用的例子，就是中國過去二、三十年所獲得的「經濟奇蹟」。他說：「近三十年來，我國以世界上

---

[5]　參見「習近平：我是如何跨入政界的」，中華兒女，2000年第7期，http://china.dwnews.com/big5/news/2012-02-21/58609785.html。

[6]　引自習近平，「大力推進中國特色社會主義理論體系的學習和研究」，求是新華網，2008年4月2日，http://news.xinhuanet.com/newscenter/2008-04/02/content_7900953.htm。

少有的速度持續快速發展起來」，習近平在2008年4月1日發表於《求是》雜誌的長篇文章中寫道：「社會主義和馬克思主義在中國大地上煥發出蓬勃生機。」習近平亦推崇胡溫體制奉為圭臬的「科學發展觀」。習近平強調，具有「豐富意識形態內容和內在邏輯」的科學發展觀，能夠實現「以人為本」的目標，並達到「全面、協調、可持續的發展」。習近平稱此為最先進、最成功的馬克思主義中國化的典範。[7]

雖然一般人都將薄熙來視為「唱紅」和恢復毛派思想的主要推手，但在2008至2010年期間，習近平亦在不同場合高舉復興毛派思想的重要性。薄熙來倡導的紅色運動，包括「唱紅」音樂會、倡念《毛語錄》，甚至鼓勵大學生在農村生活和工作，效法紅衛兵「向群眾學習」等等，都有明顯的政治動機：「十八大」入常。但對習近平而言，他復興毛派思想的動機，則更多是折射自身對「毛主席偉大思想和輝煌功勳的信仰。」[8]

習近平在中央黨校的致詞中，以馬克思主義和毛澤東思想來告誡黨校學子。他對黨校新生反覆強調，「德才兼備，以德為先」，這與毛澤東在甄補幹部時所重視的「又紅又專」相互呼應。當提到「黨的建設」或確保共產黨基層組織意識形態純淨性時，習指出領導人必須向「以毛澤東同志為核心的第一代中央領導集體開創的偉大工程」學習。當他視察各省市時，習近平喜歡頌揚由毛主席率先發掘的「無產階級模範」。習在2009年視察黑龍江大慶油田，他表揚了油田工人王進喜，並將他的傑出貢獻頌揚為「大慶鐵人精神」。習近平也大加讚揚「無產階級模範」，諸如犧牲自我的消防員雷鋒、無私奉獻的縣委書記焦裕祿等人。[9]

---

[7] 同上。

[8] 引自「薄熙來：偉大的民族必有高尚的文化追求」，重慶日報，2011年7月1日，http://www.cnnz.gov.cn/bbxq_content/2011-07/01/content_1507024.htm.。

[9] 引自「習近平湖南調研訪韶山向毛澤東銅像敬獻花籃」，中國新聞網，2011年3月23日，http://www.chinanews.com/gn/2011/03-23/2926435.shtml。

參、太子黨的興起

　　為了更深入了解習近平的權力基礎，進一步檢視太子黨的興起有其必要性。當中共高層領導梯隊逐漸趨向保守，擁有「革命血統」的幹部被視為捍衛毛澤東和長征世代所提倡的價值觀的不二人選。

　　在中國推動改革第一個十年，太子黨的政治命運遭受重大挫折。當時鄧小平反對讓過多太子黨出任黨政要職。在1980年代初期，據傳鄧小平在黨內會議指出，中央委員會裡太子黨的名額比例必須設限，如此才能避免任人唯親和派系鬥爭。鄧也規定著名的「五湖四海」原則，他指示未來的領導人都要來自不同派系和地域背景。相對於當官，太子黨被鼓勵經商。鄧小平的兒子鄧樸方和鄧質方都是中共第一代「下海」的成功商界人士，這並不意外。同樣的道理可以運用在第三、第四代領導人身上，包括李鵬、江澤民、朱鎔基和溫家寶的兒女在內。舉例來說，李鵬的兒女在能源產業相當活躍，而江澤民的兩個兒子曾是上海資訊科技產業巨頭。

　　許多太子黨的仕途都因鄧小平的設限而受到影響。舉薄熙來為例，他多年前在工業大省遼寧已成功營造自己的「諸侯」地盤，但在53歲以前，薄都未能進入中央委員會。許多太子黨，包括習近平、王岐山（前副總理姚依林為其岳父）和鄧樸方，都在仕途相對後期才進入中央委員會。這三人在1997年才首次進入中央委員會，成為候補委員。更甚者，在151位候補委員中，習近平獲得票數最低，而鄧與王的得票也屈居倒數第二和第七。[10]

　　當然，這並不表示太子黨在中國政治中不再扮演重要角色。所謂「次一級」太子黨──父親為資深幹部，但未達政治局或「黨國元老」的等級

---

[10] 有關習近平在十五大低票當選中央候補委員，參考吳鳴，習近平傳（香港：香港文化藝術出版社，2008），頁187-190。

——這些人仍能爬上權力巔峰。如江澤民與曾慶紅等上海幫領導人。江的養父是革命烈士江上青，而曾的父親則是前內務部長曾山。在1990年代後期到2000年代初期，太子黨的勢力東山再起。2007年中共「十七大」見證了太子黨和上海幫兩大勢力的結合，造就習近平——而不是團派背景的李克強——被選為「儲君」。

然而，太子黨作為一個政治團體有明顯的缺點。相當多數老百姓對如太子黨等特權階級心懷成見。太子黨也有制度上的弱點，首先，太子黨缺乏強烈的共同價值。多數高幹子弟唯一的共同點，是他們想要無限期延續中共開國元勳後代所僭佔的特權。

但是，相較於以組織性或地域性為基礎的共青團或上海幫，太子黨成員間的同志情感和共同目標顯得較為薄弱。雖然習近平是排名最高的太子，但他欠缺政績與領導魅力，這意味著習近平不必然能夠贏得多數太子黨成員的擁戴。共黨元老彼此對立，兒女的立場也會彼此心存嫌隙。舉例而言，習近平和薄熙來的關係就受到他們父親——習仲勳和薄一波——的影響，而各自擁立不同的黨內派系。習仲勳是自由派，是前總書記胡耀邦的盟友，而薄一波則和保守派第二代領導人陳雲、李先念等人關係密切。同樣，儘管薄熙來與劉源將軍私人關係要好，但他們的意識形態有明顯差異。劉源是前國家主席劉少奇之子，和激進宣傳毛主席的薄熙來相比，對毛澤東思想持相當不同的評價。劉源在2010年中接受《學習時報》採訪時，幾乎無法壓抑對毛澤東的仇恨。他表示：「偉大如毛主席，他依然犯過嚴重的錯誤，因為他反對民主，拒絕聆聽批評，也不受任何監督。」[11]

相對於黨政部門而言，解放軍也許是太子黨權力根基最鞏固的體系。在解放軍中，長征世代的子弟仍然能在官僚體制中出人頭地。舉例而言，

---

[11] 引自「劉源：黨內民主和團結是黨的生命」，學習時報，2010年5月11日，http://club.china.com/data/thread/1638757/2712/68/47/0_1.html。

2009年晉升為上將軍銜的三位軍官劉源、張海陽和馬曉天，都是卓越軍事
人物的後代。劉源將軍是總後勤部政委。張海陽將軍是前成都軍區政委，
現任第二炮兵部隊政委。張的父親是張震將軍，前中央政治局委員和中央
軍委副主席。馬曉天擔任副總參謀長，是解放軍政治學院原教育長馬載堯
之子。估計解放軍中有近百名太子黨擁有少將以上軍銜。有鑑於習近平在
解放軍的經歷，不少太子黨將軍可能會成為習近平的核心顧問。相較之
下，團派勢力在軍隊中相當薄弱。

　　按照目前發展規律，太子黨在軍中的優勢大概可保留至第六到第七代
（即出生於1960到1970年代的將領），但從全國的態勢看，太子黨的政壇
影響力正在式微。大部分第四、第五代領導人的兒女都熱中經商。更有不
少太子，如鄧小平家族的後代，選擇移民海外。反觀共青團的幹部在第六
代領導層中已嶄露頭角（見下文）。有理由相信，團派有可能在2022年中
共「二十大」後，再度主導中國政壇。

肆、共青團派的政治前途

一、未來總理接班人李克強的崛起與政策取向

　　直到江澤民2011年春季病情轉壞之前，北京盛傳，和太子黨親近的江
澤民有意推舉副總理王岐山接替溫家寶出任國務院總理。按此推論，團派
出身的李克強，可能只能拿到全國「人大」委員長一職的「安慰獎」。

　　雖然最近的發展讓李克強出任國務院總理的態勢幾乎成定局，但李克
強尚未展現他的治國才幹。作為第五代高層中共青團領軍人的李克強，在
可預見的將來還得要與太子黨成員進行殘酷的政治鬥爭，才可確保團派利
益繼續擴大。

　　如同胡錦濤和汪洋，李克強出生於安徽省。經歷了四年在農村「向群

眾學習」之後，李在1978年進入北京大學就讀。李克強是「文革」結束高考恢復之後第一批大學生。在北大法學院，李克強的表現極為出色。他受到胡錦濤的栽培，胡錦濤在1983年引薦他入共青團中央委員會。1993年，年僅38歲的李克強便出任共青團中央第一書記。李長期經營共青團，讓他能在團派體系中建立穩固的人事網絡。

　　李克強於1998年被派到河南省接受鍛鍊。在六年間，李擔任代理省長、省長，並在2003年被拔擢為省委書記。河南位居內陸，是農業大省，雖然李克強在促進經濟發展方面有些成就，但此政績卻因河南「愛滋村」醜聞而蒙上陰影。上萬名生活困苦的農民，在非法且衛生條件極差的血液收集中心賣血而染上愛滋病。賣血惡習在李克強到任前就已經存在。然而，國際人權組織批評李克強沒有儘快終結這惡習。更甚者，他被批評騷擾或迫害人權主義者，包括享譽全球的「中國民間防愛滋第一人」高耀潔。這些「人民英雄」被禁止向外媒發言。[12] 2004年胡錦濤大概有意讓李克強有多一些表現的機會，把他調往東北工業大省遼寧當第一把手。李在遼寧的政績稍有好轉。例如李書記引進跨國企業在遼寧老工業基地蓋高科技工廠。社會政策方面，李成功地把數十萬名「棚戶」從省城瀋陽安頓到政府興建的低價住宅，開創了全國蓋「保障房」的先河。

　　然而，自從2008年李克強接任國務院第一副總理以來，他的表現就顯得乏善可陳。他在處理房地產泡沫與保障食品安全等燙手山芋的表現就是一例。房價節節攀升，雖然政府祭出一系列政令打壓房價，多數民眾依然買不起市區公寓。李也無法遏止包括國有企業等開發商以不道德或非法手段囤積地皮。身為國務院食品安全委員會主任，李克強也必須為無休止

---

[12] 有關李克強在地方的政績，參考林和立，「為何李克強不會延續溫家寶的民主訴求」，信報網站，2011年11月10日，http://www.hkej.com/template/forum/php/forum_details.php?blog_posts_id=76148。

的假酒、含劣質化學品的奶粉、石膏豆腐、破皮鞋做的老優酪乳和地溝油等醜聞負責。[13]

和習近平相比，李克強擁有獨特且重要的優勢。首先，雖然兩人年齡相差無幾，李克強對全球經濟、國際法等國際議題更有涉獵。他在北京大學所接受的法學與經濟學的訓練非常扎實。再者，李克強至少對政治或體制改革的重要性更有體會。李克強在北大攻讀法律時，對西方政治思想曾做深刻的研究。有機會在「十八大」入常的所有競爭者中，李克強的英文能力可能是最出色的。幾部由李克強翻譯成中文的英國法律教科書，依然被大陸的法學院使用。他作為北大學生領袖時的演講，處處洋溢出對政治改革的熱情。

李克強進入共青團接班梯隊，並被打造為未來黨與國家的領導人後，識時務的李克強便停止討論政改。然而，當他在2008年3月成為國務院第一副總理後，李立即協助溫家寶策劃中央政府的結構改革。這些措施包括：擴大環保部的權力、建立超級機關處理能源和食品安全。李克強當年也想設立一個「超級部委」來處理包括航空、鐵路、公路以及高速公路等運輸問題。然而，該計劃因鐵道部部長劉志軍反對而作罷，劉和江澤民、胡錦濤的關係密切。不過，劉志軍在2011年因貪污被起訴，以及2011年7月23日發生溫州動車追撞事故，李的政策可望在他接任總理之後付諸實踐。[14]

未來習李體制的一大問題是：兩位最高領導人之間是否會產生協同效

---

[13] 有關李克強的政績與潛力，參看Geoff Dyer, "Who Will Be China's Next Leaders?" *Financial Times*, March 4, 2011, http://www.ft.com/intl/cms/s/2/b7106090-4471-11e0-931d-00144feab49a.html#axzz1sG99oIBc。

[14] 有關李克強在國務院設置「大部委」的構思，參看Willy Lam, "Beijing Unveils Plan for Super Ministries," *China Brief*, Jamestown Foundation, Washington, February 4, 2008, http://www.jamestown.org/single/?no_cache=1&tx_ttnews%5Btt_news%5D=4632。

應或是派系衝突？若太子黨和共青團之間發生權力鬥爭，很可能會加劇習近平和李克強間的對抗。舉例來說，李克強身為國務院總理全權掌握中國經濟，但習近平也可能干預李克強的工作。這是基於中國在各領域以黨領政的事實。在「十八大」以後，習近平可望接替胡錦濤的職位，出任中央財經領導小組組長，李克強很可能當該小組副組長。重大財經政策，例如人民幣匯率、利率，以及中國與美、歐、日的重大經濟課題，縱然由國務院各部委提案，依然需要領導小組拍板定案。自1980年代以來，總書記和總理在財經政策上意見不合發生摩擦時有所聞，胡耀邦與趙紫陽、趙紫陽與李鵬、江澤民與朱鎔基、胡錦濤與溫家寶都存在類似的問題。「十八大」之後，習李之間的衝突也可能因王岐山接任第一副總理而惡化。王岐山是有個人魅力的幹部，和習近平互動密切。王比李在處理金融問題有更多實戰經驗。因此，習近平與王岐山聯手，在經濟政策的構思與推行上處處牽制李克強的可能性，不能被排除。

二、團派主導第六代領導班子

　　第六代幹部（約略出生於1960年代）可望在2022年中共「二十大」掌權。乍聽之下似乎言之過早，但提早培養未來接班人是中國政治的傳統。2002年上任以來，胡錦濤已提拔數位共青團背景的第六代幹部出任要職。截至2012年初，出生於1960年代、被提拔到部級職位的官員，多數是胡錦濤的人馬。根據人民大學公共行政系教授毛壽龍的看法，多位團派幹部出任要職絕非偶然。「共青團是中共培訓幹部的搖籃，通過共青團系統磨練的年輕官員，能在官僚體系中快速成長。」毛壽龍也提到，這些人有許多機會在中央和地方各級職位上證明自身能力與價值。[15]

---

[15] 引自「記錄當今中國政壇60後高官：調動頻繁履歷豐富」，環球人物，2009年4月15日，http://news.sina.com.cn/c/sd/2009-04-15/110817614496.shtml。

　　第六代明日之星當中的佼佼者是胡春華（1963-）與周強（1960-），前者為內蒙古自治區黨委書記，後者是湖南省委書記。如同胡錦濤和李克強，胡春華和周強均擔任過共青團中央書記處第一書記。其他第六代共青團背景的後起之秀包括：新疆維吾爾自治區黨委副書記努爾・白克力（1960-）、共青團中央第一書記陸昊（1967-）、湖北省黨委副書記趙勇（1963-）、安徽省黨委副書記孫金龍（1962-）以及福州市委書記楊岳（1968-）。[16]

　　胡春華（胡春華和胡錦濤沒有親戚關係）和周強的官場軌跡值得詳細檢視。這兩人很有機會同時在2012年進入政治局，成為第六代領導班子的潛「核心」，以及習近平在2022年「二十大」卸任總書記之後的接班人。胡錦濤似乎希望延續鄧小平在「十四大」開始的「隔代欽點接班人」傳統。當時鄧小平在沒有跟江澤民通氣下，便把時任西藏黨委書記的胡錦濤提拔至政治局常委，時年49歲的胡便順理成章地成為江澤民的接班人，成為第四代領導班子的「核心」。江澤民在「十七大」亦使盡方法，讓當時上海市委書記的習近平進入政治局常委；而且小習排名高於胡錦濤的屬意接班人李克強。習便成功地成為江的「隔代接班人」。

　　同樣祖籍湖北的胡春華和周強都體現了共青團新星的典型發展模式。他們先在共青團內有所建樹，再被委派到地方吸取實際管治經驗，在當完省長後便躍升書記。在2009年備受矚目地接任內蒙古自治區黨委書記之前，胡春華曾出任河北省省長（2008-2009）和共青團書記（2007-2008）各達一年半的時間。胡春華的急速平步青雲，若非和胡錦濤有特殊個人關係是不可能的事。[17]

---

[16] 有關中共第六代領導人的派系分野，參看Willy Lam, "Changing of the Guard: Beijing Grooms Sixth-generation Cadres for 2020s," *China Brief,* Jamestown Foundation, Washington, September 16, 2010, http://www.jamestown.org/programs/recentreports/single/?tx_ttnews[tt_news]=36874&tx_ttnews[backPid]=63&cHash=458f2e7e50。

　　團派的優勢地位，可從非團派背景第六代幹部擔任部級職位的人數寥寥可數看出。吉林省委書記孫政才（1963-）是這些人的代表。孫政才這位農業專家在2006年被溫家寶任命為農業部長之前，曾在北京黨政機構任職。由於吉林是農業大省，孫有足夠舞台證明自己的專業才幹與管理水準。因為孫政才有中央和地方經驗，將來很有機會在國務院出任高職。甚至有傳聞說他可能在2023年成為李克強的接班人，高升國務院總理。[18]

　　有鑑於多數共青團成員長期出任黨工或黨職，而且經常有機會向胡錦濤討教，團派幹部確是政治正確又深諳中央領導人要求的菁英分子。共青團幹部傳統上對三個領域有特別專長：意識形態（包括馬克思主義現代化）、宣傳與人事紀律。歷史上，共青團也出過優秀而開放的人才，例如胡耀邦、政治局常委胡啟立，與前宣傳部部長朱厚澤，三人都在意識形態自由化和政治改革方面有傑出貢獻。然而，大部分第五代團派官員都以胡錦濤為典範，儘量避開爭議性的政治改革議題。同時，為了彰顯他們崇高的「政治道德」標準，資深黨工都樂於把精力放在與中央保持一致與避免犯錯，漸漸失去了早期團派菁英們的改革基因。

　　除了李克強外，團派高幹普遍欠缺全球經濟與高科技等方面的專業知識，為了維持中國的競爭力，中國必須在這兩大領域保持領先地位。團派大員在黨務以外的「實務領域」，似乎比不上技術官僚或學成歸國的「海歸派」。端看胡春華和周強的培養、教育與工作經驗，兩人似乎對西方文化與制度缺乏充分理解，可能構成第六代執政集體的隱憂。

---

[17] 有關團派第六代代表人物的優勢，參看「解讀五省區人事調整：60後正部級幹部嶄露頭角」，新京報，2009年12月1日，http://www.chinanews.com/gn/news/2009/12-01/1992236.shtml；「胡春華為何能屢創中國政壇第一？」，中國共產黨新聞網，2009年12月7日，http://cpc.people.com.cn/GB/64093/64103/10531650.html。

[18] 同上。

伍、新領導班子需要新思維應對全新國內外環境

2008年秋爆發的全球金融危機，已經演變為中國的雙面刃。一方面，貢獻全球經濟成長25%的中國，國際地位大幅提升。「兩國集團」（G2）或「中美共同體」（Chinamerica）的說法不脛而走：超級大國美國和迅速崛起的準超級大國中國可以共同解決世界的問題。另一方面，2011年所顯現的種種跡象顯示，大肆宣傳的「中國模式」（China model）開始遭遇困難，且共產政權內部的結構性問題可能會嚴重危害中國的未來。無可否認，即便在艱難的2009至2011年，中國國內生產總值（GDP）都還能保有9%的成長率。但是，根據2011年9月由彭博社對全球投資人所做的調查，59%的受訪者認為在2016年之前，中國GDP擴張可能會減速至低於5%，47%的受訪者認為，這樣的衰退在未來二至五年就可能發生。[19]

2011年在北京舉行的年度中央經濟工作會議上，胡錦濤和溫家寶都承認中國經濟面臨急迫的問題。胡錦濤指出，國際經濟前景「極度嚴峻與複雜」。溫家寶則指出，中國經濟「不平衡、不協調、不可持續的矛盾和問題仍很突出」。過去二十多年來，北京依賴出口以及國家投資來拉動經濟成長率。但在可預見的將來，中國出口到美國與歐盟勢必受到影響。政府對基礎建設等領域的投入也難以為繼。看似成功的高鐵計畫是二十一世紀大躍進式國家投資的典型個案，高鐵目前的債務已高達2兆人民幣。此外，省級與其他基層政府的投資，也造成這些部門揹負共計超過11兆人民幣的債務。

天安門大屠殺後，極度保守、威權的政府遲早會垮台的案例就不曾斷

---

[19] David J. Lynch, "China Growth Seen Less Than 5% by 2016: Poll," *Bloomberg News*, September 29, 2011, http://www.bloomberg.com/news/2011-09-28/china-economy-slowing-to-5-annual-growth-by-2016-in-global-investors-poll.html.

過。喬治亞、烏克蘭和吉爾吉斯等前東歐共產國家在2002年後相繼爆發絲絨或顏色革命，一個個獨裁政權被人民推翻。2011年阿拉伯之春（Arab Spring）爆發，也像龍捲風般橫掃中東北非。中共似乎不為這些發展所動，理由是經濟大餅的成長速度正不斷加快。縱使大部分新財富都被共產黨領導層和大型企業集團協力壟斷，但在涓滴效應（trickle down）之下，中產階級、甚至工人與農民的經濟水準也會向上提升，社會底層也可以對下一代懷有希望。然而，經濟大餅一旦停止以往的高速成長，局面便會產生劇變。倘若失業率——尤其是相對弱勢的農民工和農民的生活水準——有所惡化，他們會毫不猶豫加入推翻中共政權的行列。

　　中國在2010年代與2020年代經濟成長率下滑似乎已成定局，這是經濟學與自然法則。我們也已經見證了快速增加的群眾事件：遍布全國的暴動與抗議。這類事件從2000年代中期每年平均七萬到八萬起，暴增到2010年與2011年每年十八萬起。截至2012年年初，中國固然沒有發生像1980年代波蘭的團結工會運動（Solidarity Movement），或2011年在突尼西亞、利比亞與埃及爆發的顏色革命，但是，在網路和微博的快速發展下，獨立事件可以很快演變為全國性事件。中國目前網友人數達四億五千萬，微博用戶為三億。以廣東烏坎村為例，烏坎村一萬三千名農民因為土地被剝奪，與地方政權衝突。第一波示威行動在2010年9月展開。同年12月，村民抗爭導致當地村官與公安逃跑。烏坎村事件通過網路效應變成全國的焦點，迫使北京出面干預。北京與廣東省委同意重新協商補償村民的方案後，衝突才緩和下來，共產黨的聲望也受到損害。[20]

　　在習近平的領導下，下屆中央政治局常委的首要任務，就是改變一成不變的政治體系，這是1949年以來最難解決的深層矛盾。在鄧小平鬥垮

---

[20] 有關烏坎村事件對中國基層民主的影響，參看Annie Ho, "Wukan Election Sets Precedent for Grassroots Democracy in China," *The Associated Press*, March 3, 2012, http://www.thestar.com/news/world/article/1140624--wukan-election-sets-precedent-for-grassroots-democracy-in-china。

「四人幫」以後的短暫幾年，他曾經有過政治改革的初步構想，但自由化的進程在1989年天安門廣場鎮壓之前就已停止。六四槍響後，中國的政改不進反退，權力高度集中在共產黨最高層的程度前所未有。此外，控制機制或警察國家網絡更擴大至無所不在的地步。中外觀察家心中的大問號是，習近平是否有意願與魄力推動改革。

陸、習近平能否推動中共列寧式政治架構走向現代化？

習近平最大的挑戰，將是如何推動中國的政治架構從一黨專政邁向現代化。雖然「中國模式」似乎可以帶動經濟增長，但大官小官貪腐猖獗，比當年國民黨統治大陸時期有過之而無不及。薄熙來事件更說明權力缺乏制衡的致命弱點。同時，中共強力鎮壓中國憲法與聯合國人權公約所賦予人民的基本權利，不斷加劇的「群眾性事件」已嚴重影響中南海諸公營造多年的和諧假象。

一、共產黨加倍高度集權

在1980年〈黨和國家領導制度的改革〉一文中，鄧小平強調建立賦有權力制衡機制的制度，以及防止毛澤東式「人治」的重要性。他指出：「這些方面的制度好可以使壞人無法任意橫行，制度不好可以使好人無法充分做好事，甚至會走向反面。」[21] 鄧小平在1979年推行中國農村基層選舉，一人一票選村官。然而，在1989年天安門事件之後，鄧小平擱置政治自由化。

1989年以來，中共重返典型列寧式政黨的老路。首先，將權力集中於黨中央，亦即政治局，特別是政治局常委會。這一切從江澤民開始，六四

---

[21] 鄧小平，「黨和國家領導制度的改革」，人民日報，1980年10月18日，第2版。

事件之後，江被委任總書記，任期一直到2002年的「十六大」。江澤民所謂的「與時俱進」，追求「制度創新」等目標，都是口惠而實不至。幾乎從第一天開始，江澤民就確保決策權集中在政治局常委會以及中央委員會書記處等機關之下。江澤民擴大政治局常委會之下的委員會和領導小組的權限與人事編制。這包括中央軍事委員會、中央政法委員會、中央外事工作領導小組以及中央財經領導小組。中央軍事委員會指揮人民解放軍與人民武警。負責維穩的中央政法委員會直接指揮公安、人民檢察院以及法院的運作。而中央外事工作領導小組與中央財經領導小組，分別是中國的外交與經濟政策最高決策單位。

　　當然，江澤民終止了在1980年代中鄧小平與趙紫陽所推動的唯一有意義的政治改革：「黨政分開」。儘管「黨政分開」的大原則寫進了1987年「十三大」的政治報告，但六四事件與蘇共垮台之後，鄧、江與其他保守派都覺得，避免中共喪失特權甚至被推翻的唯一方法是進一步集權。到此，黨內菁英如胡耀邦、趙紫陽多年奮鬥的結果一朝喪盡！

二、中央政治局常委會擴權

　　根據中國共產黨章程，全國黨代表大會共有兩千多名代表，每五年開會一次，是黨內決策與人事命令的最高機關。章程第20條明確規定全國黨代表大會的職責與權限，除了選出中央委員會與反貪最高機關中央紀律檢查委員會的人員之外，還包括「討論和決定黨和國家的重大問題」。再者，黨代表大會每年至少要集會一次，才能有效監督中央委員會與政治局。不過，「文革」之後，黨代表大會卻淪為政治局常委會的附庸與花瓶！黨代表到北京之後，真正的功能不過是替政治局常委會早已安排好的中央委員會委員候選名單背書，並非舉行選舉。在投票確認新中央委員會委員之後，黨代表的任務就實質上告終，開完會就各自回到原來的工作崗位。

　　在2007年10月中共「十七大」政治報告中，胡錦濤提出要推動「黨內民主」，首先要恢復黨代表大會的權限與功能。胡錦濤表示，黨內民主是黨的創造力與活力得到提升的重要保證，黨的團結與凝聚力也會進一步鞏固。胡錦濤強調要「完善黨代表大會制度」，回復黨代表的固定五年任期。這是「文革」以來，首度有中共領導人主張恢復黨代表大會的常任制。這意味著出席十七屆黨代表大會的代表，將監督政治局與中央委員會，直到2012年舉行第十八屆黨代表大會。[22]

　　儘管胡錦濤等政治局常委表態支持黨代表大會的「常任制」或制度化，但目前仍未看到黨代表每年開會或設立固定性大會秘書處等應用措施。截至2012年，黨代表大會的制度化，只在全國幾十個縣進行試點。每年舉行縣級黨代表大會的目的，是讓代表可以討論該基層政權的政治與經濟政策。很可惜沒有任何證據表明，這種試點會擴大至全國1642個縣，更遑論提升至省或市級黨代表大會。[23]

三、共產黨操控司法單位與軍權的惡果

　　政治局常委周永康所領導的中央政法委員會，負責控制警察單位、檢察單位及法院。共產黨控制司法機關，已經危害法官等政法幹部的公正性。正因為法院難以伸張正義，如前文所討論的，群眾事件年年增長。縱然中國政府最常使用的口號是「依法治國」，但在任命「講政治」幹部出任高級法官的局面下，法院早已政治化。據官媒報導，中國三十一個主要行政區中，半數省級法院院長不具法律或司法背景。最高人民法院院長王

---

[22] 「胡錦濤在黨的十七大上的報告」，新華社，2007年10月24日，http://news.xinhuanet.com/newscenter/2007-10/24/content_6938568_5.htm.。

[23] 有關中共黨內民主的進程，參看 Willy Lam, "Intra-party Democracy with Chinese Characteristics," in Joseph Cheng ed., *Whither China's Democracy?* (Hong Kong: City University of Hong Kong Press, 2011), pp. 33-64。

勝俊與司法部長吳愛英兩人處理黨務經驗豐富，但均無法律文憑。[24]

王勝俊反覆要求全國專業法官要「維持社會政治穩定」，要促進「社會和諧」，但這樣的政治目標令專業法官感到反感。2008年走馬上任之後，王勝俊甚至向法院人員指出：「在高舉何種旗幟與走何種道路方面，為了保障人民法院的正確政治方向，我們必須統一我們的意識、思想與行動。」王勝俊經常要求法院要緊跟黨中央的指示。王勝俊反覆宣示，司法人員要協助北京「增加和諧因素，減少不和諧因素」。「不和諧因素」是對罪犯、間諜、分離主義者、異議分子以及非政府組織（NGO）活躍分子的簡稱。王並呼籲法院人員實踐「科學發展觀」的精神。2009年末視察新疆時，王勝俊甚至督促當地法官「要不斷提高打擊種族分裂勢力、宗教極端主義者以及恐怖分子的能力，全力支持社會和諧」。[25]

法律與司法人員若拒絕中央政法委員會的命令，將面臨嚴重懲處。人權律師就經常被司法部從合格法律人員名單上除名。為確保各單位的政治忠誠，中央政法委最近重新聘任退伍軍官為檢察官和法官，為「文革」結束以來首度恢復此種作法。難怪司法人員的素質與清廉程度每下愈況。過去幾年來，許多中央與地方級高級法官因收賄、品行不端而被拘捕，包含前人民最高法院副院長黃松有在2011年因貪污被判無期徒刑。司法體系破產，造成極具破壞性的社會政治影響。理論上，公民被官員欺凌或沒收財產，可依行政訴訟法控訴黨政幹部。2000年代初以來，每年大約有十萬名公民控告黨政機構或個別官員，但原告的成功率，從1990年代的50%，降至現在不到30%。[26]

---

[24] 有關中共加緊控制司法系統，參看 Willy Lam, "The Politicisation of China's Law-Enforcement and Judicial Apparatus," *China Perspectives*, Hong Kong & Paris, pp. 42-51, http://chinaperspectives.revues.org/4805。

[25] 同上。

[26] 有關民告官的案例，參看張維，「我國20年民告官案件超150萬起：原告勝訴率30%」，法制日報，2010年10月1日，http://www.oeeee.com/a/20101001/935575_3.html；余東明、王家梁，「解讀20年民告官三大角色之變」，法制日報，2009年5月5日，http://news.qq.com/a/20090505/000504.htm。

　　司法機關的政治化只會為社會帶來更多不和諧與不穩定。根據清華大學社會學系學者的司法報告，社會穩定唯有透過「維護憲法與法律所保障的人民權利」才能達成。很多受壓迫並且不相信司法機關的中國人，會選擇「上訪」，亦即親自向北京官方請願。但是，上訪戶經常被地方政府派駐在北京的官員騷擾。2009年最嚴重的政治醜聞就是李蕊蕊強暴案，李蕊蕊是安徽省的年輕女性上訪戶。在李抵達北京不久後，她被安徽省的官員非法拘禁在拘留所，並被強暴。[27]

　　由於北京無力處理國內這類潛在不滿意識，共產黨必須依賴粗暴的軍警力量來控制所謂的「不穩定力量」。天安門事件已設下先例，面對人民的憤怒，共產黨選擇調動解放軍與武警鎮壓，鄧小平稱解放軍是「共和國最可愛的人」。2009年10月1日史無前例大規模閱兵，是向西藏、維吾爾分離主義者等敵人展示武力。近年中央更強調「黨指揮槍」，解放軍與武警「在思想與行動上與黨中央保持高度一致」的口號。國防預算每年快速攀升，但解放軍與武警只效忠中共。7800萬名共產黨員只佔總人口6%，大部分中國人雖然繳了稅，但對軍隊的任何事情都不可置喙。

　　解放軍只聽命於中共高層的傳統勢必造成嚴重後果。目前只有由胡錦濤、習近平與十位高級將領組成的中央軍事委員會，有權過問此龐大戰爭機器的部署與發展。中共為了維穩，越來越依賴部隊與武警，結果是軍方高層所獲取的權力更甚以往。從毛澤東時期開始，中共中央委員會都會「預留」20%席位給軍方。過去十年來，軍事將領在外交與國家安全政策上的發言權越來越大，甚至觸及經濟政策。舉例來說，在毛澤東的「平戰合一」指示下，新基本建設如鐵路、橋梁及機場等，必須接受解放軍人員的查核，確保這些設施在戰爭時期可以提供後勤支援。解放軍的影響力持

---

[27] 參考「李蕊蕊：被強暴的她還沒從惡夢中醒來」，南方都市報，2009年12月30日，http://nf.nfdaily.cn/nfdsb/content/2009-12-30/content_7674490.htm.。

續擴大，導致「中國威脅論」尤其是在亞太地區不脛而走。[28]

四、權力導致腐化

英國哲學家阿克頓（Lord Acton）曾說過：「權力導致腐化，絕對的權力導致絕對的腐化」。基本上，政治局常委會的權力至高無上，特別是總書記身兼國家主席與軍委主席，權力高度集中，很可能回復到個人說了算的「人治」傳統。江澤民在十三年任期中經常違反幹部管理規定，提拔許多上海幫成員至黨政機關。「十六大」前夕，即將卸任的江澤民更做出令胡錦濤等領導人感到意外的舉動，他將政治局常委會人數從原本的七名擴大至九名，好讓賈慶林和黃菊擠進核心。儘管先前政治局委員已有共識，涉嫌貪污的賈、黃二人應該要離開權力核心，轉任橡皮圖章全國「人大」。

上海幫權勢擴大，違反了鄧小平所主張的「五湖四海」人事原則。尤有甚者，江澤民在「十六大」拒絕交出軍委主席的職位，儘管他已經卸下政治局與中央委員會委員的職務，這時他不過是名普通黨員，普通黨員怎能當軍委主席？不過，到了2004年9月，胡錦濤已經獲得足夠的軍方高層的支持，逼退江澤民。然而，胡本身也涉嫌利用類似手法，安排大批團派人馬擔任黨政要職。

另外，貪污成風是另一個制度失敗的證明。胡溫2002年上任後，不斷強調杜絕貪污的必要性。中共2009年9月中央委員會全體會議上，宣示「反貪是重大政治任務」，但總是雷聲大雨點小。從1980年代初開始，中共幾乎年年發動全國性反貪運動。胡錦濤上任以來，「打老虎」或拿掉犯貪污罪行的部長級官員的案件確實明顯增加，但整體腐敗問題並未大幅改

---

[28] 有關習近平對「平戰合一」的看法，參看 Willy Lam, "The Military Maneuvers of Xi Jinping," *Wall Street Journal*, January 26, 2011, http://online.wsj.com/article/SB10001424052748 704698004576103513580674214.html。

善。根據國際非政府組織「國際洞澈」（Transparency International）所發布的2011年世界腐敗認知指數，中國在183個國家中排名七十五。[29]

　　制度缺陷似乎使得中國的反貪政策徒勞無功。中國至少有三個反貪機關：中央紀律檢查委員會及其地方分支；監察部及其相關單位國家預防腐敗局；設立在全國與地方層級的檢察院反貪局。但這些單位實質上都是「聽黨的指揮」，對抗貪污，基本上是「中共自己查自己」。這意味著擁有過硬政治人脈的幹部及其家屬，都可以安然無事。有兒女經商的現任與前任政治局常委包含江澤民、李鵬、曾慶紅、朱鎔基、胡錦濤和溫家寶。雖然習近平似乎享有清廉聲譽，但沒有任何徵兆顯示，他將建立有效的權力制約機制以杜絕貪污腐敗。

柒、政治自由化與「黨內民主」不確定性的前景

一、民主試驗裹足不前

　　中國的人均GDP在2009年達到3000美元。根據西方政治學者的觀點，中共已經跨越實施典型民主制度的「最低門檻」，可以通過一人一票普選選出最高領導人與國會議員等。畢竟，典型亞洲國家如南韓及台灣，也是在1980年代中後期到達類似人均GDP門檻之後，便成功進入民主國家的行列。不過，共產黨領導人仍摒棄「西方式民主」。自鄧小平在1979年推動農村選舉讓農民普選村官以來，三十幾年過去了，北京仍拒絕推動更高一級的選舉，如在四萬個鄉鎮實行普選。

---

[29] 有關中國貪污的國際水準指標，參考 "Corruption Index 2011 from Transparency International," *The Guardian*, December 1, 2011, http://www.guardian.co.uk/news/datablog/2011/dec/01/corruption-index-2011-transparency-international。

　　溫家寶2006年接受歐洲媒體訪問時表示，「中國還沒有條件舉辦高於村級選舉的直選」。溫家寶承諾，一旦證明農村選舉能使農村行政更健全，就會以漸進方式，根據中國國情，擴大至更高級別。在1990年代末與2000年代初，廣東、雲南及四川等省份，曾進行鄉、鎮長直選試點，讓選民直接選出基層行政長官。胡錦濤在2002年上任之後，這類試點的範圍更加備受限制。到了2011年，官方更防止所謂自由或獨立參選人參加鄉鎮級人大或區級人大代表的選舉。此前，沒有入黨或缺乏政黨支援的候選人還可以以獨立候選人參選。[30]

二、「黨內民主」進展有限

（一）謹慎推動黨內民主

　　至少在2000年代中期，胡溫體制似乎對黨內民主有更多正面期待。不可否認，中共有7800萬名黨員，包括中國社會的部分菁英。如果實行得當，黨內民主促使決策更有效率、更透明，也有助於中國推動民主化。北京政論家賈雲勇指出：「共產黨的邏輯，是民主會根基於黨內民主與基層民主而擴大，最後促進中國社會民主化。」[31]

　　在「十七大」政治報告中，胡錦濤表示「共產黨會尋找擴大基層民主的各種方式」。其中一個作法是普選基層黨組織領導人，然後逐步擴大界限。舉例來說，在2000年代初期已經有試點普選鄉鎮黨委書記。其中廣為報導的試點在四川平昌縣舉行：2004年初，平昌縣轄下的九個鄉鎮的黨

---

[30] 引自 "China: Vote as I say," *The Economist,* June 16, 2011, http://www.economist.com/node/18836744； "China: Independent Candidate Stripped, Beaten," *Radio Free Asia,* March 28, 2012, http://www.unhcr.org/refworld/country,,,,CHN,,4f7c5a76c,0.html。

[31] 賈雲勇，「以黨內民主帶動社會民主 鋪開中國政改現實路徑」，南方都市報，2007年11月20日，http://www.chinanews.com/gn/news/2007/10-11/1045971.shtml。

員，一人一票選出該九個鄉、鎮的黨委書記。中共組織部副部長歐陽淞在「十七大」舉行期間更指出，胡溫體制致力於推動鄉鎮黨委書記「直選」。截至2007年，這類選舉已在200個鄉鎮舉行，大約佔全國5％的鄉鎮。[32] 但是，近幾年這類改革的步伐明顯放緩，相關報導甚少。

與此同時，縣級以至省級等地方級別的黨委會全體委員被賦予更大權力。此改革的目的是為了制約縣委或省委書記的過大權力。「十七大」政治報告明確指出：地方黨委會全體委員在討論重大問題或任命高級幹部時，應該以投票方式表決。以任命縣委書記為例，在改革前省委書記有權連同該省的組織部長決定某縣委書記的人選。在改革後，該省委的全體委員必須開會，並以一人一票方式集體選出某縣委書記人選。但是，截至2012年，這類幅度非常有限的改革也幾乎看不到相關後續報導，也沒有任何跡象表明，黨內民主改革有機會擴大至更高層的黨政部門。胡溫領導層似乎已完全失去真正政治改革的熱情。[33]

（二）中共拒絕「越南改革模式」

在國際共產主義運動中被北京視為「小兄弟」的越共，在推動黨內民主方面明顯比中共果斷。越共2006年4月在河內舉行第十屆越南共產黨黨代表大會，結果震驚中共高層。越共中央委員會委員以「差額選舉」方式選出政治局委員，為共產黨史上首見。更有意義的是，參選越共總書記的候選人，有胡志明市市委書記、反貪改革者阮銘哲，以及政治局資深委員農德孟。被很多人視為是「國父」胡志明之子的農德孟，最後擊敗對手。儘管阮銘哲與農德孟競爭象徵意義大於實質意義，但這種制度改革對中共

---

[32] 引自「三百個鄉鎮試點直選領導幹部」，香港都市報，2008年10月17日，第2版。

[33] 參看Willy Lam, "Intra-party Democracy with Chinese Characteristics," in Joseph Cheng ed., *Whither China's Democracy?* (Hong Kong: City University of Hong Kong Press, 2011), pp. 54-55。

而言依舊深具意義。[34] 在黨內民主與總體政治改革方面，越共似乎已經超越中共。

　　然而，在2006和2007年的內部講話中，胡錦濤等政治局委員毅然放棄越共所呈現的「示範價值」，並強調中共要走自己的路。在2007年10月舉行的中共「十七大」中，2217位黨代表根據差額選舉選出220位中央委員，「差額度」僅8％，沒有比五年前「十六大」有所提高。一如以往，中委委員根據等額選舉選出政治局委員，而後者同樣以等額選舉選出政治局常委。所謂黨內民主明顯沒有突破。

　　在政改、民主或黨內民主方面，習近平有新思維嗎？他有沒有可能落實溫家寶總理有關政治體制改革的訓示，並如鄧小平一樣，重申「不改革只有死路一條」？但習身邊的人都清楚，這位太子一向唯唯諾諾、四平八穩，他絕對不會因為謀求改革，而與其他傾向保守的中南海大員發生摩擦。當然，這是假定習近平和他父親習仲勛一樣熱中於政改。殘酷的事實是，習近平更傾向「革命血統」或「世襲特權論」：兒子有權繼承父親的權力。北韓在2012年初就上演了這樣的戲碼，金正恩繼承了金正日，這是建基於相同的威權國家的王朝邏輯。

捌、結論：習近平政權如何面對海內外日益嚴峻的問題

一、習近平是否有能力處理內部衝突？

　　經過三十多年的經濟改革，中國已經從一個無產階級國家，轉型為一

---

[34] 有關中共如何面對越共的黨內民主，參看Willy Lam, "China's Debate over Vietnam's Reforms," *China Brief*, Jamestown Foundation, Washington, May 9, 2007, http://www.jamestown.org/programs/chinabrief/single/?tx_ttnews%5Btt_news%5D=3966&tx_ttnews%5BbackPid%5D=196&no_cache=1。

個不同階級與集團激烈博弈如何分配經濟大餅的國家。胡錦濤主政時期的重要口號「和諧社會」，就是為確保農民、農民工和都市勞工等弱勢群體不會被工商界等暴發戶剝削。在2006年召開的中共中央委員會全體會議上，胡錦濤主張中共「促進各政黨、種族、宗教和社會階層之間的和諧關係」，並開創一個公正的社會。胡錦濤強調，「社會公平與正義」是社會和諧的前提。[35]

　　在中國不同領域與團體之間，中共若要有效發揮調停與協調功能，本身立場必須中立和公平。然而，1980年代以降，中共高層卻強化與巨大商業利益的關係，許多壟斷性行業由高官的親朋好友操控，被批評為惡劣的官商勾結。這「新階層」群體已成為中國的特權階級，甚至是新剝削者。全國70%的財富僅僅掌握在0.4%的人口手裡。根據2009年胡潤百富榜，大陸有130位億萬富豪，數字僅次於美國。有51,000人的身價超過1億人民幣。但是，依據聯合國的界定，有一億五千萬人仍生活在貧困線之下，每天收入不到1美元。根據北京師範大學學者的研究，最會賺錢的前10%的人的收入是社會底層10%最窮的人的二十三倍。專家直言，中國的基尼係數（Gini Coefficient），從1980年代的0.16上升到2010年的0.5。係數到0.4就等於到了引起社會暴動的「危險門檻」。[36]

　　中國的億萬富豪有90%都是高官的子女或親屬。根據《南方日報》旗下刊物《理財周報》，中國最富有的3000個家族的總資產高達1.69兆人民

---

[35] 有關構建和諧社會的決定，參看「十六屆六中全會閉幕 通過構建和諧社會重大決定」，中國網，2006年10月12日，http://www.china.com.cn/policy/txt/2006-10/12/content_7234080.htm。

[36] 有關中國貧富懸殊的問題，參考Xuyan Fang and Yu Lea, "Government Refuses to Release Gini Coefficient," *Caixin English Online*, January 18, 2012, http://english.caixin.com/2012-01-18/100349814.html；Willy Lam, "China: Rich Country, Poor Peasants," *Wall Street Journal*, July 24, 2009, http://online.wsj.com/article/SB10001424052970203946904574301110723410346.html。

幣，其中很多家族與現任或前任政治局委員有關。有錢人與窮人之間的階級對立越演越烈。根據2010年初《人民日報》所做的民調，91%的受訪大眾認為，暴發戶商人透過特殊「關係」或依靠與黨政幹部的關係而受益，42%的受訪者對暴發戶的「印象很差」。近年爆發了一連串因窮人或農民被高速行駛的賓士和BMW轎車撞倒而引發的「群眾事件」。在一些個案中，這些開名車的駕駛者被憤怒的旁觀者毆打。[37]

在胡溫「以人為本」、「為人民服務」等口號下，為了改善底層人民的生活，已經免除一些稅費。譬如說，2005年取消農業稅。更有意義的是，健保、老人津貼等社會福利，已從都市擴大至農村。在2000年代中期之前，北京採取毛澤東時期的政策，只提供都市居民社會安全網。其實，都市居民與農民之間的津貼差距依然很大。舉例來說，多數手術不在農民健保涵蓋範圍之內。從2010年初開始，部分農村的老人，每月能領取55元人民幣養老金，但都市居民的養老金，每月至少1000元人民幣。根據清華大學教授孫立平的研究，都市的生活水準是農村的六倍。世界上全球城鄉差距平均值為1.5倍。[38]

撇開這些措施不談，沒有任何證據顯示，中共領導人想改變導致城鄉差距的規則。最明顯的案例是戶口制度，中共在1950年代中期推動戶口政策，區分為城市居民與農村居民。在戶籍制度之下，農民不能任意在都市工作或定居。自從中國進入改革時期之後，有二億農民在城市工作。但是，這些民工是二等公民：他們無法領取永久城市身分證，而民工子女無

---

[37] 引自「90%億萬富翁是高幹子女」，新華網，2009年5月31日，http://www.21cn.com/weekly/jdts/2009/05/31/6347561.shtml；「3000中國國家族財富榜」，理財周報，2011年7月25日，http://money.jrj.com.cn/2011/07/25093310526373.shtml。

[38] 有關城鄉差距與相關問題，參考孫立平，「二元結構的疊加及分類分析」，中國改革論壇，2010年3月9日，http://www.chinareform.org.cn/Economy/Agriculture/Forward/201006/t20100610_26011.htm.。

法上都市那些有補助、設備較好的學校，因為那些學校是規劃給城市小孩的。工人和農民不被允許成立工會，爭取加薪或提高農產品價格。中共中央委員會有20%的席位保留給解放軍和人民武警，卻沒有人在中央委員會真正代表工人或農民的利益。

二、中國硬權力大投放的可能反彈

　　中共領導人在2012年之前，已放棄鄧小平「韜光養晦、絕不當頭」的原則。民族主義色彩濃烈的《環球日報》2011年底主辦一系列關於「韜光養晦是否仍然合適」的討論，達成的結論是「和平崛起不排除武力反擊侵犯」。羅援將軍指出，中國要準備好以武力捍衛國家利益。羅將軍表示：「進行正義、自律、自衛的戰爭，不會影響我們和平崛起。」在同一場討論會中，中國國防大學教授戴旭將焦點集中於美國的侵略性外交政策。「美國不將中美關係當作正常的國與國關係，華府不斷企圖圍堵中國，或讓中國陷入困境。」戴旭指出，若美國是匹野狼，中國不應該是頭綿羊。「若中國想和美國達成和諧的國與國關係，就絕對必須堅持國家利益，並展現自尊與自信，有些學者不該一成不變地用和平與和諧理論來教導我們的人民。」[39]

　　中國在外交、軍事上大展宏圖的一個主要目的，是確保石油等資源供應，讓中國經濟持續起飛：多數這些資源都位於爭議地帶，例如南中國海的西沙群島與南沙群島。中國外交、軍事政策出現轉變的另一個關鍵目的也十分重要：支撐出現動搖的政權合法與忍受性。中共領導人訴諸社會大眾民族主義自豪的邏輯不難理解：雖然共產黨未能推動民主或保障普

---

[39] 有關此外交政策辯論，參看「環球時報年會報導一：國際格局，再思韜光養晦」，環球時報，2011年12月22日，http://world.huanqiu.com/roll/2011-12/2287357.html；「羅援：韜光養晦絕不等於要忘本」，環球網，2011年12月17日，http://china.huanqiu.com/roll/2011-12/2273751.html。

遍公認的人權，中國這個準超級大國快速擴張的全球影響力，仍能讓中國人感到驕傲。中共從外太空到網際世界，處處和美國爭奪主導地位。中共向北韓、緬甸、蘇丹以及辛巴威等流氓政權提供資金與武器。2009年以來，北京便試圖懲罰薩科奇、歐巴馬等敢會見西藏精神領袖達賴喇嘛的西方政治人物。2010年，中國外交官甚至向挪威政府施壓，阻撓頒給異議分子劉曉波諾貝爾和平獎。北京囂張跋扈的「外交大躍進」（Great Leap Forward），迎合眾多「憤青」。這些「憤青」每天針對美國、日本與印度等國家，在聊天室發表仇外言論。

　　然而，這類無所節制赤裸裸的權力投放，可能會助長中國威脅論。無論是硬實力與軟實力，中國缺乏資源對付美、日、印、澳等國更嚴峻的圍堵政策。習近平可能會聽從解放軍內他的太子黨哥們的建議，採取「反擊」政策。這可能會導致中美兩國出現更多衝突，中國與美國亞太地區盟邦之間的衝突也可能加劇。對內而言，預留更多的資源給軍方擴張軍備，可能會傷害國內經濟，這是習近平上任後需要謹記在心的重要課題。

參考書目

一、中文部分

「3000中國家族財富榜」，理財周報，2011年7月25日，http://money.jrj.com.cn/2011/07/25093310526373.shtml。

「90%億萬富翁是高幹子女」，新華網，2009年5月31日，http://www.21cn.com/weekly/jdts/2009/05/31/6347561.shtml。

「十六屆六中全會閉幕通過構建和諧社會重大決定」，中國網，2006年10月12日，http://www.china.com.cn/policy/txt/2006-10/12/content_7234080.htm。

「三百個鄉鎮試點直選領導幹部」，香港都市報，2008年10月17日，第2版。

「北京倒薄內幕」，開放雜誌，香港，2012年4月號，頁13-31。

「李蕊蕊：被強暴的她還沒從噩夢中醒來」，南方都市報，2009年12月30日，http://nf.nfdaily.cn/nfdsb/content/2009-12/30/content_7674490.htm.。

「胡春華為何能屢創中國政壇第一？」，中國共產黨新聞網，2009年12月7日，http://cpc.people.com.cn/GB/64093/64103/10531650.html。

「胡錦濤在黨的十七大上的報告」，新華社，2007年10月24日，http://news.xinhuanet.com/newscenter/2007-10/24/content_6938568_5.htm.。

「記錄當今中國政壇60後高官：調動頻繁履歷豐富」，環球人物，2009年4月15日，http://news.sina.com.cn/c/sd/2009-04-15/110817614496.shtml。

「習近平：我是如何跨入政界的」，中華兒女，2000年第7期，http://china.dwnews.com/big5/news/2012-02-21/58609785.html。

「習近平湖南調研訪韶山向毛澤東銅像敬獻花籃」，中國新聞網，2011年3月23日，http://www.chinanews.com/gn/2011/03-23/2926435.shtml。

「解讀五省區人事調整：60後正部級幹部嶄露頭角」，新京報，2009年12月1日，http://www.chinanews.com/gn/news/2009/12-01/1992236.shtml。

「劉源：黨內民主和團結是黨的生命」，**學習時報**，2010年5月11日，http://club.china.com/data/thread/1638757/2712/68/47/0_1.html。

「環球時報年會報導一：國際格局，再思韜光養晦」，**環球時報**，2011年12月22日，http://world.huanqiu.com/roll/2011-12/2287357.html。

「薄熙來：偉大的民族必有高尚的文化追求」，**重慶日報**，2011年7月1日，http://www.cnnz.gov.cn/bbxq_content/2011-07/01/content_1507024.htm.。

「羅援：韜光養晦絕不等於要忘本」，**環球網**，2011年12月17日，http://china.huanqiu.com/roll/2011-12/2273751.html。

余東明、王家梁，「解讀20年民告官三大角色之變」，**法制日報**，2009年5月5日，http://news.qq.com/a/20090505/000504.htm。

吳鳴，**習近平傳**（香港：香港文化藝術出版社，2008）。

林和立，「為何李克強不會延續溫家寶的民主訴求」，**信報網站**，2011年11月10日，http://www.hkej.com/template/forum/php/forum_details.php?blog_posts_id=76148．

孫立平，「二元結構的疊加及分類分析」，**中國改革論壇**，2010年3月9日，http://www.chinareform.org.cn/Economy/Agriculture/Forward/201006/t20100610_26011.htm。

孫嘉業，「薄熙來出局後的十八大競爭」，**明報**，2012年4月18日，第A18版。

張維，「我國20年民告官案件超150萬起：原告勝訴率30%」，**法制日報**，2010年10月1日，http://www.oeeee.com/a/20101001/935575_3.html。

習近平，「大力推進中國特色社會主義理論體系的學習和研究」，**求是新華網**，2008年4月2日，http://news.xinhuanet.com/newscenter/2008-04/02/content_7900953.htm。

賈雲勇，「以黨內民主帶動社會民主鋪開中國政改現實路徑」，**南方都市報**，2007年11月20日，http://www.chinanews.com/gn/news/2007/10-11/1045971.shtml。

鄧小平，「黨和國家領導制度的改革」，**人民日報**，1980年10月18日，第2版。

二、英文部分

Dyer, Geoff, "Who Will Be China's Next Leaders?" *Financial Times*, March 4, 2011.

Ho, Annie, "Wukan Election Sets Precedent for Grassroots Democracy in China," *The Associated Press*, March 3, 2012.

LaFraniere, Sharon and John F. Burns, "The Bo Xilai Scandal and the Mysterious Neil Heywood," *The New York Times*, April 11, 2012.

Lam, Willy, "Hu Jintao Draws Blood with the Wang Lijun Acandal," *China Brief*, Jamestown Foundation, Washington, March 2, 2012.

_____, "Beijing Unveils Plan for Super Ministries," *China Brief*, Jamestown Foundation, Washington, February 4, 2008.

_____, "Changing of the Guard: Beijing Grooms Sixth-generation Cadres for 2020s," *China Brief*, Jamestown Foundation, Washington, September 16, 2010.

_____, "China: Rich Country, Poor Peasants," *Wall Street Journal*, July 24, 2009.

_____, "Intra-party Democracy with Chinese Characteristics," in Joseph Cheng ed., *Whither China's Democracy?* (Hong Kong: City University of Hong Kong Press, 2011), pp. 33-64.

_____, "The Death of Factions within the Chinese Communist Party?" *China Brief*, Jamestown Foundation, Washington, May 20, 2011.

_____, "The Politicisation of China's Law-Enforcement and Judicial Apparatus," *China Perspectives*, Hong Kong & Paris, pp. 42-51.

_____, "The Military Maneuvers of Xi Jinping," *Wall Street Journal*, January 26, 2011.

Lynch, David J., "China Growth Seen Less Than 5% by 2016: Poll," *Bloomberg News*, September 29, 2011.

Fang, Xuyan and Lea Yu, "Government Refuses to Release Gini Coefficient," *Caixin English Online*, January 18, 2012.

"Corruption Index 2011 from Transparency International," *The Guardian*, December 1, 2011.

"China: Vote as I Say," *The Economist*, June 16, 2011.

"China: Independent Candidate Stripped, Beaten," *Radio Free Asia*, March 28, 2012.

"Political Pessimism as 60th Anniversary Approaches," *Wikileaks*, September 9, 2009, http://wikileaks.org/cable/2009/09/09SHANGHAI405.html.

中共「十八大」中央政治局常委會人選*

寇健文
（政治大學政治系、東亞所教授兼東亞所所長）

摘要

　　本文主要目的是預估「十八大」可能當選政治局常委的成員。本文先摘錄外界對「十八大」政治局常委可能人選的分析，再歸納1987年以來政治局常委的甄補特性，最後從政治局委員資歷、年齡要求、地方歷練、交流經驗四個方面篩選可能人選，並在可能的範圍內討論他們晉升的優缺點與可能擔任的職務。

關鍵詞：「十八大」、政治局常委、甄補特性、可能人選

---

* 本文是《瞄準十八大──中共第五代領導菁英》（台北：博雅書屋，2012）第三章。

壹、外界對中共「十八大」政治局常委人選的評估

隨著中國國力崛起，外界十分關注中共領導階層人事接班問題。不少學者與各媒體對中共「十八大」政治局常委的人選提出預測，如學者李成、鄭永年，英國《金融時報》，以及海外華人媒體《多維新聞網》等。

一、國外政治學者的分析

（一）李成的觀點

李成認為政治局常委人選的決選過程相當複雜，但皆必須經過年齡、執政經歷與關係網絡三項標準衡量：[1]

1. 1944年以前出生者在「十八大」時都將退休（滿68歲），無法競爭政治局常委席次。
2. 政治局常委不僅需要有廣泛的執政經驗，也要在任職中有一定成績才有助於晉升。
3. 各派都希望在政治局常委會中安插自己的人馬，是最重要也最不透明的因素。

李成從中共派系政治的角度出發，認為中共政治局常委會將符合「一黨兩派」（one party, two coalitions）的結構，即菁英派（elitist coalition）與平民派（populist coalition）。其中菁英派出身政治世家或沿海地區地方官員，以高幹子弟、上海幫為代表，多專精於金融、貿易、外事等領域；而平民派則以具共青團經歷者（團派）為主要群體，主要活躍於組織、宣

---

[1] Cheng Li, "The Battle for China's Top Nine Leadership Posts," *Washington Quarterly*, Vol. 32, No. 1 (Winter 2012), pp. 131-145.

傳、統戰等事務，也較強調維護基層農民、農民工，以及城鎮貧困人群等弱勢群體利益。這兩派系有著不同的社經、區域利益，彼此旗鼓相當，無法消滅對方，但也享有共同利益——中共政權的穩定與延續。[2]

　　基於上述考量，李成認為有十四人有機會進入「十八大」政治局常委會，其中菁英派與平民派各佔七人。在菁英派部分為習近平、王岐山、張德江、俞正聲、薄熙來、張高麗與孟建柱，其中張高麗是江澤民的親信，孟建柱屬於上海幫，其餘皆為高幹子弟。而平民派則是李克強、李源潮、劉雲山、劉延東、汪洋、令計劃與胡春華，除李源潮與劉延東同時具有高幹子弟背景外，全部都是共青團系出身。

　　在這十四位可能人選中，李成認為習近平與李克強會連任常委，王岐山與李源潮進入「十八大」常委會的機會最高，張德江與劉雲山由於已連任兩屆政治局委員，進入常委會的機會也很高。雖然俞正聲也是連任兩屆政治局委員者，但跟劉延東都屬於1945年出生，年齡略大，若考量幹部年輕化則可能出局。

　　汪洋、薄熙來、張高麗為現任政治局委員，同時也是直轄市市委書記。汪洋與薄熙來各有政績，其中薄熙來的毛主義傾向更加引人注意，爭取政治局常委的造勢也比較明顯。張高麗相對於汪、薄兩人，較為低調。除了可連任的政治局委員外，令計劃、孟建柱與胡春華也可能擔任政治局常委。令計劃是胡錦濤的親信，胡錦濤可能希望令計劃扮演當年曾慶紅的角色。孟建柱為現任國務委員、公安部長，中共中央政法委副書記，可能接任周永康的職務。[3] 胡春華則是第六代可能的接班人選，有可能在

---

[2]　李成，「中國政治的焦點、難點、突破點」，英國金融時報中文網，2011年12月31日，http://www.ftchinese.com/story/001042491。

[3]　李成在文中稱孟建柱為 "the Deputy Secretary of the Central Commission for Discipline Inspection"（中央紀委副書記），應為中央政法委副書記 (the Deputy Secretary of the Committee of Political Science and Law) 之筆誤。

「十八大」提前進入政治局常委會歷練。

除此十四人外，李成認為仍有其他省委書記有可能成為「十八大」政治局常委的「黑馬」，如新疆自治區委書記張春賢、湖南省委書記周強、吉林省委書記孫政才，以及派系色彩較淡的河南省委書記盧展工。

（二）鄭永年的觀點

相較於李成強調關係網絡的作用，鄭永年相對較強調其他制度性因素。[4] 鄭永年首先從年齡「七上八下」的慣例推斷，習近平和李克強將連任政治局常委，而現任政治局委員中則有俞正聲、薄熙來、王岐山、張德江、李源潮、汪洋、劉延東、劉雲山、張高麗有機會競爭政治局常委。

在這九位競爭者中，俞正聲、張德江、劉雲山已經連任兩屆政治局委員，由於中共政治向來重視資歷，應具有晉升優勢。另外，王岐山、李源潮與薄熙來的工作能力與成績受到肯定，晉升機會也較高，而汪洋、劉延東、張高麗將競爭剩下的一席。由於中共菁英政治越來越倚賴制度安排，以追求高層政治的穩定，故不太可能出現其他意外人選，「十八大」中的政治局常委人數也應該會維持九人的規模。中共有可能會追求「年輕化」，以「六上七下」取代「七上八下」，但不一定會在「十八大」實施。

二、海外媒體的觀察

（一）《明報》與《金融時報》的討論

根據香港《明報》報導，英國《金融時報》對中共「十八大」政治

4　可參見「鄭永年預測新一屆政治局常委」，聯合早報網，2011年7月12日，http://www.zaobao.com/futurechina/pages/talk110712.shtml；「中國下屆政治局常委會是誰？新加坡專家大膽預測」，大邢台網站，2011年7月13日，http://daxingtai.com/index.php?m-cms-q-view-id-2302.html。

局常委提出一份預測名單，包括習近平、李克強、薄熙來、汪洋、張德江、王岐山、李源潮、戴秉國、劉延東、王剛與俞正聲，共十一人。[5] 這份名單最特別的地方在於納入戴秉國（國務委員）與王剛（全國政協副主席），而未納入可能連任的政治局委員張高麗與劉雲山。《明報》也分析戴秉國、王剛進入政治局常委會的可能性。戴秉國為職業外交官出身，但一方面戴秉國（71歲）超過退休年齡，且政治局常委中從未有過職業外交官，實際外交大權也掌握在身兼中央外事小組組長的總書記手裡，沒有必要在常委會增加一位分管外交的常委。王剛（70歲）同樣有超齡的問題，且並非擔任要職，故進入常委會的機會也不高。[6]

（二）美國《紐約時報》的評論

美國《紐約時報》則在2011年「十七屆六中全會」前夕發表文章，認為習、李兩人將留任政治局常委，其他潛在競爭者必須要有一定的政績，並且能保持團隊的和諧，才有機會晉升常委。[7] 由於決策過程不透明，使得預測可能人選相對不易。其中劉延東、李源潮與孟建柱有可能進入常委會，劉延東曾長期在教育、統戰方面工作，有可能晉升為第一位女性政治局常委。李源潮負責中央組織部，孟建柱則掌理公安部，兩者都屬於重要部門領導，未來可能擔任常委。

5　「英報預測十八大政治局常委名單」，明報新聞網（海外版），2011年6月5日，http://www.mingpaovan.com/htm/News/20110605/tcbh1.htm。

6　「戴秉國恐難破例當常委」，明報新聞網（海外版），2011年6月7日，http://www.mingpaovan.com/htm/News/20110607/tcbb1.htm。

7　"Photos from China Offer Scant Clues to a Succession," *The New York Times*, October 14, 2011, http://www.nytimes.com/2011/10/15/world/asia/chinas-coming-leadership-change-leaves-analysts-guessing.html.

（三）海外中文媒體《多維新聞網》的討論

　　海外媒體《多維新聞網》則於2011年「十七屆六中全會」後推出〈中共十八大政治局9常委1.0版〉，更於2012年推出〈中共十八大中央政治局9常委2.0版〉更新人選。[8] 其中「1.0版」認為「十八大」時，除了習近平將接任中共總書記，李克強任國務院總理外，更進一步推論俞正聲將擔任全國「人大」委員長、張高麗任全國「政協」主席、李源潮任國家副主席、王岐山任國務院副總理、張德江任中紀委書記、汪洋任政法委書記，而劉雲山則接替李長春，分管宣傳與意識形態。

　　而2012年的「2.0版」則宣稱根據最新新聞資訊，對「1.0版」的人選進行調整。包括張德江取代張高麗成為「政協」主席，薄熙來取代張德江擔任中紀委書記，而孟建柱則代替汪洋成為政法委書記。「1.0版」原本估計晉升常委的張高麗與汪洋都將出局，其中汪洋的年齡優勢足以連續擔任三屆政治局常委，但受最近廣東頻發的群體性事件所累，可能再多觀察一屆後，安排於「十九大」時晉升常委。

貳、篩選政治局常委的標準

一、政治局委員資歷

　　政治局常委會作為中共決策中心，其成員所需的歷練自然要比政治局委員更高。以職務歷練來看，至少自1987年「十三大」起，政治局委員（或政治局候補委員）已是晉升政治局常委前的重要條件（見表一）。1997年「十五大」之後，這個趨勢更加明顯，由此可見中共培養領導人的

8　「中共十八大政治局9常委1.0版」，多維新聞網，2011年11月16日，http://18.dwnews.com/
　　news/2011-11-16/58308410-2.html；「中共十八大中央政治局9常委2.0版」，多維新聞網，
　　2012年1月11日，http://18.dwnews.com/big5/news/2012-01-11/58504149.html。

模式已經規律化。同時，政治局常委在1989年之後不再出現期中增補、罷黜的現象，足見中共維持領導班子穩定的趨勢。先具有政治局委員資歷數年，之後才晉升常委者約佔全體新任政治局常委的83.3%。[9] 1987年以後至2007年，未先單獨歷練政治局委員（或政治局候補委員），直接擔任政治局常委的領導人分別是「十四大」的朱鎔基、胡錦濤，以及「十七大」的習近平、李克強，佔16.7%。由於這些人都是例外情況，因此必須分析出線的原因。

表一：新任政治局常委的政治局委員資歷

	十三屆	十四屆	十五屆	十六屆	十七屆
無政治局委員歷練	0.0%（0）	100.0%（2）	0.0%（0）	0.0%（0）	50.0%（2）
有政治局委員歷練	100.0%（7）	0.0%（0）	100.0%（2）	100.0%（8）	50.0%（2）
合計	100.0%（7）	100.0%（2）	100.0%（2）	100.0%（8）	100.0%（4）

備註：十四屆政治局常委劉華清因係軍人，不納入分析，下同。

　　1992年「十四大」的時候，鄧小平為了鞏固1992年「南巡」戰果，提拔朱鎔基、胡錦濤兩人進入政治局常委會，作為安排身後政局發展的戰略性部署。[10] 朱鎔基原為上海市市長，熟悉市場經濟運作，堅定支持改革開

---

[9]　本書提到「新任」時，均排除在「十三大」連任的十二屆政治局常委或政治局委員。他們是趙紫陽、萬里、田紀雲、楊尚昆、胡耀邦、吳學謙等六人。若十二屆政治局委員在「十三大」當選政治局常委，如李鵬、喬石、胡啟立、姚依林，因有職級晉升，被納入分析範圍。

[10]　另外，鄧小平還提拔劉華清擔任政治局常委。劉華清在就任常委前也未曾擔任過政治局委員，但因屬軍人，並未納入分析。劉華清的軍中資格甚老，原已準備退休，鄧小平為了幫助江澤民鞏固軍權，特別重用他。他退休之後，軍方將領無人擔任過政治局常委，可見他的特殊性。劉華清和朱鎔基均非前一屆政治局委員，但都已擔任過「國家領導人副職」。前者原為軍委副秘書長，等同軍委委員級別，1989年以後還擔任軍委副主席。

放政策，被鄧小平安排為總理接班人選。他在1991年上調北京，擔任國務院副總理（國家級副職），稀釋李鵬在國務院的保守力量。同時，鄧小平為了確保改革派繼續掌控總書記大位，採取「隔代指定」的作法，讓胡錦濤從正部級的西藏自治區黨委書記越級晉升為政治局常委。2007年「十七大」的時候，習近平、李克強兩人又跳過政治局委員台階，首次當選政治局常委。當時習近平、李克強兩人的年齡分別為54歲與52歲，明顯與其他常委60歲以上的年齡有所差距。當時中共曾舉行黨政領導幹部會議，就新任政治局委員預備人選進行民主推薦。會中胡錦濤特別提出要甄補1950年代的優秀幹部，讓領導班子形成合理的年齡結構。由此可見，甄補習近平和李克強兩人進入政治局常委會，也是為了培養總書記和總理接班人選的考量而做的特殊安排。

這兩個職務的接班人選可以「越級晉升」，其他常委人選卻不能越級，是解決「年齡限制」與「台階規律」彼此矛盾的方法。中共以年齡限制保持第一線幹部相對年輕，但「台階規律」又要求幹部必須在重要職級擔任領導職務，每一個「台階」都消耗數年時間，致使領導人不一定年輕。因此，當中共要培養總書記和總理接班人選時，就可能出現「越級晉升」的現象，以便讓接班人在比較年輕的時候就開始練習領導人的角色，擔任領導人後還能任職十年左右。

根據上述討論，本文歸納出兩個結論：

1. 自1980年代後期以後，政治局委員（或政治局候補委員）資歷已成為晉升政治局常委的重要資歷，只有在培養總書記和總理接班人選時才可能出現例外。

2. 自1990年代中期以後，期中增選政治局委員的情形已不再出現，故新任政治局常委幾乎都是從前一屆政治局委員中產生。

二、年齡要求（年齡限制與年齡優勢）

　　1980年代初期中共推動幹部年輕化之後，年齡就成了幹部任免的關鍵。1997年以後，年齡限制逐漸適用在中央領導人身上。「十五大」時，中共高層做出政治局委員、軍委委員「原則上」70歲劃線離退的決定，超齡者不尋求連任。2002年「十六大」改選後，所有政治局常委、政治局委員、軍委副主席、軍委委員不再出現超過68歲者，僅江澤民一人超齡連任軍委主席，但不再擔任總書記、政治局常委等要職。2007年「十七大」時，政治局常委會、政治局委員、軍委會所有成員均不到68歲。由此可見，在十年間，中共中央領導人的年齡限制逐漸成形，劃線離退的年齡並從70歲降到68歲，為連任晉升政治局委員的必要條件。政治局常委也具有政治局委員身分，所以他們的退休年齡目前應為68歲，屆齡後不得尋求連任。不過，新任政治局委員年齡應在63歲以下的規定，並未適用在新任政治局常委身上。「十七大」的周永康（1942年12月生）、賀國強（1943年10月生）當選常委時，都已經年滿64歲。

　　此外，「十八大」正逢十年一次的中央領導班子世代交替，新選出的常委多數要能任職兩屆十年，以維持領導班子的穩定性。[11] 舉例來說，1992年「十四大」選出的七位政治局常委中，有擔任總書記和總理等職務的五人在1997年「十五大」上連任，連任比例高達七成一。2002年「十六大」選出的政治局九位常委中，包括總書記和總理在內的五人在2007年「十七大」連任，連任比例也有56%。因此，在年齡上，能夠擔任兩屆十年常委的菁英將具有競爭優勢，構成一項加分條件。但因過去部分領導人只擔任一屆政治局常委，如姚依林（十三屆）、尉健行、李嵐清（十五屆）、曾慶紅、吳官正、黃菊（十六屆）等人，十七屆選出的周永康、賀

---

[11] 領導人在位期間約在十年左右。見寇健文，中共菁英政治的演變：制度化與權力轉移，1978-2010，三版（台北：五南圖書出版公司，2010），頁291-296。

國強基於年齡因素，應該也只能擔任一屆，合乎擔任兩屆十年的年齡並非晉升政治局常委的必要條件或充分條件。

　　根據上述討論，本文歸納出三個結論：

1. 68歲劃線退休機制已經大體確立。2012年「十八大」召開時，除非中共另定高層領導人退休年齡，否則現任政治局常委、政治局委員中超過68歲（1944年以前出生）的人都將退休。67歲以下（1945年以後出生）的政治局委員則仍保有晉升的機會。

2. 新任政治局常委的年齡得高於63歲，不受到新任政治局委員63歲以下的約束。

3. 年齡在62歲（1950年以後）以下的幹部具有年齡優勢，在年齡上能夠擔任兩屆十年政治局常委，比不具備此條件的菁英更具有競爭優勢，但此競爭優勢並非必要條件或充分條件。

三、地方歷練：省委書記和省長

　　論及政治局委員的競爭優勢時，本文認為：省級黨政一把手的重要性。由於政治局常委幾乎都是由政治局委員升任，地方領導經歷當然成為角逐政治局常委的重要資歷。從1987年到2007年之間，新任政治局常委曾任省級黨政一把手的比例，都維持在50%以上，而且在十四屆和十七屆達到100%（見表二）。雖然有少數常委未擔任過省委書記或省長，但比例相當有限。十三屆七位新任常委中，四位具有地方經驗，李鵬、喬石、姚依林則沒有。十五屆兩位政治局常委中，一位有地方歷練，另一位（李嵐清）則無地方領導經驗。十六屆八位新任政治局常委中，溫家寶、曾慶紅、羅幹均無地方一把手的經歷，是1990年代以後人數最多的一屆。不過，十七屆四位新任政治局常委全部都有地方經歷。此外，除胡啟立（十三屆）一人之外，所有具有地方一把手經驗的政治局常委全數擔任過

省委書記，足見省委書記在仕途晉升過程中的重要性確實高於省長。

　　基於上述分析，本文歸納出兩個結論：

1. 省級地方歷練是晉升政治局常委的重要資歷，但並非必要條件。

2. 省委書記是新任政治局常委的重要資歷，有助於提高其競爭優勢。
省長雖然也是正省部級職務，但對晉升常委來說，重要性低於省委
書記。

表二：新任政治局常委曾擔任省級黨政一把手的比例

	十三屆	十四屆	十五屆	十六屆	十七屆
有省級一把手歷練	57.1%（4）	100.0%（2）	50.0%（1）	62.5%（5）	100.0%（4）
無省級一把手歷練	42.9%（3）	0.0%（0）	50.0%（1）	37.5%（3）	0.0%（0）
總數	100.0%（7）	100.0%（2）	100.0%（2）	100.0%（8）	100.0%（4）

備註：十四屆的劉華清為軍人，未納入計算。

四、交流經驗：省際交流、部門交流、中央與地方交流

　　由於政治局常委處理的議題比政治局委員範圍更廣、更複雜，交流經
驗對角逐常委的幹部來說理應相對更重要。

　　從表三可以得知，1987年以後各屆新任政治局常委絕大多數都有交流
經驗，比例高達87％。以各屆來看，除十六屆曾經出現75％以外，其餘各
屆均為100％。由此可見，政治局常委管理的事務很廣泛，交流經驗對晉
升政治局常委的重要性隨之提高。十六屆兩位沒有交流經驗的新任政治局
常委分別是吳邦國和黃菊，均為上海市委書記出身、上海幫成員。此外，
各屆新任政治局常委擁有兩種交流經驗的比例，和擁有一種交流經驗的比

例並不穩定，因此擁有兩種交流經驗並不構成競爭優勢。此與分析政治局委員交流經驗的結論相同。

表三：新任政治局常委正部級職務的交流經驗

	十三屆	十四屆	十五屆	十六屆	十七屆
無	14.3%（1）	0.0%（0）	0.0%（0）	25.0%（2）	0.0%（0）
省際交流	0.0%（0）	0.0%（0）	0.0%（0）	37.5%（3）	25.0%（1）
部門交流	42.9%（3）	0.0%（0）	50.0%（1）	37.5%（3）	0.0%（0）
中央地方交流	28.6%（2）	0.0%（0）	0.0%（0）	0.0%（0）	0.0%（0）
省際交流＋部門交流	0.0%（0）	0.0%（0）	0.0%（0）	0.0%（0）	0.0%（0）
省際交流＋中央地方交流	0.0%（0）	50.0%（1）	0.0%（0）	0.0%（0）	50.0%（2）
部門交流＋中央地方交流	14.3%（1）	50.0%（1）	50.0%（1）	0.0%（0）	25.0%（1）
總數	100.1%（7）	100.0%（2）	100.0%（2）	100.0%（8）	100.0%（4）

基於上述分析，本文歸納出三點特徵：

1. 交流經驗是新任政治局常委的重要資歷，但不算是必要條件或充分條件。

2. 交流經驗類別的多寡對於晉升政治局常委沒有影響。地方領導的經驗越來越重要，特別是在不同省份擔任黨政一把手的歷練，構成日後晉升至最高領導班子的有利條件。

3. 交流經驗有助於日後晉升，但過多交流經驗卻不利於晉升。此因中共厲行幹部年齡限制，過多交流經驗通常代表幹部在正省部級職務任職過長，將使其喪失年齡上的競爭優勢。

參、預估十八屆政治局常委可能人選

一、可能在「十八大」當選的十一位現任政治局常委或政治局委員

根據過去政治局常委晉升的集體特徵，配合現狀，本文綜合整理出一些基本條件和加分條件，用來評估2012年十八屆政治局常委的可能人選。

（一）基本條件

1. 基本條件一（政治局委員資歷）：十八屆政治局常委將從十七屆政治局常委或政治局委員中挑選。由於習近平和李克強兩人已為接班人選，只要他們的健康情形良好，又未犯大錯，他們在「十八大」應會連任政治局常委。同時，在沒有「培養接班人」因素的干擾下，政治局委員的「台階」因素將是決定性因素。

2. 基本條件二（年齡限制）：「十八大」召開時，習近平和李克強兩人應會繼續連任政治局常委。年滿68歲（1944年以前出生）的十七屆政治局常委和政治局委員無法連任或晉升政治局常委。67歲以下（1945年以後出生）的政治局委員則仍保有晉升的機會。

（二）加分條件

1. 加分條件一（年齡優勢）：「十八大」召開時，年齡在62歲（1950年以後出生）以下的十七屆政治局委員晉升常委的機會，比63至67歲之間（1945至1949年出生）的政治局委員來得高。

2. 加分條件二（地方歷練）：「十八大」召開時，具有省級黨政一把手歷練的十七屆政治局委員比沒有此經歷的委員，更有晉升政治局常委的機會。此處所說的一把手經驗特指擔任省委書記。

3. 加分條件三（交流經驗）：「十八大」召開時，具有正部級職務交

流經驗的十七屆政治局委員，比沒有交流經驗的委員，更具有晉升政治局常委的機會。

在進行預估「十八大」可能當選的政治局常委之前，本文以「十七大」人事布局為例進行測試。表四顯示，除了習近平和李克強是基於培養總書記和總理接班人選的需要，越級晉升，未先單獨歷練政治局委員以外，其餘連任或新任的政治局常委都在「預測名單」當中。換言之，本文建立的篩選標準確實有相當的準確性，但誤差範圍還有努力縮小的空間。

表四：以十七屆政治局常委為例的評估測試

姓名	評估測試	實際結果	說明
賈慶林 吳邦國 溫家寶 胡錦濤 李長春	可能連任政治局常委	連任政治局常委	・超過68歲者（羅幹、吳官正、曾慶紅、黃菊）、健康不佳者（黃菊）均未連任。
周永康 賀國強	新任政治局常委熱門人選	新任政治局常委	・滿足三項加分條件者為俞正聲。未晉升常委。 ・滿足兩項加分條件者共四人。未晉升常委的兩人為張德江和劉淇。 ・未超過68歲、無健康問題、未受黨紀司法處分的政治局委員均連任。
習近平 李克強	非政治局常委熱門人選	晉升政治局常委	・基於培養總書記和總理接班人選的需要，未先單獨歷練政治局委員，屬於「越級晉升」。 ・滿足一項加分條件者為王樂泉、王兆國、回良玉、劉雲山四人，未滿足任何條件者為王剛。全數均未晉升政治局常委。

　　接著本文根據兩個基本條件，篩選十七屆二十五位政治局常委和政治局委員。2012年「十八大」召開時，習近平、李克強兩位現任政治局常委將續任，李源潮、王岐山、俞正聲、張高麗、薄熙來、汪洋、張德江、劉雲山、劉延東等九人則是低於68歲的政治局委員。他們之中的多數將晉升為政治局常委，剩餘少數連任政治局委員，也不排除有人會在屆齡前退休。其餘超齡的七位政治局常委和七位政治局委員都將退休。目前可能的變數是中共在2012年之前增補政治局委員。不過，自1994年增補黃菊（先出任上海市委書記）為政治局委員之後，迄今已經多年未出現這類例子，出現增補情況的機會不大。

　　接下來，本文評定剩下來的十一位領導人，呈現其競爭優勢。從表五中可以發現，劉雲山和劉延東（女）兩人最不具備晉升政治局常委的競爭優勢。他們長期在單一的部門工作（一為中央宣傳部，一為中央統戰部），既缺少年齡優勢，也缺少地方黨政一把手歷練和交流經驗。若十八屆政治局常委會仍為九人規模，李源潮、汪洋、王岐山、張高麗、張德江、俞正聲、薄熙來等七人較有可能在2012年晉升政治局常委，劉雲山和劉延東雖有晉升可能性，但機會相對較小。如果常委會人數縮減，則須再增加其他變項，以便區隔他們之間的競爭優劣所在。

表五：十八屆政治局常委可能人選的競爭優勢

		姓名	備註
連任		習近平	已晉升常委
		李克強	已晉升常委
新任	滿足三項加分條件	李源潮	1. 前上海市副市長李幹成之子。典型團系幹部，與胡錦濤、李克強熟識。 2. 江蘇人均收入持續增長，城鄉差距、蘇南蘇北地區差距不斷縮小。鐵腕處理太湖藍藻事件。推動「雙推雙考」選拔幹部等政改試點。
		汪 洋	1. 胡錦濤同鄉，典型團系幹部。受朱鎔基、溫家寶重用。 2. 在重慶推動「統籌城鄉綜合配套改革」，強調輿論監督。在廣東提出「騰籠換鳥」，推動產業升級，但引起爭議。頒布考核幹部與地方政府績效法規。處理廣東漢維衝突不夠迅速，引發烏魯木齊事件，遭批評。2011年降低社會組織註冊門檻，放寬廣東省社會組織登記標準，成功化解烏坎村事件，呼應中央的社會管理體制改革，將危機變成轉機。
新任	滿足兩項加分條件	王岐山	1. 前政治局常委、常務副總理姚依林女婿。被朱鎔基、溫家寶重用。 2. 處理廣東金融風暴、海南房地產泡沫化、北京SARS疫情等危機和籌辦北京奧運。副總理任內面對國際金融危機，順利過關。
新任	滿足兩項加分條件	張高麗	1. 與江澤民、曾慶紅關係良好。 2. 在深圳實施城市形象工程，促成高新技術交易會；在山東帶動該省經濟快速成長，配合中央政策；在天津推動濱海新區建設，經濟成長快速。
新任	滿足兩項加分條件	張德江	1. 濟南軍區炮兵代司令員張志毅少將之子。與江澤民關係良好。 2. 提出「泛珠江三角洲」概念，推動區域合作。但發生隱瞞SARS疫情、孫志剛被打死事件、太石村與東州村等群眾事件，引起國內外輿論批評。2011年溫州動車事件下令就地掩埋車體，未優先救人，再次引發外界譁然。 3. 2012年3月以副總理身分，兼任薄熙來去職後留下的重慶市委書記。

		姓名	備註
新任	滿足兩項加分條件	俞正聲	1. 天津市市長兼市委書記、第一機械部部長俞啟威和北京市委常委兼副市長范瑾之子。前國防科工委主任張震寰少將女婿。與鄧樸方熟識，朱鎔基內閣成員。 2. 建設青島市政有成，在湖北配合「中部崛起」構想，創下耀眼的政績。成功舉辦上海世博會，但2010年上海靜安大火暴露官商勾結與幹部腐敗問題，一度造成仕途危機。
新任	滿足兩項加分條件	薄熙來	1. 前政治局委員、中央顧問委員會副主任薄一波之子。總政治部副主任谷景生少將女婿。與胡錦濤關係不密切。 2. 把大連轉型為旅遊城市和會展中心，打造東北地區罕見的經濟成就，但引起形象工程的批評，並曾迫害記者姜維平。任遼寧省長時該省經濟空前困難。商務部部長任內表現出對外談判的強硬和靈活，受到肯定。 3. 調任重慶後整頓官場腐敗，打擊黑幫，親自調解出租車罷駛事件，並領導重慶經濟復甦。但被傳言藉反貪掃黑打擊競爭對手，2012年王立軍事件更重挫他的聲望。2012年3月被中共中央解除重慶市委書記，「入常」機會已經大幅降低。
新任	未滿足任何加分條件	劉雲山	1. 非典型團系人馬。與丁關根長期共事。 2. 負責思想控制，發生冰點事件、焦國標事件、夏業良事件，箝制思想有功。
新任	未滿足任何加分條件	劉延東	1. 前農業部常務副部長劉瑞龍之女。家翁楊顯東為黨外人士，曾任農業部副部長。典型團系幹部，與胡錦濤、李克強熟識。 2. 除發展中華海外聯誼會，推動海外建孔子學院外，缺乏特殊政績。
外界評估有望「入常」，但不符合本文提出之基本條件者		胡春華	無政治局委員台階，同時當前並無立刻培養第六代領導人的急迫性。
		孟建柱	無政治局委員台階、超過新任政治局委員低於63歲的規定。但國務委員一職使他成為副國級菁英，現任中央政法委副書記一職則有可能利於他接掌書記一職。
		令計劃	無政治局委員台階。但中央書記處書記一職使他成為副國級菁英。

	姓名	備註
外界評估有望「入常」，但不符合本文提出之基本條件者	戴秉國	無政治局委員台階、超過68歲。
	王　剛	超過68歲。
	張春賢	無政治局委員台階。
	周　強	無政治局委員台階。同時當前並無立刻培養第六代領導人的急迫性。
	孫政才	無政治局委員台階。同時當前並無立刻培養第六代領導人的急迫性。
	盧展工	無政治局委員台階。

資料來源：符合基本條件者資料來自寇健文，「邁向權力核心之路：1987年以後中共文人領袖的政治流動」，**政治科學論叢**，第45期（2010年9月），頁29；其他部分則來自政大中共政治菁英資料庫，http://ics.nccu.edu.tw/chinaleaders/index.htm。

二、可能的職務分配

　　根據前面分析，習近平與李克強幾乎毫無疑問地將連任常委，並將分別出任總書記和總理一職。由於他們的接班安排相當明確，若無罹患重病、出現重大政治錯誤等意外情況，他們已經佔去兩席政治局常委。在十六位不具有常委身分的政治局委員中，俞正聲、劉延東、張高麗、張德江、劉雲山、王岐山、薄熙來、李源潮、汪洋九人在2012年未滿68歲，有機會晉升常委。有機會晉升常委並不代表一定會晉升，也不代表晉升的機會均等。影響菁英是否能晉升政治局常委涉及可能人選的個人條件，諸如我們論及的年齡因素、各項職務經歷，以及健康、政績評價、關係網絡等無法完全掌握的條件。同時，政治局常委會的名額、各常委的分管職務配置也會影響晉升的結果。

　　本文擬歸納過去二十年的歷史經驗，以便獲得更多的評估線索。依照1987年以後的歷史經驗，政治局常委名額並不固定，從「十三大」的五位（1989年六四事件之後則是六位），增加到「十四大」的七位，再增加到

「十六大」的九位。由於政治局常委名額並不固定，常委人選又涉及分管業務（與相對應的黨政職務），因此本文先歸納過去常委經常分管的業務（或兼任的職務），以便具體評估十八屆政治局常委可能人選的可能職務。

　　自1987年「十三大」以後，總書記、中央書記處常務書記、總理、常務副總理固定由政治局常委擔任，沒有例外。在此期間，中紀委書記幾乎都是由政治局常委擔任，只有1992年「十四大」例外，由政治局委員出任。中央政法委書記比較不固定，「十三大」、「十六大」、「十七大」是由政治局常委擔任，「十四大」和「十五大」分別由中央書記處書記、政治局委員擔任。全國「人大」委員長、全國「政協」主席則是在1992年「十四大」（1993年八屆人大政協換屆改選）以後，固定由常委擔任。此外，還有少數常委只有分管業務，卻沒有擔任其他黨政領導職務，如宋平（1989-1992年，中央黨建領導小組組長）、李瑞環（1989-1992年，中央宣傳思想工作領導小組組長）、李長春（2002-2012年，中央宣傳思想工作領導小組組長）。[12]

　　接下來，本文歸納1987年以後擔任上述職務的政治局常委的仕途路徑，以便提供更多評估線索。由於總書記和總理人選幾乎已經確定由習近平和李克強擔任，本文不再對這兩個職務進行分析，只分析中央書記處常務書記、常務副總理、中紀委書記、中央政法委書記、全國「人大」委員長、全國「政協」主席等六個職務。

　　1. 中央書記處常務書記通常由預定接掌總書記的人擔任，如胡啟立（「十三大」）、胡錦濤（「十四大」至「十五大」）、習近平（「十七大」），唯一例外是曾慶紅（「十六大」）。當時曾慶紅

---

[12] 寇健文，中共菁英政治的演變，頁329-330。

原為政治局委員、中央組織部部長（1999年接任），2002年升任政治局常委，並擔任中央書記處常務書記。

2. 常務副總理通常由副總理升任，如姚依林（「十三大」、七屆「人大」）、朱鎔基（「十四大」、八屆「人大」）、李嵐清（「十五大」、九屆「人大」），他們均在黨大會次年的國務院換屆改選後調整職務。例外的兩位是黃菊（「十六大」、十屆「人大」）、李克強（「十七大」、十一屆「人大」），均為省委書記出身。其中李克強是被安排為總理接班人，情況較特殊。真正的例外只有黃菊一人，由上海市委書記直升常務副總理。唯黃菊任內實權不大，未被溫家寶充分授權，後來又病逝，表現不佳。

3. 中紀委書記主要由組織、紀檢等黨務系統的幹部出任，如喬石（「十三大」）、尉健行（「十四大」至「十五大」）、賀國強（「十七大」）。唯一例外是吳官正（「十六大」），由山東省委書記直升中紀委書記。

4. 中央政法委書記絕大多數是政法系統出身，特別是由政法委副書記升任。任建新（「十四大」）是中央書記處書記、政法委書記，原本為政法委副書記（1988-1992）、最高人民法院院長。羅幹（「十五大」至「十六大」）曾任國務院秘書長、政法委副書記（1993-1998）。周永康（「十七大」）在出任政法委書記前，原為中央書記處書記、國務委員、公安部部長、政法委副書記（2002-2007）。喬石（「十三大」）是黨務系統出身，曾任中央對外聯絡部部長、中央辦公廳主任、中央組織部部長，但與政法系統無關。喬石在1985年俞強聲事件後，接替被撤職的陳丕顯，擔任中央政法委員會書記，負責全國政法和治安、情報、司法工作，情形較為特別。由於可能晉升政治局常委的人選中，並無擔任政法委副書記或其他政法系統職務的人，「十八大」必須違背此一慣例。

5. 全國「人大」委員長都曾經至少擔任過國務院副總理，甚至總理，如萬里（「十三大」、七屆「人大」）、喬石（「十四大」、八屆「人大」）、李鵬（「十五大」、九屆「人大」）、吳邦國（「十六大」至「十七大」、十屆至十一屆「人大」）。可能原因在於「人大」委員長肩負全國立法工作，需要一些國務院的行政經驗，因此都由離任的國務院副總理擔任全國立法機關首腦。

6. 全國「政協」主席多由省級黨委書記升任，如李瑞環（「十四大」至「十五大」、八屆至九屆「人大」）、賈慶林（「十六大」至「十七大」、十屆至十一屆「人大」），只有李先念（「十三大」、七屆「人大」）例外。[13] 李先念為革命元老，仕途發展路徑較為特殊，其餘兩人的共同特徵都是「缺少國務院領導經驗」。與「人大」委員長相較，全國「政協」主席僅負責統戰業務，重要性較低，比較不需要國務院領導經驗。

　　掌握過去這些職務的升官途徑之後，接下來我們在「可能的範圍之內」評估他們可能擔任的職務。在此必須強調，政治局常委人數、分管業務（或兼任的職務）的雙重不固定，增加我們評估十八屆政治局常委分工的困難度。有些熱門人選的可能職務比較明確，有些則混沌不明，無法做有意義的評估。

李源潮和王岐山：

　　根據前面資訊，並且假設十八屆政治局常委會仍由九人組成，我們推斷李源潮、王岐山晉升政治局常委的機會屬於「應該很高」。他們在施政上沒有引起激烈爭辯的作為，外界很少傳出對他們的負面批評。這有助於

---

[13] 李瑞環1989年晉升常委，1993年開始擔任全國「政協」主席，中間間隔四年。他在這四年間負責意識形態與宣傳業務。

他們的晉升。2007年「十七大」已經增加對新任政治局委員的民主評議程序，由數百位黨政領導幹部與中委會成員參與圈選投票。作風、政績正反評價不一的領導人，不容易在民主評議中獲得大多數支持，增加晉升的困難度。李源潮現為政治局委員、中央組織部部長，符合年齡限制標準，同時具有「年齡優勢」、「地方歷練」、「交流經驗」各項競爭優勢。在關係網絡上屬於團系的嫡系人馬，政績也還不錯。李源潮最可能擔任中央書記處常務書記，一如曾慶紅的前例，或是中紀委書記，如賀國強的前例。

王岐山具有「地方歷練」、「交流經驗」等競爭優勢，也有很強的關係網絡與政績表現。唯不具備「年齡優勢」，至多只能當一任常委。王岐山應該能順利晉升常委，並可能擔任常務副總理。王岐山為現任副總理，接掌常務副總理較能得心應手，一如姚依林、朱鎔基、李嵐清的前例。同時，他的財經專長與危機處理能力可彌補李克強在財經方面的不足之處，這是其他常委競爭者很難取代的功能。此外，依過去慣例，全國「人大」委員長均由擔任過總理或副總理的人擔任，王岐山也符合這項條件。

俞正聲：

俞正聲也應該可以晉升政治局常委，擔任的確切職務則較不明朗。俞正聲成功舉辦世博會，政績更強。但似乎還不至於到達取代王岐山財經角色的地步，不會出任常務副總理，接掌中央書記處常務書記的機會也很小。依此觀之，俞正聲升任常委後可能擔任的職務（或分管的業務）只有五種可能性：(1) 全國政協主席、(2) 全國人大委員長、(3) 中紀委書記、(4) 中央政法委書記，或(5) 分管宣傳工作但無其他兼職的常委。

在這五種職務（或分管業務）中，因俞正聲並未具備國務院領導經驗，擔任全國「人大」委員長的可能性較低，除非打破過去慣例。中紀委書記通常由在中央黨務系統工作的人出任，如組織、紀檢、政法部門等等，因此俞正聲接掌該職的機會相對不高。唯吳官正曾經由省委書記直接

出任中紀委書記，俞正聲也非完全不可能擔任中紀委書記。同時，他從未在政法系統工作過，與公安、檢察、法院系統無深厚關聯，出任中央政法委書記的可能性較低。依照過去仕途路徑，全國「政協」主席和分管宣傳工作但無其他兼職的常委，是俞正聲比較可能擔任的職務（或分管業務），因過去這些職務多半是由省委書記直接升任。唯這個結論是根據過去經驗得出，未必不會被打破，需要再與其他可能人選在常委會的功能搭配後才能決定。如十八屆政治局常委的可能人選均無政法部門經驗，俞正聲出任政法委書記的可能性仍不能完全排除。

張高麗：

　　張高麗應該有機會晉升政治局常委，但擔任的確切職務不明朗。張高麗現為政治局委員，符合年齡限制標準，同時具有「地方歷練」、「交流經驗」等競爭優勢，也有一定的政績表現與關係網絡。但因不具備「年齡優勢」，至多只能當一任常委。張高麗的競爭優勢幾乎與俞正聲一樣，仕途路徑也相當類似，但張高麗的高層關係沒有俞正聲來得嚴密深厚。張高麗在山東的政績相當好，目前在天津的表現也還不錯。2009年上半年，天津的國內生產總值（GDP）增幅達到16.2%，與內蒙古並列第一，天津濱海新區的GDP增幅達23%，帶動天津經濟發展。[14] 不過，他應該無法競爭過王岐山，拿下常務副總理寶座，也不具備擠下李源潮，當上中央書記處常務書記的條件。同時，他未曾當過政法委副書記，與公安、司法淵源不深，接任中央政法委書記的可能性較低。唯一的機會是現今中央政法委副書記可能無人能進入政治局常委會，並接掌政法委書記一職，以致必須由系統外的菁英調入任職。

---

[14] 作者不詳，「上半年中國各地GDP增幅 天津內蒙古領先」，聯合早報網，2009年7月24日，http://realtime.zaobao.com/2009/07/090724_12.shtml。

薄熙來、汪洋：

　　薄熙來、汪洋兩人是非常活躍的政治局委員與地方領導人，有機會爭取「入常」（進入政治局常委會）。這兩人個性鮮明，善於利用時勢表現自己。這兩三年來他們彼此較勁，聲勢互有漲跌，兩人作風與政績都引起正反不同議論，不利於在民主評議中獲得絕大多數支持。但2012年年初以來的發展，卻是薄熙來因王立軍事件重創聲望，晉升常委已經出現很大的變數。汪洋則因放寬廣東省社會組織登記標準，成功化解烏坎村事件，呼應中央的社會管理體制改革，將危機變成轉機，「入常」機會大增。外傳王岐山可能出任全國「人大」委員長，若是如此，汪洋將有機會出任國務院常務副總理一職。

　　薄熙來是現任政治局委員，符合年齡限制標準，同時具有「地方歷練」、「交流經驗」等競爭優勢，且身為高幹子弟，又善於營造政績傑出的形象。但因不具備「年齡優勢」，至多只能當一任常委。薄熙來在重慶進行大規模反貪掃黑行動，樹立其有能力擔任中紀委書記、政法委書記的形象，並打擊前任重慶市委書記汪洋的官聲，防止他成為自己晉升任職的絆腳石。唱紅工作更讓他成為左派吹捧的對象，儼然是左派在領導人當中的代言人。2012年2月爆發的王立軍事件，暴露薄熙來打黑背後違反人權法治的作為，以及其他可能的不法情事，3月初兩會之後，中共宣布免除薄熙來重慶市委書記一職，改由副總理張德江兼任。這顯示薄熙來晉升政治局常委之路恐怕已經中斷。至於是否能在「十八大」之後續任政治局委員，或是改任其他職務，甚至整個仕途宣告終結，仍有待觀察。

　　汪洋為1950年代出生的菁英，適合擔任兩屆十年領導人，是目前常委可能人選中少數具備此一條件者，其他三人是習近平、李克強、李源潮。原本汪洋在各方面條件都不錯，與李源潮一樣擁有全部競爭優勢。他是現任政治局委員，符合年齡限制標準，同時具有「年齡優勢」、「地方歷練」、「交流經驗」，團系出身，又受到朱鎔基、溫家寶賞識，在重慶市

委書記、廣東省委書記任內表現開明，願意積極改革。原先汪洋在廣東所論述的大膽言論與改革引起不少議論、批評，如今因競爭對手的仕途出現嚴重危機，而自己又把危機變成轉機，贏得改革開明形象，順勢而上，汪洋應該可望順利進入政治局常委會。

張德江：

張德江晉升政治局常委的機會比汪洋低，僅能算是「有可能」。2012年3月張德江兼任重慶市委書記，接替薄熙來，使他未來的仕途發展有兩種可能的路徑。一為暫時兼任重慶市委書記，「十八大」之後升任政治局常委；另一為在「十八大」後續任重慶市委書記，但無法「入常」。他是否「入常」將對其他常委的分工產生影響。

張德江是現任政治局委員，符合年齡限制標準，同時具有「地方歷練」、「交流經驗」、「特殊政績」、「關係網絡」等各項競爭優勢，但缺乏「年齡優勢」，頂多只能當一屆政治局常委。他雖然有多省省委書記的職務經驗，又是現任國務院副總理，但在廣東的政績褒貶不一，卻可能對其晉升常委產生影響。像隱瞞SARS疫情、孫志剛被打死事件、太石村與東州村等群眾事件，都曾引起全國與海外嚴厲批評，對中國大陸形象造成傷害。這些事件顯示張德江的危機處理能力不佳，過於依賴國家暴力，應負起政治責任。2007年「十七大」時張德江無法更上一層樓，已經顯示其競爭優勢正在減弱，以致被他人後來居上。2011年溫州動車事件中，身為主管的他下令就地掩埋車體，未優先救人，再次引發外界譁然。

在這種情形下，張德江自然無法和李源潮、王岐山競爭中央書記處常務書記和國務院常務副總理。中紀委書記和中央政法委書記都是實權職務，過去擔任這些職務的人為官也比較沒有爭議，張德江擔任這兩個職務的可能性相對不高。據此，張德江可能出任的職務只剩全國「政協」主席、全國「人大」委員長，或分管宣傳工作但無其他兼職的常委。這三個

職務中，全國「人大」委員長過去都由擔任過國務院副總理的人出任，張德江符合這個經驗法則。此外，由於張德江官聲不佳，若中共顧慮這一點，他就有可能喪失進入政治局常委會的機會。不過據傳張德江本人為官十分清廉，可能是其晉升政治局常委的優勢之一。

劉延東、劉雲山：

劉延東、劉雲山在各方面的條件都不如其他七人，晉升常委的可能性又更低，可算是「較不可能」，原本被淘汰的機會比較大。但近來因熱門人選薄熙來的「入常」機會出現變化，與張德江的再度出錯，造成形象不佳，劉延東、劉雲山晉升的機會無形中增加了一些。然而，倘若常委人數減為七人，他們兩人是否「入常」又會出現變局。劉延東是現任政治局委員，但缺乏「年齡優勢」，頂多只能當一屆政治局常委。同時，她缺少「地方歷練」、「交流經驗」、「特殊政績」，僅靠女性、高幹子弟身分或統戰業務經驗，就想出任政治局常委，或有一定難度。萬一劉延東真的晉升政治局常委，恐怕唯一可能擔任的職務是全國「政協」主席，但此職務過去從未由長期擔任統戰工作的菁英執掌。

劉雲山也面臨相同問題。他是現任政治局委員，但缺乏「年齡優勢」、「地方歷練」、「交流經驗」、「特殊政績」。他的關係網絡主要是在丁關根和江澤民，然而他們都已經下台多年。在這種情形下，他晉升常委的機會比劉延東更小。假設他能突破重圍，順利當選常委，應該會仿效李瑞環和李長春先例，分管宣傳工作但無其他兼職。

參考書目

一、中文部分

「上半年中國各地GDP增幅 天津內蒙古領先」，聯合早報網，2009年7月24日 ，http://realtime.zaobao.com/2009/07/090724_12.shtml。

「中共十八大政治局9常委1.0版」，多維新聞網，2011年11月16日，http://18.dwnews.com/news/2011-11-16/58308410-2.html。

「中共十八大中央政治局9常委2.0版」，多維新聞網，2012年1月11日，http://18.dwnews.com/big5/news/2012-01-11/58504149.html。

「中國下屆政治局常委會是誰？新加坡專家大膽預測」，大邢台網站，2011年7月13日，http://daxingtai.com/index.php?m-cms-q-view-id-2302.html。

「英報預測十八大政治局常委名單」，明報新聞網（海外版），2011年6月5日，http://www.mingpaovan.com/htm/News/20110605/tcbh1.htm。

「鄭永年預測新一屆政治局常委」，聯合早報網，2011年7月12日，http://www.zaobao.com/futurechina/pages/talk110712.shtml。

「戴秉國恐難破例當常委」，明報新聞網（海外版），2011年6月7日，http://www.mingpaovan.com/htm/News/20110607/tcbb1.htm。

李成，「中國政治的焦點、難點、突破點」，英國金融時報中文網，2011年12月31日，http://www.ftchinese.com/story/001042491。

寇健文，中共菁英政治的演變：制度化與權力轉移，1978-2010，三版（台北：五南圖書出版公司，2010）。

二、英文部分

Li, Cheng, "The Battle for China's Top Nine Leadership Posts," *Washington Quarterly*, Vol. 32, No. 1 (Winter 2012), pp. 131-145.

"Photos from China Offer Scant Clues to a Succession," *The New York Times*, October 14, 2011,

http://www.nytimes.com/2011/10/15/world/asia/chinas-coming-leadership-change-leaves-

analysts-guessing.html.

人事布局與政策變遷

最高統帥部人事升遷政治的定式和規則：
探討十八屆中央軍委的構成

由冀

（澳洲新南威爾士大學社會科學院教授）

摘要

「十八大」軍委的構成，是人事換代的結果，將在實質上有別於換屆。最高統帥部的世代交替已成為常態化。以「十年一代」為標誌，是實現後鄧時期黨政軍權力運行制度化的一個組成部分。自「十四大」以來，每一代以十年為一周期，形成了某種邏輯性、制度性的發展。從另一角度說，第十五屆軍委是對以江澤民為核心的十四屆軍委的承上啟下，此性質也適用於對十七屆軍委的定義。而十七屆軍委亦是對以胡錦濤為核心的第十六屆軍委的承上啟下。「十八大」軍委將開啟新的篇章，所以世代更替，有其自身的鮮明特點。本文就「十八大」軍方人事部分初步探討。分析的重點聚焦於第十八屆軍委的候選人情況，遴選標準，人事政治的博弈，以及新軍委組建過程中的各種挑戰。

關鍵詞：十八屆中央軍委、世代交替、最高軍事人事安排

　　中共「十八大」將實現中央軍委領導的又一次世代交替。根據以往以年代劃線的慣例，生於1940年代的軍委委員將卸任，由五十後的高級將領所取代。這也是遵循「十六大」所建立起來的模式，即生於1930年代領導的退位，由四十後的領導接班，所以中共的世代交替以十年期劃線，已形成規律。[1] 現今對十八屆軍委人事的醞釀正緊鑼密鼓地展開。儘管十七屆「六中全會」通過了總的遴選條件，但要落實到具體的人選，則還要進行複雜的博弈。平穩交班也好，鬥爭後妥協也罷，新一屆軍委委員及他們所統領的各大單位主官，必須在2012年10月之前加以確定。

　　但是，在甄補新軍委成員的過程中所顯現的爭議度，是近幾屆所僅見的。其中一個重要原因是黨內政治鬥爭的白熱化。特別是在薄熙來事件後，文官角力波及到軍隊高層，或將對第五代領導核心未來十年的權力運作產生難以預測的影響。比如，尚在發展的高層菁英爭議為胡總能否在「十八大」時裸退產生變數。出於對自己的歷史定位以及為追隨者權力安排的顧慮，胡繼續留任數年，以防止有人「秋後算帳」，似乎是一種合乎邏輯的選項。[2] 溫公折節謙恭時，京城恐懼流言日，顯示出的確有人在玩

---

[1] 七上八下並不是人事安排的準則，而是歷史的巧合（李瑞環離任時恰逢68歲），儘管它對領導甄補具有某種政治約束力。以十年為一代而劃線，是不得已而為之的權宜之計。以最小化的公平——以年代劃線（比如「十七大」的三十後下，四十後留的共識基礎）——達到某種最低限度的派系平衡，從而解決人事進退的難題。最典型的例子是曾慶紅和賈慶林。「十七大」時，生於1938年的曾下，而1940年的賈留。第五代核心的年齡基準是五十後，而不是七上八下。當然會有些四十後人士留任政治局起承上啟下的作用，既出於派系平衡的考慮，又規避權力繼承過程中的脫節。

[2] 薄熙來的最後裁定之前，郭伯雄召集軍隊高級幹部開會，傳遞胡總的九字指令：講政治，顧大局，守紀律，並將此與「十八大」人事政治相掛鉤。郭的講話語氣之強悍，態度之嚴肅，似乎是前所未有。「軍事報導」，中央電視台軍事頻道，2012年2月25日。其後徐才厚以及各大單位跟進，對黨內高層的博弈發生了巨大影響。現在難以確定的是郭徐的表態是對三軍統帥有所交代，還是反映軍委的共識。無論如何，郭徐的介入是自1992年楊家兄弟「保駕護航」以來，軍隊對黨內高層政治的又一次介入。而此舉可能深化分歧，在軍中造成芥蒂（高級將領中對薄同情者大有人在）。但他們的選擇餘地很小，主席的指令是無法推託的。

零和遊戲。比如，溫家寶明批國有銀行壟斷暴利，暗傷曾習集團大將王岐山，顯然與「講政治顧大局守紀律」背道而馳。[3] 軍委人事布局無法超脫於文官政治的大氛圍。

　　而在「十八大」之後，各總部和大區級的領導也將開始新的一輪更換。這將賦予新的最高統帥極大的人事任命權，使其較早地實現權力鞏固，以利於最高權力的平穩過渡。本文強調習近平在新一輪的人事更迭中與他的前任相比，將會採取更加積極的策略，推動自己班底的形成，以圖重大的政經變革。[4] 如果薄熙來事件不會對「十八大」的人事政治發生地震式的衝擊的話，我們可能很快就看到結構性的習近平班底的出現。[5]

壹、權力交接的定式

　　「十八大」軍委的構成，是人事換代的結果，將在實質上有別於換屆。最高統帥部的世代交替已常態化。以「十年一代」為標誌，是實現後鄧時期黨政軍權力運行制度化的一個組成部分。自「十四大」以來，每一

---

[3] 中國之聲全國新聞聯播報導，2012年4月4日；「溫家寶：中小企業融資難，銀行獲利太容易」，新京報，2012年4月4日，第1版。

[4] 詳細論點見由冀，「中共『十八大』：聚焦權力過渡的政治理論以及習近平掌軍的前景」，論文提交予「中共『十八大』政治繼承：持續、變遷與挑戰」研討會（政治大學，台北，2011年3月25-26日）。

[5] 所謂地震式的衝擊是指在人事安排和政綱確定出現難以調和的對峙時，出現「換儲」的壓力。胡習沒有很深的矛盾，但李克強畢竟是胡之首選，而李在黨內的爭議性小於習。「換儲」的一個可能的路徑是中央全會（或特別黨代會）對政治局和常委的海選，即越南模式。溫家寶對此甚為推崇，海選勢必使競選合法化，從而創造新的遊戲規則。其時，共青團出身的人員若能合縱，將有很大的組合優勢。目前海選的可能極小，沒有人真的想看到高層分裂。但確有人在玩某種零和遊戲。但從長遠看，全會海選政治局和常委是發展的大趨勢。

代以十年為一周期，形成某種邏輯性、制度性的發展。從另一角度說，第
十五屆軍委是對以江澤民為核心的十四屆軍委的承上啟下，此性質也適用
於對十七屆軍委的定義。而十七屆軍委亦是對以胡錦濤為核心的第十六屆
軍委的承上啟下。[6]「十八大」軍委將開啟新的篇章，所以世代更替，有
其自身的鮮明特點。

貳、十八屆軍委的峰層三

　　就組織構成而言，中央軍委與中共其他的最高領導機關相類似，即都
是層次森嚴，級別清晰。[7]但從權力運作上看，軍委系統的上下級關係更
為嚴謹清晰，與政治局有鮮明的區別。前者實行首長負責制，決策自上而
下，沒有討價還價的空間。而後者是委員會制度，決策基於共識，方法是
集體領導和協商。常委和政治局在處理重大問題時實行票決制，每個委員
擁有大體上等價的投票權。黨的領導原則強調集體領導；「總書記」雖
是黨內最高領導職務，但並非黨的最高領導機制。[8]當然總書記和常委在
政治局的議題和程序設定上擁有主導權。而軍委的領導原則基於主官（主
席，副主席）個人意志和最終裁量權，軍委例會大都例行批准，為其提供
合法性。再從科層上看，軍委組成大體可分為峰層三（top three）、總部

6　由冀，「中共『十七大』：承上啟下的人事政治」，陳德昇主編，中共「十七大」：政治菁英
　甄補與地方治理（台北：INK印刻出版有限公司，2008），頁187-212。

7　Kenneth Lieberthal, *Governing China* (New York: Norton & Company, 1995); Kenneth Lieberthal
　and David Lampton, *Bureaucracy, Politics and Decision Making in Post-Mao China* (Berkeley:
　University of California Press, 1992). 薄熙來的問題是，直轄市是國務院直轄，直接的老闆是
　總理。而薄似乎從未將溫放在眼裡，犯了「誰是老闆」（who is the boss）的大忌。當然，
　也正因為直轄市的緣故，溫對王立軍也是責任相關人，應該反思。

8　汪雲生，「迎接『十八大』文粹專欄」，北京日報，2012年3月31日，第4版。

四（headquarters four）和功能三（functions three）三個級等。每一層次的政治和專業重要性有顯著的差別，但是它們共同構成管理世界上最複雜軍隊的最高統帥部。

研究「十八大」軍委的構成，首先從峰層三開始，即兩名中央軍委副主席和國防部長，他們的黨政地位堪比黨和國家領導人。更具體而言，兩位副主席的政治待遇可比照於政治局常委，儘管他們只是政治局委員。而國防部長的待遇等同於國務院副總理。這些黨政的頭銜，使他們成為中央軍委的決策核心。在功能上行使在軍委內實質上不存在的「常委會」制的首長負責制。

峰層三在「十八大」上的異動可以由以下幾個角度分析：首先，軍委的世代交替是由軍委成員的總體進退衡量的。一般來講，不會超過兩位委員留任下屆軍委。留任者的主要功能是避免權力轉移過程中可能出現的空檔。比如，曹剛川是第十五屆軍委中唯一續任到下一屆的成員。所以，現任成員的留任最小化是世代交替的顯著標誌之一，以區分「換屆」與「代交」兩個概念。而指導理念是留任者如何有效地維持新班子的運作和政策的穩定性。當然曹的留任曾引起爭議。首先，他擾亂了解放軍自遲浩田、張萬年以來所建立的軍政主官兩駕馬車的制度。有一種說法是他的留蘇經歷得到江澤民的偏愛，其實更符合邏輯的解釋是，曹剛川承擔了十五屆和十六屆軍委接軌的重要責任（協助增補委員郭伯雄和徐才厚過渡）。和十五屆的初始軍委同僚相比，曹年紀最輕，又有1979年的實戰經歷。

承擔此種承上啟下的重任需要符合幾個先決條件，其中資歷是最重要的選項。在論資排輩的傳統深刻影響下，資歷深比較容易獲得軍委新同事的擁戴，維持人事和政策的穩定，保證軍委成員團結。所以，資歷是解放軍軍中倫理的基礎。親和力是另外一個重要因素，專斷的領導風格是承上啟下者的大忌諱。作為承上啟下者，他的首要功能是幫助新的團隊鞏固權力，而不是鞏固自己的權力。在一定程度上他既要善於主導，又要甘於配

合，保障軍委作為一個團隊的整體功能。張震的資歷和劉華清的親和力是1992年鄧小平挑選他們作為軍委峰層領導的基本考慮。[9] 張、劉則不負鄧的重託，迅速地扭轉了由楊家的專斷使軍委四分五裂的狀況。同時，也為其後軍委二十年的團結奠定了基礎。所以，遴選峰層三的最重要條件首推政治性，而對他們專業能力的考慮則從屬之。

如前所述，對資歷的判斷是他的完備履歷，其中包括各級軍事院校的培養，戰術和戰略單位的主官崗位，參謀長位置的歷練、實戰的考驗、多軍區輪換的經歷，和上級、下屬合作的表現，特別是黨政最高領導人的薦舉。而資歷和軍人職業化的生涯密切相關。[10] 為此，他們需要起步早（列入大區及軍委候備幹部名單早），以便使他們在成為軍委委員之前，走完所有的軍中任職台階。近年來，幾乎沒有任何官員通過「直升機的方式」越級提拔，達到峰層領導。因此，資歷和年紀有直接關係，又不完全取決於年紀。如果，某一候選人列入候備名單早於他的同輩，他一定會比他的同輩更早的獲得主官資歷，使其在競爭中處於有利地位。其中一個重要指標，就是每一屆黨代會有少許的集團軍軍長被安排為中央候補委員。他們顯然會比其他的集團軍軍長更快地提拔成大區司令，而且和他們同期的大區司令相比，又擁有明顯的年齡優勢。所以，這個資歷與年齡的關係，可以成為我們分析新一屆軍委可能的候選人標準。[11]

如果對峰層三的選拔標準基本上是政治主導，資深本身就是重要的政治條件，決定了「十八大」軍委的核心人士勢必由上一屆軍委留任人員所組成。而他們核心地位的確定，有助於由他們來連接兩屆軍委會。自張震

---

[9] 劉華清，劉華清回憶錄（北京：解放軍出版社，2004）。

[10] 蔡永寧，「職業化：軍隊人才隊伍建設的重要途經」，中國軍事科學，2010年第5期，頁77-85。

[11] 比如張又俠、房峰輝、徐粉林和劉粵軍在2002年「十五大」前升為集團軍軍長，從而奠定了他們在年齡、職務和資歷上對其他軍長們的比較優勢。

以降，尚未出現未曾出任過軍委委員而成為峰層三的前例。當此定式確立之後，對預測新的峰層三的人選就有了相對的清晰度：應由十七屆軍委留任成員擔任。由此，本文先要確定誰將留任。

以當前軍委成員的年齡結構，大部成員將在10月淡出，只有總裝備部部長常萬全、空軍司令許其亮能留任。海軍司令吳勝利今年已超過65歲，或在去留之間。前例是梁光烈和廖錫龍在「十七大」時以67歲的高齡尚可保留。但本文認為吳勝利難以機械地效法上述二人之例。第一，前文提及，「十八大」軍委是世代交替，而非換屆調整。吳勝利明顯屬於過去的一代；第二，吳勝利是代表海軍入十七屆軍委。通常軍種的代表是功能性的，較容易被取代。與之對比，梁光烈的保留是從政治上考慮，作為資歷最老的軍人，他較適合國防部長的職位。廖錫龍則可解釋為工作需要：四軍聯勤的改革在2007年時進入到關鍵時刻，不宜中途換將。而且，他們的留任也不構成對法定年齡規則的衝擊。第三，如前所述，沒有所謂「七上八下」的硬性規則。李瑞環在68歲時被退休是高層政治運作，而非制度性安排。它雖具有歷史承接的意義，但仍受黨的長期的潛規則——「特殊需要」——所制約。「十八大」最高團隊的組成應是主體上按照四十後下、小部分因「工作需要」留的布局安排。俞正聲是一大觀察點。評估十七屆中央軍委人員的去留，亦需要參照一系列複雜因素，而不是簡單地計算年齡。按照受世代交替的原則和為保持領導層以及政策的穩定，能夠任職兩屆是一個硬性的要求，雖然未明確寫在紙上。[12] 一個比吳更年輕的幹部，能夠從2012年起幹滿兩屆，不僅對海軍有利，而且有助於降低十八屆軍委的平均年齡。因此吳是應該列入四十後，沒有「特殊需要」一組的。另一個相關考慮是，吳勝利只比二炮司令靖志遠大八個月，而靖已經安排離任。從年齡上與靖志遠相比，保留吳勝利的邏輯就更不充足了。

---

[12] 寇健文，「1987年以後解放軍領導人的政治流動：專業化與制度化的影響」，中國大陸研究，第51卷第2期（2011年6月），頁1-34。

一、三軍副帥

　　餘下的問題是，常和許將在新一屆軍委中發揮什麼作用？按常理，常萬全可以正常的升到軍委峰層。目前他是十七屆軍委中第二年輕的委員。而在「十八大」後他的資歷亦可排在第二的位置。在任職十七屆軍委的五年裡，他在推動國防科研與軍隊轉型上，表現亮眼。在軍中以儒將見稱。對文史哲有愛好，有研究。[13] 而其低調的工作作風和表現出的親和力，十分類似胡錦濤和郭伯雄。事實上，作為最年輕的陸軍代表進入第十七屆軍委，其執掌下屆軍委的前景在2007年就已有了預案。接下來的時間只是驗證他是否有駕馭全域的能力。到目前為止，他經受了考驗。總裝到2011年7月只有一次衛星發射失敗。而在神州、嫦娥和空間站等專案的發射全部成功。另外在主要武器型號的研發上，總裝的成績斐然，有目共睹。中央軍委對他的培養已歷時經年，出掌副統帥應是順理成章。

二、新國防部長

　　許其亮留在軍委已成定局，未定的則是他在新軍委中的具體角色，是繼任空軍司令，還是更上層樓成為峰層三之一。這是一個尚難回答的問題。它不僅涉及十八屆軍委和空軍的安排，還涉及到在大陸軍傳統影響下陸軍與其他軍種的關係。年歲上許比常更為年輕，資歷更老。根據軍中倫理，他的提升更具邏輯性與合理性。因此他成為軍委副主席或國防部長亦是順理成章。但是，如常萬全已內定為副統帥，作為飛行員出身的空軍主官似不適合做負責政治工作的軍委副主席。當然，按照十六屆軍委有兩位軍事主官出任副主席的前例（郭伯雄和曹剛川）觀察，也不完全排除許升任副主席的可能。

---

[13] 比如見其歷史研究之作，「中國歷代中央王朝治理西部邊疆的基本經驗」，中國軍事科學，第15卷第5期（2002）。

　　許其亮在空軍範圍外尚缺少領軍的經歷。如果不能晉升，平調也難。較難想像他出任總長和總政主任。留任空軍或出任其他兩總部首長，對於他的資歷而言，亦有所不公。所以他如真被提升，國防部長是比較適合於他的的位置。如前所論，任何人成為國防部長都需要有足夠的軍中資歷。未經歷軍委委員的台階而擢升國防部長目前尚無先例。由於其他新入「閣」者都沒此資格，這增大了許出任新國防部長的可能。

　　當然許其亮出任國防部長也還有許多阻礙。至今尚沒有一位非陸軍的將領出任國防部長。此慣例的打破將成為解放軍轉型的具體標誌，有效地削弱大陸軍主義在軍隊的主導，[14] 但談何容易。再者，如許其亮如願晉升後，其繼任者馬曉天以空軍司令的身分再進入軍委，那麼在軍委中就有兩位出自空軍的代表，打破軍種間的平衡。而在軍委，由於軍種司令是功能性的代表，此種安排似乎有悖常態。任何一屆新軍委的組成要顧及各個軍種的意見，尤其是陸軍。做此重大改變，需要有三軍統帥頂住各方面壓力的強力推動，但不知胡總有否氣魄。如果許不能晉升，以往定式將被打破，新國防部長人選的預測就變得難以確定，除非「七中全會」有所安排。

三、第一政委

　　遴選峰層三的未知因素是解放軍第一政委的任命，即徐才厚的接任者。通常主管軍隊政治工作的領導人的選拔，比軍事主官的選拔更具競爭性。解放軍三十六個大區級軍政主官的比例大體相等。但在進入軍委會的門檻時，最多有兩名政工人員有此幸運，軍事主官則可達到八人。這符合

---

[14] 「百萬大裁軍：中國大陸軍時代的終結」，解放軍報，2009年8月19日，第7版。

[15] You Ji, "Unraveling the Myths of the PLA Political Commissars," in David Finkelstein and Kristen Gunness eds., *Swimming in a New Sea: Civil-Military Issues in Today's China* (Armonk, N.Y.: M.E. Sharpe, 2007), pp. 146-170.

解放軍歷來的政治主官從屬於軍事主官的慣例。[15] 所以政工人員較小的入選比例使得競爭最大化。根據以往軍委的人事傳統，主管政工的軍委副主席一定是從某一現任委員中提升。但在目前的軍委中，徐才厚和李繼耐會同時去職，因此在推出徐的繼任者時出現了一個斷鏈。目前，預測下任第一政委的難度在於，徐的繼任者只能從一些現在尚未進入軍委的人員中篩選，由此範圍擴大了許多。[16] 據此，一個可能的推斷是在十八屆軍委中不會有主管政工工作的副主席。所以，在下屆的軍委中可能只有一位負責總政的軍委委員，從而使軍委中政工委員的數字降到歷史低點。

就目前看，現任大區級的政治主官因年齡（五十後）、資歷（至少一任大區正）諸因素的限制，實際上可能當選的範圍極小，至多四人而已，即張海陽、張陽、李長才及劉源，符合年齡等最基本條件，進入下屆軍委並能做滿兩任。

陳國令的歲數已很難符合服役兩任的要求。現在總政副主任排名第一的杜金才資歷較為淺薄，僅是中將。賈庭安和劉源從未在戰鬥部隊擔任過主官，如果進入軍委的話，難以服眾。此因素不得不為現任、下任軍委主席所考慮。海軍的劉曉江、童世平，空軍的鄧昌友，除了年歲已過之外，不可能打破陸軍對總政主任這一職務的壟斷。

再來比較張、張、李、劉四人進入軍委的可能性。總後政委劉源的資歷最老，在省軍位置上已坐滿二十年，年齡亦佳。但他的基層零歷練難免不會在軍中引起非議，不利於新一屆軍委開展工作。然而，如果總政主任一職是政治性任命的話，某種打破常規性的安排也難以完全排除。張春橋

---

[16] 按照十三、十四、十五、十六屆中全會的慣例，2011年10月的十七屆「六中全會」似應對軍委人員做出一定的增補，如為郭、徐在1999年9月所做的安排：以常務副總長和常務總政副主任入軍委，為他們搭造了進入峰層必要的擢升台階。現在難以確定的是「七中全會」是否有此安排。如沒有，「十八大」的軍委的組成將會出現幾個創新。而增補如此難產，亦折射出本屆黨代會的人事政治異常複雜。

的任命是一例子，但發生在非常時期。

二炮政委張海陽（1949）的資歷僅次於劉源，履歷完備，當過戰鬥部隊中各層級的政治主官，是胡就任三軍統帥後任命的第一個大區政委。他在任61師政委時（1985）經歷了中越陸地戰爭的最後階段。作為成都軍區政委，曾在汶川抗震前線任政治主管，獲得胡總的高度讚賞。他亦是解放軍現任中央委員中較年輕者。

廣州軍區政委張陽是較年輕的政委，也是十七屆中央委員。從基層做起，逐步升任大區政委。作為42集團軍政委，協助將兩個摩步師升級為兩棲突擊師，並在該軍的資訊化建設中發揮很大的推動作用。和張海陽相比，他的履歷缺陷是沒有經過跨軍區的輪調，也未曾經歷過戰場的考驗。

蘭州軍區政委李長才是十七屆中央委員，年齡適當（生於1950年），履歷完備。他也是從基層做起，級級不落地升至大區政委。從他的履歷看，50歲就升任31集團軍政委，是當時最年輕的軍政委。這說明他較早地進入了大區級預備幹部名單。他雖然沒有直接在戰場上打過仗，可在31軍的經歷，給予他台海一線軍事對抗的歷練，使他具有某種比較優勢。並且他在南京軍區有擔任幹部部長的經歷，這種功能性的鍛鍊有助於他在總政掌握幹部選任的程序和規律。

如果他們四人中的兩人進入軍委，一人任負責政工的軍委副主席、一人任總政主任，上述四選二的比率還是很大的。就本文而言，從對上述四人的比較中，最可能的人選是李長才和張陽，張海陽亦在意料之中，較沒希望者是劉源。如果軍委對從如此的小範圍中選人不盡滿意的話，也有可能調任一名軍事主官任主管政工的軍委副主席或總政治部主任。在軍委這一層級的最高領導機關，軍事事務和政治事務的區分有時並非非常明顯。一個重要的原因是對此一級的任命更具政治性，而非專業性。楊白冰、遲浩田、李繼耐等的前例說明，最高層級的人事安排可在不同領域中置換。因為他們首先是職業軍人，互換結果並不會傷及解放軍的專業化。但有一

個因素統帥部必須考慮，即任命一名軍事主官做政工主管，會讓大量政工幹部有所失望。十七屆「六中全會」在軍委人事安排上的不作為，可能凸顯權力移交在政工領域裡出現空檔的困局。

參、四總部首長的安排

　　四總部的軍委成員，緊密銜接軍委的最高決策與軍兵種的執行過程。通過他們所執掌的軍令、軍政系統，令軍委的戰略部署落實到軍兵種的發展之中。所以，從政策執行和運作的角度看，四名總部軍委委員的遴選既是政治的也是專業的。相較於峰層三的遴選，政治考量相對少一些，但相較於軍種首長的遴選又帶有明顯的政治性。四總部的首長相對於他們所統領的機關，常常是非專業或非事務性的（最好的例子就是常萬全從大軍區司令升任總裝備部部長）。預測「十八大」對他們的遴選，可由以下幾方面開始。

　　在「十八大」上，現任的四總部首長都將去職。物色他們的接班人，是十七屆軍委的最後歷史使命。這項工作已開展有時，一些候選人也已浮出檯面，但最後的確定還有待時日。人事安排作為一項政治博弈，不到最後時刻，結果難以逆料。

一、總長

　　首先，總長對整個解放軍的掌控或許比峰層的第二、第三位更重要，是通向副統帥的過渡台階。自劉華清以降，所有的副統帥都出任過總長一職。一般而言，副統帥的遴選和總長的遴選是一併考量的。第二，因為解放軍沒有陸軍司令，總長為保證全軍軍政、軍令實現時，實質上也代行此職。第三，儘管副統帥協助軍委主席制定最高層次的決策，實際是總長將這些決策落實到軍令軍政之中。所以，就功能的重要性而言，總長堪稱三

軍總管（CEO）。[17]

在「十八大」上，誰擔任下一任總長是一個關鍵問題。通過研究，可以建立幾個定式（patterns），借助於此，進行深入的分析。首先，從解放軍的歷史上看，從未有總長從副總長提升的先例（只有楊成武代行過總長）。在後毛澤東時期，總長全部來自於大區司令。如果此定式在2012年能得以延續，那麼七個大區司令之一會被提升為總長，然後進入軍委。所以，對總長的分析不外乎著眼於七個大區司令。第二，在過去三十年裡沒有一位超過64歲的將軍在換代時首次進入軍委（張震、劉華清除外）。基於對七個大區司令年齡、資歷等諸因素的分析，有資格擔當此任的不超過三人，即張又俠、房峰輝和徐粉林，而其他四位大區司令因年齡過線已出局。

在更詳盡地討論張、房、徐之前，有必要對現任常務副總長章沁生的提升可能性稍加分析。首先，章儘管沒有統領過戰術戰役部隊（從團至集團軍），但他曾任過軍區和總參的一部部長，以及廣州軍區司令。這或許能彌補他在統領作戰部隊方面的缺陷。在國防大學教務長的任上，他是現今的解放軍國防戰略（資訊條件下的局部戰爭）的主要設計者之一。因此，他的戰略視野和對現代軍事技科學專業為長官和同事所尊重。比如，他的直接提攜人和支持者是梁光烈，而梁至今在軍隊人事安排上仍有重大影響力。然而，章沁生進入軍委的最大障礙是他的年齡。如果十八屆軍委的理想年齡劃界於1950年，而章生於1948年，非常接近65歲這一年齡大限。即便進入軍委，他亦難服務兩任。另外，如前所述，副總長不是通向總長的軌道，很難相信章是一個例外。事實上上一代常副葛振峰上將從帶兵經歷到學術素養並不稍遜於章，卻無能更進一步。所以年齡和資歷的缺失，註定了章沁生上位的可能性，小於前面所提到的三位軍區司令。當

---

[17] 錢海皓主編，軍隊組織編制學（北京：軍事科學出版社，2001）。

然，如果章確實被認為是難得的承上啟下者，再有梁的力挺，或許被調任其他的職務，如總後、總裝等。畢竟他有自身的資質優勢。[18]

現在讓我們繼續分析前述的三位大區司令。張又俠和房峰輝一時瑜亮，張（1950）年齡稍長於房（1951），都是從基層主官做起，長期在一線統領解放軍最精銳的拳頭部隊。而且，兩位將軍在軍事學術上有著不俗的記錄。[19] 兩者也都是「十七大」的中央委員，並在三個大區輪調過。他們在任集團軍軍長時均不足50歲，在年紀較輕時已被列入總部的預備幹部名單。兩人與軍界最高層均有密切的關係，張的人脈較寬廣，得益於其父親與解放軍元老（以及他們後代）的關係（其父張宗遜為第一野戰軍第一副司令，毛澤東曾將其列為五十七位上將的首位）。房的關係較深厚，主要是因為他長期在郭伯雄手下任職（蘭州軍區），深受郭的賞識，是「西北軍」的下一代領軍者。[20]

進一步的分析揭示出他們之間各自的相對優勢。張於1979年（14軍20師119團營長）和1984年（119團長）兩次參加對越戰爭，這是兩人間的一個關鍵性的區分。張是唯一一位在戰場上親自駁過火、受過傷的大區司令。戰後不久，因立功升入五大主力的13軍任師長。在就任軍長以前，他比房更資深一些，而且他的所有職務都是軍事主官，比參謀出身的軍事主官更能顯示帶兵作戰的能力。他的戰略視野也勝人一籌，出身一個統軍嚴

---

[18] 據一位在北京軍區任職的少將表示，當時章與政委的關係較為緊張，本已做了調動的安排。是梁的堅持，章才得以升級。梁後來又將其調到總參做他的助理，為其後的坦途打下基礎。

[19] 比如見其力作，張又俠，「主權控制戰——現實軍事鬥爭擬可採用的一種作戰形式」，**軍事學術**，第29卷第11期（2002）。此文章仍是我至今所讀過的解放軍對台戰略的最佳之作。他和王西欣（現任國防大學副校長）合著的文章，「一體化訓練——實現訓練模式的歷史性轉變」，是解放軍裡最早探討此題目的軍級幹部之一。**解放軍報**，2004年1月21日，第4版。

[20] 「西北軍」指因郭副帥長期工作於蘭州軍區，提拔了一批任職於西北的軍事幹部。他們目前在軍中有舉足輕重的影響力。

屬的將軍家庭，而他自己亦治軍嚴苛，體現其果斷的領導風格。更重要的是，他的家庭與習近平家庭有著長期的關係。在西北軍區，張的父親長期服務於習父親麾下。兩家的交往也從未間斷，即使是在習仲勛蒙難之際。因此，張又俠與習近平的關係可以是互利互惠的。習在關鍵的軍委會議上為張說話，可使他獲得關鍵的上升機會，而習為了自己的權力鞏固，需要在軍中搭建自己的班底，大區司令的助力是非常關鍵的。父輩在戰場上結成的緣分，是建立維繫後輩在官場中形成的結構性派別的加固劑。

　　房峰輝的相對優勢可以從另一個角度予以敘述。他幾乎在所有的軍隊層級上任過參謀長，所以他對司令部的管理深諳其道，這或將有利於他對總參工作的駕馭。而參謀長的經歷亦是現今主官遴選的有利條件之一。[21]他長期服務於西北邊陲，特別是他在新疆領軍的經歷，縮短了他與在常委中分管西北事務的三軍統帥的官場距離。他對軍事學術的新觀點，尤其對資訊化新軍事變革的理念既敏感又著力推動，屬於軍隊裡新一代的複合型人才，並專長於在新的戰爭形態下指揮聯合作戰。[22]張房相比較引出一個辯論點：是張的軍事主官型，還是房的參謀主官型，更有助於提升？因大批參謀主官型軍人在近年獲得升遷，使參謀主官的概念廣為流行，導致許多人認為房對張略有優勢。但本文強調這是一個簡單化的思路。一個不能忽略的事實是，總部首長代行陸軍司令之職，[23]須獨當一面，乾綱獨斷，比參謀長提出聰明建議更加重要。在戰場形勢瞬息萬變的條件下，軍事主官的位置是領導和決策素質的體現。參謀主官的最佳歸宿仍然是軍事主官。

---

[21] 姜道洪，參謀長素質論（北京：國防大學出版社，2006），頁9。

[22] 房的長期個人愛好是無線電，平日常在電腦房研究電子戰指揮軟體發展。西路軍事網，sjfm.xilu.com/2011/0318/news_456_146855.html。

[23] 胡光正主編，當代軍事體制變革研究（北京：軍事科學出版社，2007），頁96。

　　然而，除去軍事主官或參謀主官這一區分之外，以張房二人的個人素質相互比較，房似乎優於張。首先，在和平時代個人的指揮能力並不是遴選總長的最重要選項。如果把對總長的遴選和三軍副帥的遴選相統一的話，作為副帥的綜合素質或許比單純的帶兵能力更被強調。這些因素包括容忍度、親和力、政治敏感度、個人的稟性氣質，以及與同事相處的能力。這些無形素質的重要性在於它維繫著統帥部的團隊凝聚力。十七屆軍委在選擇總長的過程中，必然會綜合考慮上述的所有因素。與個性低調的房相比，張的個人性格似乎較為張揚，而且脾氣急躁。近年來，張的心性雖隨著職務責任的磨練而有所收斂，但在高層的人緣仍略遜於房。[24] 郭伯雄當年的勝出，恰恰因為這些無形因素所綜合出的總體優勢。當然，房與郭的長期關係似乎更有決定性。

二、總部的其他三位首長

　　徐粉林作為大區司令中年齡最輕者（1953-），仍然有入軍委的機會。和張、房相比，他的資歷未必有競爭總長的優勢，但作為現今最年輕的大區司令，他未必不能升任其他總部而入圍。通常，軍委會在集團軍和大軍區兩個層級中，分別安排兩個年齡組別的主官群，以確保高層權力的有序交替。大區的正職通常是為培養未來軍委委員的階梯。所以在兩個年齡段裡，那些屬於青壯派的主官都可能有機會進入軍委的候選人之列。但如果他們在本次軍委改組中失去機會，他們將變成大區司令年齡段裡的年長一組，而失去下一次進入軍委的機會。但軍委培養自己的候選人有長期計畫，不會輕易放棄對他們的提拔。故如果徐、張或房無法升任總長，仍有可能通過執掌總後或總裝，而進入軍委。

---

[24] 張在34歲時已是陸軍最年輕的師級指揮官，但在本級任上沉潛了八年。這對那些早列入大區後備幹部名單的人員來說，是十分罕見的。究其原因，和他的性格很有關係。

　　總後和總裝的首長遴選通常是難以預測的，這是因為很難建立起一種能夠印證的升遷定式。就總後首長而言，自從趙南起下崗之後，尚未有任何一位由本部提升的先例。總後部長或者是從副總長升任，或者是由大區司令轉調。因此，總後部長的任命已有很長時間不基於專業和事務性考慮。

　　判斷下任總裝首長的人選則更具懸念。總裝首任部長曹剛川在副總長任上提升，但他至少還是軍械方面的專家。而繼任者李繼耐則是政工出身。現任的部長常萬全卻是由大區司令拔升。然而比較確定的是，總裝自建部以來，尚未有從本部副職升任的先例。因此，徐粉林或章沁生等副總長們亦不是機會全失。

　　至於總後部長的人選，似乎已定局，即現任的副總長侯樹森。2005年侯從瀋陽軍區參謀長任上升調總參，開軍區參謀長直升副總長的先例（蔡英挺為第二例）。這類調升實為罕見，上一次是四十年前發生在閻仲川的身上。然而，閻仲川當時是直升機式的拔擢（從準大區直升方面軍級），而侯卻是從大區副順升一級到正大區而已。[25] 當然，對侯來講，從軍區到總部是個人職業生涯的一大進步。基於他的年齡優勢（60歲）和他在後勤部門的長期服役，能在2012年躍升至總後部長而進軍委亦是順理成章。相較於現任廖錫龍，他除了有集團軍（23集團軍）的指揮經驗，還有長期後勤主官的歷練。侯更是一名學者型主官，還在當營長時，就開始探討三軍聯勤的大概念，是最早探討此問題的下級軍官。[26] 在瀋陽軍區任上，他更加重視三軍聯勤與多軍種聯合作戰之關係的探討。

　　侯的升任將是非典型的升任，他將是自1992年以來首位專業後勤軍官擔任總後主官。在2007年時，在五個預備提升的大區參謀長（徐粉林、艾

---

[25] 後鄧時期的解放軍行政級別改革取消了「準」級和兵團級。

[26] 侯樹森，「三軍聯勤的若干思考」，解放軍報，1990年5月12日，第4版。

虎生、劉粵軍、蔡英挺）中，他年紀最輕資歷最淺，其他四位均是「十七大」候補中委，可見當時侯或許並沒有進入按軍區作戰主官序列甄選軍委的後備名單。然而，通過戰勤序列這一捷徑，他似乎走在其他四位之前（入總參成為大區正）。雖然侯似乎交了華蓋運，但他本身的素質深具公信力，比如他被公認是瀋陽軍區最廉潔的後勤部長。總後系統掌握著軍隊的最大宗資源，一個廉能的軍官是軍委最為需要的人選，以掌控這一腐敗高危部門。[27]

　　到目前為止，尚無任何線索可以對下一任總裝部長的人選做傾向性推斷。從資深、年齡和履歷來看，常的副手幾乎沒有升任部長的機會。如果從總裝外推測候選人，範圍則過於寬廣。前面提到的三位軍區司令，某一位留任的軍委委員，許其亮、吳勝利或現任的某一位副總長，如馬曉天皆可擔任。甚至現任的副部長張育林也不是完全沒有機會。張育林博士是非常出色的武器研發專家，在他任上，解放軍取得了最佳的衛星發射記錄，為中共和軍委掙足了國際面子。張育林作為前任的國防科技大學校長，是中國軍隊現代化轉型的標誌性人物。

肆、軍中首長的遴選

　　軍種首長的任命，多基於功能性的考慮。這是由他們各自軍種的專業特質所決定的。如空軍司令一貫是由特級飛行員擔任，海軍首長亦多出身於主力作戰艦艇的艦艇長。這使得對軍委中的軍種首長的預測相對簡單。主要是因為統帥部對軍種首長的培養有一套計畫，而被培養者的升遷路徑也有跡可循。比如在副總長的崗位過渡，似乎已成定律。在軍委成員最終公布之前，他們大體上已浮出水面。

---

[27] 近年來，連續有多名總後副部長、二級部主官因腐敗而墜馬，成為解放軍的腐敗重災區。最近的例子是谷俊山副部長，在全軍，乃至全國造成很壞的影響。

一、空軍司令

目前，懸念較大的是許其亮在下屆軍委的角色，仍將代表空軍抑或升入峰層。如是前者，馬曉天入圍的預測就會失準，但不完全排除他由副總長升任總裝總後的可能性。但他的空軍身分又似乎令這種設想不太可能，除非此屆軍委有意推動。如許其亮果然升遷，馬接掌空軍大院則順理成章。從空軍到總參，再回班空軍，延承十年來軍委培養軍種統領的既定機制。

馬的另外一個問題是他與許屬同代，且在年齡上還年長一歲。1949的年份使馬在被列入第十八屆軍委人選時，或產生技術上的困難。因此，如果馬被放棄，亦在情理之中。倘若如此，解放軍會失去一位非常出色的領導人，也是空軍的一大損失。本文仍視馬為下屆空軍司令的最佳人選。目前，因為年齡和資歷的關係，現任的空軍副司令中並無可提升之人選。近年空軍剛浮現的接替許、馬二人當家機制的人選張劍平（廣州軍區副司令兼廣空司令）和乙小光（南京軍區副司令兼南空司令）仍在歷練之中，尚不具備就位條件。[28]

馬曉天是現今全軍系統中大區正級的最資深軍官。二十年前（1983年）在34歲的年齡時，就升任空軍24師副師長，1995年時就任空10軍軍長，四年後升任蘭州軍區副司令兼蘭空司令。比其他資深副總長章沁生和孫建國早五年。馬在2002年時當選「十六大」中央委員，比章沁生早一屆，而孫至今也只是候補中委。侯樹森等其他副總至今仍在牆外徘徊。就軍中倫理而言，將其閃過，似乎多有不公。

---

28 關於空軍領導層的構成，見Ji You, "Meeting the Challenge of the Upcoming PLAAF Leadership Reshuffle," in Richard P. Hallion, Roger Cliff, and Phillip C. Saunders eds., *The Chinese Air Force: Evolving Concepts, Roles, and Capabilities* (Washington, D.C.: Center for the Study of Chinese Military Affairs, National Defense University, 2012).

二、海軍司令

　　副總長孫建國是空軍馬曉天在海軍的再版。他從基層做起，當過戰役單位的主官，統領過海軍的09核戰略部隊，也出任過各級指揮機關的參謀長。然而，孫比馬年輕三歲，如果吳勝利在2012年榮退，孫將是第一順位者。考慮到許其亮和吳勝利的年齡差異，孫比馬曉天有更多進入軍委的機會。

　　孫是一個出色的海軍軍官，在任403號核潛艇艇長時，曾創造過世界上最長潛航記錄。在此期間內，403艇幾度遭不明軍艦的騷擾，處於臨戰狀態。此種經歷類似陸軍的實戰狀況。[29] 所以，在海軍中他被稱為「小巴頓」。任副總長後僅三個月，即作為總部代表，協調汶川抗震前線二十萬大軍的救災指揮。此役是解放軍自建國以來最大規模的四軍種多軍區的非戰爭聯合軍事行動，孫作為直接的指揮者，受到胡錦濤及軍委的高度評價。

三、二炮司令

　　二炮的接班亦遵循海空軍的模式，由軍種到總參再返回軍種。由於靖志遠因年紀離任已成定局，而繼任者僅有現任副總長魏風和一人，因此對二炮新首長的推測是所有新軍委成員中最無懸念的。其權力傳承的關係可由下列幾點所概括：首先，因戰略導彈部隊的特殊性質，甄補將基於專業；第二，遴選的範圍僅限於本軍種；第三，候選人當屬第五代領導人，即生於五十後；第四，有在總部任職的經歷，這有利於指揮未來多軍種聯合作戰。

　　魏風和是目前最年輕的副總長（1954-）。他的總體表現給人以深刻印象。比如在35歲任發射旅參謀長時，曾創造了洲際導彈發射的最短準備

---

[29] 中國核潛艇研製紀實（北京：中央黨校出版社，2005）。

時間和最高精確度的記錄。從那時起，他步入了上升的快行線，幾年內連升54基地參謀長，55基地司令員，並於2006年出任二炮參謀長。三年後又速升為總參的第五位副總長，在與王久榮中將競爭中勝出，其中重要的因素是年齡。他在總參的超編任命說明了他在那裡基本上是過渡，為其重返二炮就任司令，創造更多歷練的機會。

伍、新情況，新困局

　　本屆軍委首長在為下屆軍委人事布局時遇到了一個前所未有的問題，即在為數不多的候選人之中，前軍隊高級將領的後代佔了較大的比重。在更大的範圍裡，此問題亦困擾著政治局和政治局常委的遴選。但由於軍委班子相對小，軍二代又更加集中，所以挑戰更突出。如果張海陽、劉源、馬曉天、張又俠均進入下一屆軍委，加上習近平，軍二代的比例已過半，負面影響大。這將深刻地考驗胡總以及郭、徐的政治智慧、領導藝術，以及人事技巧。處理不好，軍內多數將領的反彈會嚴重影響十八屆軍委的正常運作，新領導的威信，和廣大官兵的士氣。更嚴重的是，軍二代過大的比例，過於集中於黨政軍最高領導層，將直接挑戰共產黨執政的合法性。在國家政經激變的前夜，在因薄熙來事件引發的民心裂變尚未彌合之時，在媒體與社會輿論的壓力快速膨脹之際，多幾個或少幾個太子入閣，已不是單純的人事政治或派系博弈所能概括承受得了。

　　然而，胡總與本屆軍委的困局是，張海陽、馬曉天，還有張又俠都是優秀的軍人，合格的指揮員，有資歷、有經驗，還有軍功。如因「出身不好」而與下一屆軍委失之交臂，既不符合軍中倫理，又對他們個人不公不義。近幾個月來，胡總、李源潮、郭伯雄等領導一再強調，高級幹部在升遷問題上要知所進退，不計較個人榮辱。「講政治」講的就是如何延續共產黨領導，也是要顧及最大的大局。為此在勸誘的過程中，祭出紀律，在

所難免。簡言之，恐怕有人會被犧牲了。

在這一背景下，過去為張、劉、馬、張所帶來的各種家庭優勢，現在似乎變成了個人的負資產。他們不僅同其他候選人競爭第一政委、總長、總政主任、總裝部長和空軍司令的位置，更殘酷的是，他們首先要和其他的太子們競爭一張軍委的入場券。在二者被綜合考慮時，競爭的前提和條件本身就已經是不公平的了。

陸、結語

黨的「十六大」是權力有序轉移的範例，無論是在黨、政、「人大」和軍委各個大口。而軍委的權力交接是近幾代裡最平順的。其最重要的原因就是自楊家兄弟解甲後，軍委的高度團結。張萬年和遲浩田並未有意識地建立起他們自己的結構性班底，他們對下屬的升級基本上做到了秉公辦事、任人唯賢。即使對那些無法晉升的將領也給予充分的尊敬和禮遇（比如授予上將銜）。因此，統帥部在確定候選人名單時比較容易達成共識，使交接班計畫沒有產生大的負面反彈。一代人之後，十七屆軍委能否在2012年的權力交接過程中重複「十六大」的範例，如今仍是大大的疑問。當然，就內部環境而言，中央軍委仍掌有一些有利的條件：第一，高層間沒有重大的政策分歧，比如，以加快軍事鬥爭準備為核心的軍事戰略，統一了從高層領導到基層士兵的思想和行動；第二，因應新軍事變革的具體能力，成為遴選權衡軍委成員的必備標準。因此，對所選出的人員在專業能力上的分歧較小；第三，軍隊和現任三軍統帥以及他的繼任者有良好的互動，這有助於在確定候選人時黨軍雙方進行有效的協商；第四，軍委領導人的遴選已經形成一定的制度化，從年齡、資歷、能力等既定規則中產生相對客觀的標準，儘可能的避免人事政治中的零和性衝突；第六，相當一部分候選人，比如軍種人選確立已久，如沒有大的政治性干擾，按部就

班的接班是可預期的。

　　但是人事政治難以擺平也是明顯的。這表現在：(1)第十三、十四、十五和十六屆中央委員會均在屆中的某一次全會上，為軍委增補人員。這一承上啟下的模式尚未在十七屆中央的六次全會中應用；(2)新軍委人選仍在醞釀的過程中；(3)統帥部在第十七屆軍委成員在十八屆軍委中繼任的人選尚在協調；(4)在軍中高層中軍二代佔位過多，更在新軍委的候選團隊裡比例過高，使平衡點難以建立。因此，十八屆軍委在組成的過程中，或許會打破過去的一些慣例。比如，在年齡上有所放開，讓個別臨近去職但各方面都可接受的大軍區司令留任。濟南軍區司令范長龍等即是首選。由於他們的資歷甚深，亦不排除進入峰層的可能。

　　顯然本次中共的黨代會將是後鄧以來最困難的一次。模式之爭、觀念之爭、派系之爭最終都會集中於人事之爭。[30] 但是，年關難過年年過，一個動態的派系平衡最終還是會建立起來，儘管在過程中，必要的代價是必須要支付的。

---

[30] 解放軍報於2012年3月27日發表了總政組織部撰寫的文章，標題為「高度自覺的講政治顧大局守紀律」，罕見地要求全軍要嚴格遵照胡錦濤的指示行事。似乎對軍內不守紀律的人員予以勸戒。解放軍報，2012年3月27日，第1版。

參考書目

一、中文部分

「百萬大裁軍：中國大陸軍時代的終結」，解放軍報，2009年8月19日，第7版。

「高度自覺的講政治顧大局守紀律」，解放軍報，2012年3月27日，第1版。

「溫家寶：中小企業融資難，銀行獲利太容易」，新京報，2012年4月4日，第1版。

由冀，「中共『十七大』：承上啟下的人事政治」，陳德昇主編，中共「十七大」：政治菁英甄
　　補與地方治理（台北：INK印刻出版有限公司，2008），頁187-212。

汪雲生，「迎接『十八大』文粹專欄」，北京日報，2012年3月31日，第4版。

侯樹森，「三軍聯勤的若干思考」，解放軍報，1990年5月12日，第4版。

姜道洪，參謀長素質論（北京：國防大學出版社，2006）。

胡光正主編，當代軍事體制變革研究（北京：軍事科學出版社，2007）。

寇健文，「1987年以後解放軍領導人的政治流動：專業化與制度化的影響」，中國大陸研究，
　　第51卷第2期（2011年6月），頁1-34。

常萬全，「中國歷代中央王朝治理西部邊疆的基本經驗」，中國軍事科學，第15卷第5期
　　（2002）。

張又俠，「主權控制戰──現實軍事鬥爭擬可採用的一種作戰形式」，軍事學術，第29卷第11
　　期（2002）。

張又俠、王西欣，「一體化訓練──實現訓練模式的歷史性轉變」，解放軍報，2004年1月21
　　日，第4版。

彭子強，中國核潛艇研製紀實（北京：中央黨校出版社，2005）。

劉華清，劉華清回憶錄（北京：解放軍出版社，2004）。

蔡永寧，「職業化：軍隊人才隊伍建設的重要途徑」，中國軍事科學，2010年第5期，頁77-
　　85。

錢海皓主編，軍隊組織編制學（北京：軍事科學出版社，2001）。

二、英文部分

You, Ji, "Unraveling the Myths of the PLA Political Commissars," in David Finkelstein and Kristen Gunness eds., *Swimming in a New Sea: Civil-Military Issues in Today's China* (Armonk, N. Y.: M.E. Sharpe, 2007), pp. 146-170.

_____ , "Meeting the Challenge of the Upcoming PLAAF Leadership Reshuffle," in Richard P. Hallion, Roger Cliff, and Phillip C. Saunders eds., *The Chinese Air Force: Evolving Concepts, Roles, and Capabilities* (Washington, D.C.: Center for the Study of Chinese Military Affairs, National Defense University, 2012).

Lieberthal, Kenneth, *Governing China* (New York: Norton & Company, 1995).

Lieberthal, Kenneth and David Lamptom, *Bureaucracy, Politics and Decision Making in Post-Mao China* (Berkeley: University of California Press, 1992).

中共菁英退場與流動：
以全國「人大」常委會爲例

張執中

（開南大學公共事務管理學系副教授）

王瑞婷

（政治大學東亞研究所博士班研究生）

摘要

　　隨著鄧小平推動「廢除職務終身制」、「四化」原則，使「人大」成為幹部的「政治出口」之一。卸任後的「轉進」，除了為這些黨政幹部提供「權力維繫」（power persistence）的管道，卻也佔滿了市場與政治運作的主要「陣地」。因此，歷屆「人大」常委會的高齡化、低連任率與委員會中心主義與當時的菁英結構有何趨同性？當「人大」常委會也要推動「年輕化」時，是否會從菁英的「政治出口」，轉而成為上升的階梯？這樣的模式，必須透過實際數據呈現。因此，本文以1997年中共「十五大」後為觀察點，針對第九至第十一屆全國「人大」常委會與專委會成員之年齡構成、學歷與資歷、屆別組成、連任比率等進行實證研究，探討全國「人大」常委會之集體特徵與黨政菁英流動的相關性。

關鍵詞：菁英、退場、全國「人大」常委會、專業化、專職常委

壹、前言

　　菁英的甄補與流動以及角色扮演一直是菁英研究的重心所在。包括從世代差異比較不同世代菁英的專長與目標；[1]亦有從「菁英循環」（elite circulation）與「菁英再生」（elite reproduction）的觀點，針對在市場轉型過程中，菁英甄補管道的多元與原有政權菁英的地位變化。[2]簡而言之，菁英流動的路徑、菁英流動與系統維持的關聯，以及黨國體制邊界延伸（boundary-spanning）的過程，成為三個主要研究面向。

　　1980年代以來，中國大陸全國「人大」影響力的上升，一方面基於「依法治國」的目標，必須訴諸立法機制的復甦；另一方面則與歷任委員長的推動，與大批黨內資深幹部「退休」到「人大」常委會有關。在前述兩種背景下，當吾人觀察「人大」組織的功能分化（differentiation）與專業化發展時，勢必得連結中共改革開放時期的菁英政策的改變。因此，改革開放以來，歷屆「人大」常委會的高齡化、低連任率與委員會中心主義與當時的菁英結構有何趨同性？當「人大」常委會也要推動「年輕化」

[1] 請參考Robert A. Scalapino ed., *Elites in the People's Republic of China* (Seattle: University of Washington Press, 1972), pp. 67-148; Chen Li, *China's Leaders: The New Generation* (Lanham, Maryland: Rowman & Littlefield Publishers, 2001), p. 7; Michael Yahuda, "Political Generations in China," *The China Quarterly*, No. 80 (December 1979), pp. 794-804; Melanie Manion, *Retirement of Revolutions in China: Public Policies, Social Norms, Private Interests* (New Jersey: Princeton University Press, 1993).

[2] Szonja Szelenyi, Ivan Szelenyi, and Imre Kovach, "The Making of the Hungarian Postcommunist Elite: Circulation in Politics, Reproduction in the Economy," *Theory and Society,* Vol. 24, No. 5 (October 1995), pp. 697-722; Ivan Szelenyi and Szonja Szelenyi, "Circulation or Reproduction of Elites during the Postcommunist Transformation of Eastern Europe: Introduction," *Theory and Society,* Vol. 24, No. 5 (October 1995), pp. 615-638; Victor Nee, "A Theory of Market Transition: From Redistribution to Markets in State Socialism," *American Sociological Review,* Vol. 54, No. 5 (October 1989), pp. 663-681; Andrew G. Walder, "Career Mobility and Communist Political Order," *American Sociological Review,* Vol. 60, No. 3 (June 1995), pp. 309-328.

時，是否會從菁英的「政治出口」，轉而成為上升的階梯？這又必須和中共的菁英政策相連結。若將「世代政治」與「菁英二元」的論點運用於全國「人大」常委會與專委會的組成結構，在領導階層與一般委員上，應該呈現出不同的甄補模式，也就是組織領導與統一戰線的分工。而這樣的模式，必須透過實際數據呈現。因此本文的主要目的，在探討大陸全國「人大」的發展與菁英流動的相關性，並分析菁英結構對「人大」常委會專業化的影響。

貳、資料建構與研究方法

依據波士比（Nelson W. Polsby）與坎農（David T. Canon）對立法機關制度化的指標，可以看出議員的連任率、組織分工與領導人的資歷與領導權威，是顯示議會專業化與制度化的重要面向。[3] 不過，民主國家議會，議員除了選舉競爭外，政府體制（如總統制與內閣制）的差異對議員久任的誘因不同，在轉任行政部門與專業型議員的不同考量，影響資深制（seniority）的建立。[4] 相對於中國大陸，從全國「人大」代表的產生、結構與自主性等，都顯示出組織安排與維持統治現狀的偏好，因此在黨管幹部、間接選舉、統一戰線與民主集中制下，全國「人大」代表的專業化，主要體現在資深黨政幹部轉任常任委員會（以下簡稱「常委會」）與專門

---

[3] Nelson W. Polsby, "The Institutionalization of the U. S. House of Representatives," *American Political Science Review,* Vol. 62, No. 1 (March 1968), p. 145; David T. Canon, "The Institutionalization of Leadership in the U.S. Congress," *Legislative Studies Quarterly,* Vol. 14, No. 3 (August 1989), p. 416.

[4] Samuel C. Patterson and Gerhard Loewenberg, *Comparing Legislatures* (Boston: Little, Brown and Company, 1979), p. 110; John R. Hibbing, "Legislative Institutionalization with Illustrations from the British House of Commons," *American Journal of Political Science,* Vol. 32, No. 3 (1988), pp. 686-696.

委員會（以下簡稱「專委會」），而領導權威也是建立在行政級別上。這也說明全國「人大」常委會與專委會的領導層，同中共的幹部管理與菁英政策的連結性。

　　由於中國大陸自第九屆全國「人大」起，專委會才達目前的九個，因此本文以1997年中共「十五大」後為觀察點，針對第九至第十一屆全國「人大」常委會與專委會成員之年齡構成、學歷與資歷、界別組成、連任率等進行實證研究與內容分析（表一），探討黨政菁英退場與流動，同全國「人大」常委會與專委會的集體特徵與專業化的相關性。

表一：第六屆以來全國「人大」常委會成員參與專委會人數

類別 （比例） ＼ 屆次	第六屆 1983-1988	第七屆 1988-1993	第八屆 1993-1998	第九屆 1998-2003	第十屆 2003-2008	第十一屆 2008-
委員長、副委員長、秘書長*	22	20**	21	21	16**	14**
常委委員數*	133	135	134	134	159	161
專委會數目	6	7	8	9	9	9
專委會人數*	77	156	175	210	235	235
專委會的常委數	62***	115***	107	102	135	130
	81%	74%	61%	49%	57%	55%
常委會的專委比	42%	80%	80%	76%	85%	81%

備註：*本表所列常委會與專委會總數，乃根據第一次會議選出的委員總數計算得出，不包括該屆任期內替補變化。

　　　**副委員長兼秘書長。

　　　***常委會副委員長兼專委會主任。

資料來源：整理自歷屆「全國人大常委會公報」，中國人大網，http://www.npc.gov.cn/wxzl/gongbao/node_4366.htm。

　　長期以來，中共對於黨政、企事業單位「三支隊伍」一起抓的管理制度，讓這些廣義的公務員即使在退場後，依然能扮演黨國邊界延伸角色（boundary-spanning role），除了藉以選定「正確」的參與者，擴大與延伸政權內部的邊界，藉此聯繫社會並獲取資源；同時也配合黨國對社會團體分類控制的策略，成為幹部的權力維繫管道，將政治影響力與網絡帶入市場經濟與二線政治（如「人大」政協、社團與企業）的運作。[5]

　　另一方面，中共選拔任用幹部已有逐漸制度化的趨勢，包括推動「幹部年輕化」後出現的規範，如離休年齡與任期限制，已成為重要的遊戲規則。再者，技術官僚與革命元老的世代交替，如李成（Cheng Li）與白霖（Lynn White）提出專長教育（technical educations）、專業能力（professional experience）與高階職位（high posts），作為技術官僚的特徵。[6]隨著1990年代以來社會人文專長菁英的增加，與改革以來的經濟社會變遷，至「十六大」，多數正省部級幹部已非技術官僚；在「十七大」前後，所有省委書記與省長中，擁有人文社科背景者已達75%以上，取代「工程師治國」的局面。[7]因此，經過幾屆黨代會的新陳代謝，無論在年輕化與專業素質上，黨政幹部的整體特質出現重大改變，而這樣的趨勢是

---

[5]　張執中，中共黨國邊界的設定與延伸——歷史制度論的觀點（台北：韋伯出版社，2008），頁28-31。

[6]　Cheng Li and Lynn White, "The Fifteenth Central Committee of the Chinese Communist Party: Full-Fledged Technocratic Leadership with Partial Control by Jiang Zemin," *Asian Survey*, Vol. 36, No. 3 (March 1998), p.231; Cheng Li and Lynn White, "Elite Transformation and Modern Changes in Mainland China and Taiwan: Empirical Data and the Theory of Technocracy," *The China Quarterly*, No. 121 (March 1990), pp. 1-35; Cheng Li and Lynn White, "The Thirteenth Central Committee of the Chinese Communist Party: From Mobilizers to Managers," *Asian Survey*, Vol. 28, No. 4 (April 1988), pp. 373-374.

[7]　寇健文，中共菁英政治的演變——制度化與權力轉移，1978-2010（台北：五南出版社，2010），頁42-43；Zhiyue Bo, *China's Elite Politics: Political Transition and Power Balancing* (Singapore: World Scientific, 2007), pp. 103-116。

否體現在以省部級幹部為主體的「人大」常委會之組成上（圖一），也是本文觀察的重點。

圖一：研究架構

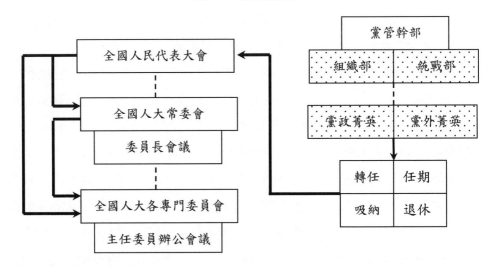

（圖示）　------- 　權力關係

　　　　　⟶　　　流動路徑

資料來源：作者自繪。

　　因此本研究以第九屆至第十一屆全國「人大」常委會與專委會成員為研究母體，並依據每屆「人大」第一次會議選出的委員總數計算，不包括該屆任期內替補變化。在資料建置上，主要以全國「人大」官方網站之歷屆全國「人大」常委會公報名單為依據，並配合新華網與人民網人事資料庫，建立全國常委與專門委員的基本資料，透過交叉比對以確認資料的正確性。而對於菁英退場與轉任的規則，筆者也以大陸學者訪談資料作為補充。

表二：全國「人大」專門委員會的對口關係

民族	國家民委、民政部、統戰部、自治區、全國「人大」民族委員會
法律	國務院法制辦（法制局）、全國「人大」法工委、司法部、全國「人大」法律委員會
財政經濟	發改委（計委）、證監會、保監會、銀監會、國資委、中國人民銀行、財政部、商務部（外經貿部）、交通、電力、全國「人大」財經委員會
教科文	教育、科學、文化、衛生、人口、體育、全國「人大」教科文委員會
外事	外交部、對外聯絡部、外宣辦、新聞辦、全國「人大」外事委員會
華僑	國務院僑辦、中央統戰部、全國僑聯、外交部、全國「人大」華僑委員會
內務司法	最高人民法院、最高人民檢察院、公安部、監察部、司法部、安全部、民政部、人事部、中央紀律委員會、中央政法委員會、全國「人大」法工委、民建、全國「人大」內務司法委員會
環境資源	環境保護部（建設部、環保局）國家能源委員會、全國「人大」環境資源委員會
農業農村	農業部、水利部、林業局、國土資源部、全國「人大」農業農村委員會

資料來源：作者自行整理。

　　最後，在專門委員會委員專業化的判定上，基於《憲法》或《全國「人大」組織法》中，並沒有規定全國「人大」專委會的管轄範圍。即使在各委員會的工作規則中，僅有內務司法及教科文兩個委員會訂出管轄範

8　內務司法委員會工作規則中，提出「負責研究、審議、擬訂和提出有關最高人民法院、最高人民檢察院和公安部、監察部、司法部、安全部、民政部、人事部等部門的議案」；教科文衛委員會工作規則，則提出「工作範圍包括教育、科學、文化、衛生、人口、體育各方面」。請參考《全國「人大」內務司法委員會工作規則》，http://www.snpc.gov.cn/rszs/guize/g2-02.htm；《全國「人大」教育科學文化衛生委員會工作規則》，http://www.snpc.gov.cn/rszs/guize/g2-05.htm。

圍。[8] 學者認為，各專門委員會僅根據常委會委員長會議的決定，和各委員會工作規則確定其管轄範圍，可適應目前專門委員會設置數目仍處於變動狀態而無須修法，但缺點就是各專門委員會在立法中的管轄權劃分不清。[9] 因此，在判定專委會委員的專業化時，作者必須從中共中央工作領導小組、國務院組織、黨政歸口管理相關文獻，蒐集各系統或口的相關部門資歷（表二），以及委員連任狀況作為基本判準。

參、全國「人大」常委會與專委會的核心角色

中共自「十二大」提出「依法治國」的目標，必須訴諸立法機制與立法過程的復甦。不過，全國「人大」既有「會期短、代表多、代表兼職」的結構特徵，使得「人大」功能的提升，必須建立在法定權力的移轉，即是從「人大」轉移到常委會。在制度上，透過〈八二憲法〉與〈「人大」組織法〉對「人大」常委會授權與專職化，包括在職權上確定全國大常委會與全國「人大」共享立法、任免、決定、監督等權力；賦予「人大」常委會憲法與法律的解釋權，與召集「人大」會議、主持「人大」代表選舉及資格審查等權力；在組織上建立全國「人大」常委會委員長、副委員長、秘書長組成委員長會議，決定常務委員會的重要日常工作（見圖一）。並且規定常委會委員不得擔任國家行政、審判及檢察機關職務，以強化委員的專職性。[10]

9　周偉，各國立法機關委員會制度比較研究（濟南：山東人民出版社，2005年），頁364-365。

10　請參考「關於中華人民共和國憲法修改草案的報告」，全國「人大」常委會公報，1982年第5期，http://www.npc.gov.cn/wxzl/gongbao/1982-11/26/content_1478478.htm。不過《憲法》或《組織法》並沒有具體規定委員要在本職工作上投入多少時間，這些委員仍在黨內擔任要職或在原工作單位正常上班，而無法成為嚴格意義上的專職委員。請參考孫哲，全國人大制度研究（北京：法律出版社，2004年），頁92。

　　另一方面，民主國家立法機構的分化，主要體現在委員會、領導機制、黨派、議事規則等。其中委員會是立法機關專業分工的產物，透過委員會的專業審查，培養專業議員與國會領袖，進一步提升議事品質與法案審查的權威性，對行政部門發揮監督與制衡的功能。[11] 雖然中國大陸有前述黨國體制等先天上的差異，但透過這些面向，則可以對照中國大陸立法機構的專業化途徑與特徵。

一、專門委員會之定位

　　中國大陸在1982年憲法修改草案討論中，主張增設專門委員會，使專委會作為全國「人大」及其常委會的常設工作機構（standing committee），協助進行會前的準備與會後的審議與提案，有利加強其工作，最後也寫進〈八二憲法〉第70條。[12] 再者，鑑於長期以來國務院各部門起草法律時存在明顯的部門侷限與部門利益，因此藉由常委會與專委會加強對立法的主導與起草工作。[13] 在彭真擔任「人大」委員長任內，將「人大」的專門委員會由兩個增加為六個，而第七、八、九屆「人大」各增設一個，使委員會總數達到現行的數目（表三）。在涉及綜合性與不同部門的法律，由相關專門委員會和法制工作委員會起草，藉以減少行政部門起草的弊端。

---

[11] Robert J. Jackson and Doreen Jackson, *A Comparative Introduction to Political Science* (Upper Saddle River, N.J.: Prentice Hall, 1997), p. 246; Barry R. Weingast and William J. Marshall, "The Industrial Organization of Congress; or, Why Legislatures, Like Firms, Are Not Organized as Markets," *Journal of Political Economy,* Vol. 96, Iss. 1 (1988), pp. 132-163.

[12] 請參考「關於中華人民共和國憲法修改草案的報告」。

[13] 如李侃如（Kenneth Lieberthal）與歐邁可（Michel Oksenberg）提出「官僚政治模式」，認為中共權力領導人常代表本身所掌管的官僚系統發言，機構利益也影響其決策立場。見Kenneth Lieberthal and Michel Oksenberg, *Policy Making in China: Leaders, Structures, and Processes* (Princeton, New Jersey: Princeton University Press, 1988), pp. 17-18；另請參考蔡定劍，中國人民代表大會制度（北京：法律出版社，2003），頁295。

表三：第六屆以來全國「人大」各專門委員會人數統計

委員會＼屆次	第六屆 1983-1988	第七屆 1988-1993	第八屆 1993-1998	第九屆 1998-2003	第十屆 2003-2008	第十一屆 2008-
民族	14	22	25	23	26	27
法律	13	21	18	19	24	24
財政經濟	14	28	29	26	34	32
教科文	17	30	31	34	35	36
外事	10	18	15	15	18	19
華僑	9	17	21	26	20	20
內務司法	／	20	19	20	26	26
環境資源	／	／	17	21	28	28
農業農村	／	／	／	26	24	23
合　　計	77	156	175	210	235	235

備註：本表所列專委會總數乃根據第一次會議選出的委員總數計算得出，不包括該屆任期內
　　　替補變化。

資料來源：整理自歷屆「全國人大常委會公報」，中國人大網，http://www.npc.gov.cn/wxzl/
　　　gongbao/node_4366.htm。

　　第三，從常委會成員參加專門委員會的人數，也作為確定常委會委員專職化的一個標誌。從表一與表四可以得知，專委會中常委委員比例，與常委會人數、專委會數目及專委人數的變化有關。自第八屆「人大」以來，常委會（不含領導層）基本上都有八成委員兼任專委會委員，但專委會人數本來就多於常委會，且隨著專委會數目與各專委會人數增加，近三屆專委會中的常委委員比例都維持在五成左右，相對也增加各界代表的參與空間。

　　在中國大陸，全國「人大」每年十五日，以及常委會每年四十至六十日的會期，最高權力機關的各項工作，主要是通過專委會來完成。加上專委會基本上與國務院各部委、最高法院與檢察院對口而設，且專門委員大

多數熟悉和從事過相關部門工作，藉其在黨或政府相關領域的工作資歷，擁有立法所需的專業背景，並提供立法建議；同時也能調動更多立法專家來協助常委會成員履行職責。在專委會階段，實際上成為決定法律草案是否進入以後程序的關鍵環節，這使得專門委員會代表了另一種投票核算機制，在立法時間表過於擁擠之際，進行準備性質的、諮詢性質的工作，為代表與領導提供決策建議。[14]

二、民主集中制與領導機制

　　中國大陸由於黨國體制的背景，全國「人大」作為國家最高權力機關，假如黨意與代表之間缺乏一定程度的「均質性」（homogenization），則整合組織意志的民主機制就會無法維持。因此黨透過組織系統實現人事控制，並藉其實現對議題與議程的控制。[15]一方面，中共黨員在全國「人大」代表、主席團、常委會、委員長會議、委員會主任都佔有絕對優勢。還通過中共中央對全國「人大」常委會黨組，領導全國「人大」及其常委會工作。

　　人數上的優勢，讓全國「人大」的功能著眼於將黨的決策轉換為國家法律，並針對代表構成劃定「界別」，用以統合菁英與政治社群，提供有限的反饋功能。以第九至十一屆常委會與專委會為例（表四），中共大約維持65%到70%的多數，八大黨派以主席及副主席為代表，集中於常委會，非黨派多屬學界與藝文界人士則集中於專委會，藉此擴大社會聯繫，並獲取專業知識。

---

[14] 孫哲，全國人大制度研究，頁101-102；周偉，各國立法機關委員會制度比較研究，頁109。

[15] 如1991年中共中央〈關於加強對國家立法工作領導的若干意見〉的文件內容，提出黨對立法的政治領導原則。相關內容請參見Murray Scot Tanner, "The Erosion of Communist Party Control over Lawmaking in China," *The China Quarterly*, No. 138 (June 1994), pp. 398-399；蔡定劍，中國人民代表大會制度，頁298。

表四：第九至十一屆全國「人大」常委會與專委會黨派比例（%）

	中共黨員		八大黨派		無黨派	
	常委會	專委會	常委會	專委會	常委會	專委會
第九屆	65	65	24	11	11	24
第十屆	66	70	24	12	10	18
第十一屆	64	70	23	11	13	19

備註：本表所列專委會總數乃根據第一次會議選出的委員總數計算得出，不包括該屆任期內
替補變化。
資料來源：整理自歷屆「全國人大常委會公報」，中國人大網，http://www.npc.gov.cn/wxzl/
gongbao/node_4366.htm。

　　另一方面，在民主國家的國會，如美國，委員會主席大都是由資
深或專業議員擔任，並且在議程設定（agenda setting）上，具有重要
的影響力。相較於中國大陸，全國「人大」常委會與專委會的領導階
層，必須符合「黨管幹部」原則，也就是黨中央在「幹部職務名稱表」
（Nomenklatura）所列管的重要職位（表五）。而這些職位，也正是常委
會與專委會的領導機構：委員長會議與主任委員辦公會議。

表五：全國「人大」與中共中央管理的「幹部職務名稱表」

全國「人大」
全國人民代表大會常務委員會委員長、副委員長、委員
黨組書記、成員、秘書長、副秘書長
各專門委員會主任委員、副主任委員、法制工作委員會主任、副主任

資料來源：「一九九〇年中共中央組織部關於修訂中共中央管理的幹部職務名稱表的通
知」，載於中國共產黨黨內法規制度手冊（北京：紅旗出版社，1997），頁536-539。

　　全國「人大」常委會委員長會議，由常委會委員長與副委員長組成，
扮演常委會實際的決策中心。而全國「人大」常委會委員長，長期擔任重

要的國家機關領導人職務，尤其「十四大」以後，中共逐漸形成總書記、
國務院總理、全國「人大」委員長、全國「政協」主席、國務院常務副總
理進入政治局常委會的慣例（表六），同時兼任全國「人大」常委會黨組
書記，成為全國「人大」常委會和委員長會議的核心人物。

表六：全國「人大」歷任委員長黨職一覽表

屆次 類別 （比例）	一	二	三	四	五	六	七	八	九	十	十一
委員長	劉少奇	朱德	朱德	朱德	葉劍英	彭真	萬里	喬石	李鵬	吳邦國	吳邦國
政治局職稱	常委	常委	常委	常委	常委	委員	委員	常委	常委	常委	常委
排名	2	4	9	4	2	—	—	3	2	2	2
年齡	56	73	78	89	81	81	72	69	69	62	67

資料來源：作者整理自新華網，http://big5.xinhuanet.com；中國人大網，http://www.npc.gov.cn。

　　在正式政治（formal politics）中，藉由體制的官職、地位和授權，賦
予決策者合法性。委員長在黨內的位階與委員長會議的決策權力，對於將
全國「人大」常委會轉變成一個有實權的立法機關發揮重要的作用。例
如，委員長會議有權決定「是否將議案列入議程」，和將哪些「已列入議
程的議案在全體會議上付諸表決」之權力。它還通過發布委員長會議紀要
等方式，決定常委會的立法程序，發布常委會加強同代表聯繫的意見、常
委會的人事任免辦法等。[16]

---

[16] Lowell Dittmer, "Conclusion: East Asian Informal Politics in Comparative Perspective," in
Lowell Dittmer, Haruhiro Fukui and Peter N. S. Lee eds., *Informal Politics in East Asia* (New York:
Cambridge University Press, 2000), pp. 292-295; Pitman B. Potter, "The Chinese Legal System:
Continuing Commitment to the Primacy of State Power," p. 114；孫哲，全國人大制度研究，
頁95-97；另請參考「中華人民共和國全國人民代表大會常務委員議事規則」，http://big5.
xinhuanet.com/gate/ big5/ news.xinhuanet.com/ziliao/2006-03/02/content_4247962.htm。

在專門委員會的實際運作上，通常由主任委員、副主任委員組成的「主任委員辦公會議」，負責處理委員會的重要日常工作，如〈全國人大法律委員會工作規則〉中，規定「主任委員、副主任委員組成主任委員辦公會議，處理委員會的重要日常工作，研究需要提交委員會全體會議審議的法律草案和有關議案、正在擬訂的法律草案以及主任委員、副主任委員認為需要研究的其他問題」，其他各委員會工作規則中也有類似規定。[17] 再者，基於民主集中制的「四個服從」，「主任委員辦公會議」事實上在專門委員會和專門委員會與其他部門的關係上，都被理解為是具有領導地位與作用。前述各專委會具體辦理各項會議準備工作，經過主任委員辦公會議的初步討論，取得一致的意見，而專門委員會在議事程序和工作方法上，有著行政首長意見優先的慣例。主任委員辦公會議通過，或提出的提請委員會全體會議審議的事項，基本上都能獲得委員會會議的通過，相對主任委員辦公會議未通過的事項，一般情況下不能直接列入專門委員會的議題。因此主任委員或分管副主任委員，負責簽署專委會向常委會提交審議結果報告與議案，也具有較大影響力。[18]

綜合上述，從全國「人大」的領導機制與會議規則，可以看出與「民主集中制」的關聯性。由於「民主集中制」作為黨與政權的組織原則，除了「四個服從」外，會議是由領導機關召集，且一切會議進行都是有領導的，即「集中指導下的民主」，也意味著在組織運作上明顯的階層化（hierarchy）。[19] 無論是地方黨組織的「書記辦公會」，或是全國「人大」委員長會議與專委會主任委員辦公會議，都成為事實上的決策層，掌握議程設定之權力。而這些決策層的領導人，在中共菁英政策下如何配

---

[17] 請參考「全國人大法律委員會工作規則」，http://www.snpc.gov.cn/rszs/guize/g2-01.htm。

[18] 周偉，各國立法機關委員會制度比較研究，頁265-266。

[19] Michael Waller, *Democratic Centralism* (New York: St. Martin's Press, 1981), pp. 12-13；另請參考劉少奇，「論黨」，劉少奇選集，上卷（北京：人民出版社，1985），頁358-370。

置，對於「人大」常委會的專業化產生的效果與限制，自然成為討論的重點。

肆、中共菁英政策與「人大」結構

市場改革與社會的多元，改變了原有的菁英甄補管道。1970年代以來「世代模式」或「政治菁英世代」（political elite generations），討論共黨革命元老的世代交替問題。[20] 緊接著在「技術官僚」模式中，連結改革開放的外在環境，迫使中共必須透過「四化」來滿足專業需求，因此出現技術官僚填補革命世代。另一方面，中共選拔任用幹部已有逐漸制度化的趨勢，比如透過離休年齡與任期限制推動，讓政治菁英的「進退流轉」影響了全國「人大」常委會的組成與功能，以下將從高齡化、連任率與專業化三個面向進行討論。

一、高齡化與連任率

中共自1982年通過〈關於建立老幹部退休制度的決定〉，明確黨政領導幹部的退休年齡，省、部級正、副首長、黨委書記，以正職65歲，副職60歲為界，司、局級一級幹部則以60歲為界。[21] 1997年省級政府領導班子換屆改選，也提出具體量化指標，實際年齡超過65歲的正省部級幹部，以及超過60歲的副省部級幹部必須退出。而科級、縣處級與地廳級幹部年齡

---

[20] 請參考Chen Li, *China's Leaders: The New Generation* (Lanham, Maryland: Rowman & Littlefield Publishers, 2001), p. 7; Michael Yahuda, "Political Generations in China," *The China Quarterly*, No. 80 (December 1979), pp. 794-804; Melanie Manion, *Retirement of Revolutions in China: Public Policies, Social Norms, Private Interests* (New Jersey: Princeton University Press, 1993).

[21] 「中共中央關於建立老幹部退休制度的決定」，載於中共中央文獻室編，新時期黨的建設文獻選編（北京：人民出版社，1992），頁172。

達52、55、58者必須離崗。其後該原則擴及副省級幹部，出現「七上八下」的界線，副省幹部57歲以下留任，58歲以上離退。正省部級幹部63歲畫線，64歲以上轉崗，安排第二線職務。由於省部級幹部的離休年齡限制落實相當徹底，不符合條件的幹部很難獲得晉升。在「十六大」換屆中，年近65歲或逾齡的現任省級黨政一把手，只要不具政治局委員身分得以70歲劃界，一律轉任二線職務。至「十七大」換屆時，省委書記高於64歲（含）者均不再提名，領導班子退休年齡也由70下修到68歲，且換屆後的省級一把手，平均年齡為58.39歲。[22]

在任期方面，2006年8月初，中共中央辦公廳為幹部人事制度改革頒發〈黨政領導幹部職務任期暫行規定〉。在〈暫行規定〉中，縣級以上領導幹部每屆任期為五年，在同一職位上限定兩任，不超過十年；在同一層次擔任領導職務的任期累計不超過十五年。並且把黨的系統納入，明確規定了省委書記直到縣委書記的任期。[23] 因此，由上述可知，中共實施「幹部年輕化」與「梯隊接班」，年齡與任期限制是進行幹部新陳代謝的重要機制。而全國「人大」被設定為退休幹部的「政治出口」，因此除了常委

表七：第九至十一屆全國「人大」常委會年齡分布比例（%）

年齡　屆次	30-39	40-49	50-59	60-69	70-79	80-89	90-99
第九屆	1	1	8	80	8	1	1
第十屆	1	10	17	70	2	0	0
第十一屆	0	7	33	59	1	0	0

備註：本表所列專委會總數乃根據第一次會議選出的委員總數計算得出，不包括該屆任期內替補變化。

資料來源：整理自歷屆「全國『人大』常委會公報」，中國人大網，http://www.npc.gov.cn/wxzl/gongbao/node_4366.htm。

---

[22] 寇健文，中共菁英政治的演變，頁194-195。

[23] 請參考「黨政領導幹部職務任期暫行規定」，人民網，http://politics.people.com.cn/GB/1026/4671265.html。

會的高齡化，也存在連任率不高的問題。

　　在常委會的年齡結構上，三屆委員的主體都集中在60至69歲的區間（表七）。60歲以上的委員比例，自九屆到十一屆分別為90%、72%及60%，在比例上逐漸減少，平均年齡分別為64.8、61.3及59.7歲。而平均年齡的降低，主要始於第十屆全國「人大」常委會納入十九名平均年齡40歲，具有大學以上學歷以及法律、經濟等專業知識的「特別委員」外，前述「年輕化」與「梯隊接班」方針也讓50至59歲的常委比例增加。另從常委會領導階層的比較，更可以看出「年輕化」政策對中共與民主黨派與無黨派的差異（表八、圖二）。常委會領導階層中，中共黨員受70歲劃界所限，由黨政部門轉至「人大」，民主黨派與非黨派則不受此限。尤其十一屆之後，具中共黨籍的常委，已經完全沒有超過70歲的成員。[24]

表八：第九至十一屆全國「人大」常委會領導層政黨平均年齡比較

黨籍 屆次	中共			民主黨派與非黨派		
	最大值	最小值	平均年齡	最大值	最小值	平均年齡
第 九 屆	72	65	69.2	90	58	69.8
第 十 屆	68	61	64.7	76	58	68.2
第十一屆	68	62	65.8	73	62	66.4

資料來源：作者整理自新華網，http://big5.xinhuanet.com；中國人大網，http://www.npc.gov.cn。

---

[24] 在第九屆常委超過70歲以上且具有中共黨籍的有三人，其中兩人是少數名族：布赫（蒙古族）當時72歲、鐵木爾‧達瓦買提（維吾爾族），當時71歲，第三人則是曾經擔任國務院副總理的鄒家華。在八大黨派方面，超過70歲的也是三人，但是其中擔任民建副主席的王光英已經79歲，擔任九三學社主席的吳階平甚至已經81歲。在無黨派組成方面，甚至有已經高齡90的，曾經擔任政協副主席的成思遠。在第十屆具中共黨籍的常委，只剩下何椿霖正好70歲，十一屆也未再連任。八大黨派中則是民盟中央主席丁石孫，當時已經76歲。無黨派方面，則有72歲的傅鐵山。十一屆之後，還有民革中央主席周鐵農。

圖二：第九至十一屆全國「人大」常委會領導層政黨平均年齡比較

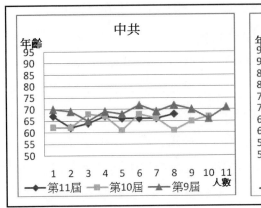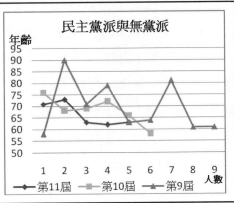

資料來源：作者自製。

在常委會的連任率方面（表九），多數委員由於高齡化因素，多只能藉由常委會「發揮餘熱」。就如受訪學者所說，這種退休後「多服務一屆」的模式，較不易建立資深制。[25] 另外，我們從全國「人大」委員長吳邦國講話內容也可看出「資深制」的問題：[26]

> 每次換屆，「人大」代表和常委會組成人員，都要換不少人。我們這一屆常委會組成人員中，新人很多。其中，委員中有四分之三是新進常委會的；十六位委員長、副委員長中，新任的有十一位，佔三分之二。這兩個比例都比上屆高。大批新同志到「人大」工作，都有一個轉換角色、重新學習的過程。

---

[25] 訪談中國人民大學政治系教授，2011年7月29日。

[26] 「吳邦國委員長在第十屆全國『人大』常委會機關幹部大會上的講話」，中國人大網，2003年3月31日，http:// www.npc.gov.cn/npc/wbgwyz/content_1614417.htm。

　　領導階層70歲劃界的規則，讓吳邦國得以67歲高齡連任委員長職務。副委員長的連任主要集中在民主黨派主席，且他們不受到退休年齡限制，如第九屆吳階平、第十屆丁石孫、何魯麗、成思危、蔣正華與許嘉璐，第十一屆韓啟德；還包括少數民族自治區主席與中共政治局委員。而在常委部分，從九至十一屆連任率約三成，連任者平均年齡從65.8歲降至57.7歲。

表九：第五屆全國「人大」以來常委會連任比率統計（％）

屆次＼職稱	五屆 1978	六屆 1983	七屆 1988	八屆 1993	九屆 1998	十屆 2003	十一屆 2008
委員長	0	0	0	0	0	0	100
副委員長	67	33	65	26	31	26	26
秘書長	100	0	0	0	0	0	0
常委	30	16	21	22	31	23	25

資料來源：第五屆至第八屆引自：趙建民，「中共黨國體制下立法機關的制度化」，**中國大陸研究**，第45卷第5期（2002年），頁101；第九屆至十一屆為作者自行製表。

　　在專委會部分，只有主任或副主任為專職，主任皆為常委，具有中共黨員身分，且都具有省部級領導人背景。年齡也顯示符合黨的離退政策，都集中在60到70歲的區間，平均年齡也從67.8歲降至65.2歲（表十）。但也如同前述常委的特性，連任率低，在近三屆當中，只有一位連任（第九屆環資委員會主任曲格平）。專委會副主任平均有80％為常委，中共黨員也佔有八成。其資歷主要是正副省部級領導人、企事業單位領導人、解放軍將領、八大黨派、社會團體與重要學者等背景。由於專職常委的加入，平均年齡雖相對下降（表十一），不過，副省部級為主體的結構，連任率也低於兩成，且連任者平均年齡高於65歲。

表十：第九至十一屆全國「人大」專委會主任平均年齡與連任率

	最大值	最小值	平均年齡	連任率
第九屆 （n=9）	70	65	67.8	12%*
第十屆 （n=9）	70	64	66.8	0%
第十一屆 （n=9）	68	63	65.2	0%

備註：*第九屆連任率的計算不包含該屆剛設立的農業農村委員會。
資料來源：作者整理自新華網，http://big5.xinhuanet.com；中國人大網，http://www.npc.gov.cn。

表十一：第九至十一屆全國「人大」專委會副主任平均年齡與連任率

	最大值	最小值	平均年齡	連任率
第九屆 （n=50）	76	52	65.5	7%*
第十屆 （n=62）	70	55	64.4	13%
第十一屆 （n=74）	68	44	63.1	19%

備註：*第九屆連任率的計算不包含該屆剛設立的農業農村委員會。
資料來源：作者整理自新華網，http://big5.xinhuanet.com；中國人大網，http://www.npc.gov.cn。

近三屆專委會委員平均有42%為常委，其年齡分布也類似常委會，第九到第十屆委員主要集中在60至79歲區間，但第十一屆則集中在40至59歲區間，明顯朝年輕化發展，但連任率平均只維持在三成左右（表十二）。值得注意的是，第十一屆的「年輕化」主要基於前述「特別常委」的連任，且常委委員連任者兼任專委會委員比例平均達到八成，有利於專委會的制度化運作。相對於退休幹部而言，十多名具有「四化」背景的「特別委員」的連任，就成為觀察「人大」專業化發展的重要指標。

表十二：第九至十一屆全國「人大」專委會委員年齡比例與連任率*（%）

年齡 屆次	30-39	40-49	50-59	60-69	70-79	平均年齡	連任率
第九屆 （n=150）	4	6	15	67	11	62	29%**
第十屆 （n=164）	1	17	18	63	1	59	22%
第十一屆 （n=152）	0	12	40	48	0	58	32%

備註：*本表所列專委會總數乃根據第一次會議選出的委員總數計算得出，不包括該屆任期內替補變化。

　　　**第九屆連任率的計算不包含該屆剛設立的農業農村委員會。

資料來源：作者整理自新華網，http://big5.xinhuanet.com；中國人大網，http://www.npc.gov.cn。

二、政治出口與專委會專業化

　　如前所述，全國「人大」的專業化主要體現在資深黨政幹部轉任常委會與專委會，而領導權威也是建立在行政級別上。以第九屆全國「人大」為例，李鵬擔任全國「人大」委員長，其政治局常委（排名第二）和國務總理的資歷，積累大量個人威望和工作經驗，這些人格化權力基礎隨著李鵬進入「人大」。包括至少五位部長資歷的專門委員會成員，此外還包含數十位前部級、副部級幹部、軍隊將領和地方幹部。[27] 同樣情況也延續至第十屆與第十一屆全國「人大」，除了增加二十名常委會名額，並且強調年輕化與財經、法律等方面的專業知識，其中不少人為國務院現任司、局級官員，還包括已退休或即將退休的將領及官員。[28] 全國「人大」作為包

---

[27] 包括內務司法委員會副主委陶駟駒（前公安部長）、教科文衛委員會主委朱開軒（前國家教委主任）、法律委員會副主委李伯勇（前勞動部部長）、環境資源委員會主委曲格平（前國家環保局長）、副主委張皓若（前內貿部部長）。

[28] 如前北京軍區司令李新良、前山東省長李春亭、外經貿部長石廣生、科技部長朱麗蘭。

括政治局委員、正副省部級幹部的「政治出口」，這些人的資歷，以及擁有大量組織資源和專業知識，也為常委會的政治地位與功能的提升提供發展條件。

　　另一方面，隨著全國「人大」的立法，逐步朝向「委員會中心」主義，加上專委會的規模逐年擴大，自第九屆已明顯大於常委會，也讓專委會得以吸納更多黨外菁英。且改革開放以來，常委會委員約有八成都兼任專委會委員，委員的教育程度也逐漸提高，如（表十三）所示，從第九到十一屆專委會，大學以下比例隨屆數遞減，大學與研究所學歷則隨屆數遞增。這和第九屆多為1930年代左右出生，處於建國與國革世代有關，大都在十三、十四大進入省部級領導班子。隨著梯隊序列，在第十一屆專委會，已有接近半數專委學歷在研究所以上。這些退居二線的權力人物，不僅形成一個穩固持續（durability）的常委會與專委會結構，而且透過系統或口的對應性，如法律委員會，其主任或副主任，大都有國務院法制辦或「人大」法工委的資歷；內務司法委員會則有公檢法系統出身的委員；財經官員進入財經委員會；科技、信產則進入教科文衛；外事委員會則參與外交部、中聯部、新華社或駐外使節，以符合專委會的專業需求，也成為菁英流動與專委會專業化的主要參照點。

表十三：第九至十一屆全國「人大」專委會教育程度比例（%）

屆次	主任			副主任			委員		
	大學以下	大學	研究所	大學以下	大學	研究所	大學以下	大學	研究所
九屆	44	56	0	22	76	2	6	78	16
十屆	11	78	11	5	82	13	5	68	27
十一屆	0	67	33	3	72	25	3	45	52

備註：本表所列專委會總數乃根據第一次會議選出的委員總數計算得出，不包括該屆任期內替補變化。

資料來源：作者整理自新華網，http://big5.xinhuanet.com；中國人大網，http://www.npc.gov.cn。

（一）專委會領導層

專委會主任委員為專委會主要領導，如前所述，其基本要件包括中共黨籍與常委身分，顯示此一領導職為非黨禁地。從轉任前職務來看，專委會主任委員的職務大致分成兩種，第一種是中央部委的正部級幹部；第二種則是地方省委書記、省長，而他們也多數擁有中央部委資歷。以中央、地方分布比例來看，九屆與十屆則中央與地方職務比例為2：1，十一屆則反過來，中央與地方比為1：2。這三屆的主任學歷，仍以理工科為主，而在專業對口比例上，分別為78%、67%、78%，亦即每一屆九個專委會主任委員中，平均有七人進入與其過去職務相關的專門委員會。舉例來說，以特別強調專業化程度的外事與法律委員會而言，第十一屆的主任分別為前外交部長李肇星與前全國「人大」法工委主任胡康生。

同樣的專業與對口配置也體現在專委會副主任委員部分，例如在外事委員會歷屆的組成上，有外交部、外事辦、中聯辦副部長與駐外大使；財經委員會有財政部長、人銀副行長、國家統計局副局長、審計長；農業與農村委員會，則明顯以農業部部長與水利部部長為主。不過，主任與副主任的專業比例略有落差，本文歸納出兩個因素：一是既有的九個委員會名稱並沒有包含所有的國務院部門，因此與經濟發展相關的交通與電力部門，安排進入財經委員會；前建設部歸屬環境資源委員會，國土資源則進入農業農村委員會；另一則是專業化以外的考量，如「界別」的分配。以教科文衛委員會為例，從第九到十一屆，平均各委員會都安排一位解放軍退役上將擔任副主任委員，[29] 以及民主黨派副主席（表十四）。並依據民主黨派屬性安排至相關委員會，比如華僑委員會為致公黨與台盟、教科文委員會則安排民進與九三學社。此外還包括工青婦、作協、文聯、工商聯、全國僑聯等社會團體領導人，必須納入後再計算對口比例。

---

[29] 沒有解放軍將領席次的委員會包括：第九屆的民族與財經、第十屆的農業與第十一屆的法律委員會。

表十四：第九至十一屆全國「人大」教科文衛專委會組成名單

屆次	級別	姓名	資歷
九	主任	朱開軒	國家教委主任
九	副主任	汪家鏐	中共中央黨校常務副校長、北京大學黨委書記、北京市委副書記兼北京市委教育工作部部長
九	副主任	陳敏章	衛生部部長
九	副主任	李緒鄂	國家科學技術委員會副主任、航天工業部部長
九	副主任	范敬宜	《人民日報》總編輯
九	副主任	張懷西	民進常務副主席、中國教育學會副會長、江蘇省副省長
九	副主任	王　選	九三學社中央副主席、中國科協副主席、中國科學院院士
十	主任	朱麗蘭	科技部部長、國家科委黨組書記、2001年2月補選為全國「人大」教科文衛委員會副主任
十	副主任	吳基傳	信息產業部部長、郵電部部長
十	副主任	蔣祝平	湖北省委書記、民航局局長、2001年2月補選為全國「人大」教科文衛委員會副主任
十	副主任	邢世忠	國防大學校長、陸軍上將
十	副主任	陳難先	民進中央副主席、中國科學院院士
十	副主任	劉應明	九三學社中央副主席、中國科學院院士
十	副主任	桑國衛	農工黨主席、中國藥學會理事長、國家藥品監督管理局副局長、中國工程院院士
十一	主任	白克明	2007年8月補選為全國「人大」教科文衛委員會副主任、河北省委書記、《人民日報》社社長、國家教委辦公廳副主任
十一	副主任	宋法棠	黑龍江省委書記、2005年12月補選為第十屆全國「人大」教科文衛委員會副主任
十一	副主任	徐榮凱	雲南省省長、2006年10月補選為第十屆全國「人大」教科文衛委員會副主任

屆次	級別	姓名	資歷
十一	副主任	李志堅	國家體育總局黨組書記、中國奧委會副主席
十一	副主任	金炳華	中國作家協會黨組書記、副主席
十一	副主任	李樹文	中國文聯黨組書記、副主席
十一	副主任	唐天標	總政治部副主任、陸軍上將
十一	副主任	王佐書	民進中央副主席、黑龍江省副省長、哈爾濱師範大學校長
十一	副主任	程津培	致公黨中央副主席、中國科學院院士
十一	副主任	任茂東	全國「人大」內務司法委員會副主任委員、交通部科技教育司司長

備註：本表所列專委會總數乃根據第一次會議選出的委員總數計算得出，不包括該屆任期內替補變化。

資料來源：作者整理會自新華網：http://big5.xinhuanet.com；中國人大網，http://www.npc.gov.cn。

（二）專委會委員

專委會委員的組成，主要來自中央部委副職與地方領導副職。如財經委員會有財政部副部長、工商銀、建銀領導、稅務總局局長、國家統計局副局長、審計署副審計長等。但是與領導層不同的是，專委會委員還有相當比例來自大學校長、科研機構或學者專家。在屆別分布上，解放軍將領比例增加，每一委員會有一至三位；民主黨派與無黨派在副主任委員層級席次差異不大，但是在委員層級，無黨派席次明顯多於民主黨派。

因此，整體的專業對口比例，從第九至十一屆，分別為61%、62%與67%，呈現上升的趨勢。同時，這也代表有三到四成與專長、資歷較不相關的專委。這些委員主要是解放軍退役將領，以及在民族與華僑委員會，以「身分」概念（如少數民族、華僑）進入專委會的成員。

表十五：第九至十一屆全國「人大」專委會委員專業對口比例（%）

	第九屆 1998		第十屆 2003		第十一屆 2008	
	領導層	委員	領導層	委員	領導層	委員
民族	67	41	63	17	89	39
法律	43	46	44	56	56	75
內務司法	57	28	63	56	70	65
財政經濟	86	78	73	70	83	80
教科文衛	100	93	86	93	70	92
外事	71	25	88	30	56	40
華僑	42	21	38	41	38	25
環資	50	60	71	81	90	78
農業與農村	83	65	100	57	71	63

資料來源：作者自製。

　　依據表十五，若將領導層與非領導層分開觀察，則能得出領導層的專業比例，明顯高於非領導層，符合前述委員會領導機制的安排與領導層的專職背景所需。三屆整體專業比例最高的都是教科文衛委員會，其原因應該是委員會領域較不敏感，能容納較多非黨專業人士。最重要的法律委員會，專業比從平均五成上升到七成。而整體專業比例最低的是民族與華僑委員會，主要原因如前述，其成員主要是少數民族與華僑組成，因此是以身分取捨的邏輯運作。不過，由於專門委員會組成人數並無制度性的規定，各專門委員會組成人員的數目差異較大，各委員會之間人數不統一，說明專門委員會仍是依工作任務所需來構成。大陸學者也認為，在選擇歷屆專門委員會組成人數的時候，更多的是考慮當時需要照顧和安排進入專門委員會的人員數目，[30] 這也體現「組織領導」與「統一戰線」運作的特

---

[30] 周偉，各國立法機關委員會制度比較研究，頁219。

徵。

三、「特別常委」與專職化

前述第十屆全國「人大」常委會新當選名單中，出現十九名「特別委員」。他們非如過去書記、省長、部長之後再「退居二線」到「人大」，也不再只是參加每年一度的「人大」會議或每年幾度的常委會。而是卸去原任職務，並將行政關係轉到了全國「人大」，專事「人大」工作的首批專職「人大」常委，其中有十名被提升為七個相關專門委員會主任委員助理（表十六）。就如全國「人大」委員長吳邦國在第十屆全國「人大」常委會第四次會議上指出：[31]

根據黨的十六大關於「優化『人大』常委會組成人員的結構」的精神，本屆常委會增加了一批比較年輕的委員，其中十位同志的行政關係轉到了全國「人大」機關，分別在七個專門委員會中工作，這是一個新的探索……經與中組部、中編辦研究，並經中央領導批准，由全國「人大」常委會機關黨組討論後，以全國「人大」常委會辦公廳的名義任命他們為相關專門委員會主任委員助理。

---

31 「吳邦國委員長在十屆全國『人大』常委會第四次會議上的講話」，中國人大網，2003年8月27日，http:// www.npc.gov.cn/npc/wbgwyz/content_1614369.htm。

表十六：第十屆專職常委名單

姓名	原職	常委專職
李連寧	原教育部部長助理、黨組成員	十屆全國「人大」辦公廳專職副秘書長
何曄暉	原最高人民檢察院刑事申訴廳廳長	十屆全國「人大」辦公廳專職副秘書長
劉振偉	農業部產業政策法規司司長	十屆全國「人大」辦公廳專職副秘書長
信春鷹	中國社科院法學研究所副所長	十屆全國「人大」法制工作委員會副主任
沈春耀	國務院法制辦公室黨組成員	十屆全國「人大」法制工作委員會副主任
任茂東	交通部科技教育司司長	十屆全國「人大」內務司法委員會副主任委員
方　新	中國科學院政策與管理研究所所長	回任中科院任黨組副書記
倪岳峰	國家海洋局副局長	十屆全國「人大」環境與資源保護委員會副主任
烏日圖	勞動和社會保障部醫療保險司司長	十屆全國「人大」財經委副主任委員
王東江	國務院經濟體制改革辦公室國際比較司司長	2003年身故

資料來源：**財經網**，http://www.caijing.com.cn/2008-03-17/100052864.html；新華網，http://big5. xinhuanet.com/gate/big5/news.xinhuanet.com/ziliao/2008-03/12/content_7781570_1. htm。

　　從工作表現來看，這些「特別常委」中，過半成為「專職常委」，並分別擔任各專業委員會的主任委員助理，透過他們過去的行政或學術背景，為各主任委員與專委會，發揮輔佐與諮詢的功能，讓外界認為他們能夠幫助「提高立法質量和監督品質」。[32] 另從菁英甄補角度，如倪岳峰於2011年轉任福建省副省長，[33] 也讓人思考專職常委是否成為年輕菁英的上升通道。比如季衛東教授認為，相較於傳統的二線角色，常委專職化把這

---

[32] 周建軍，「十名特別委員任主任委員助理的示範意義」，人大研究（甘肅），2003年12第期，頁43-44。

[33] 「倪岳峰任福建省副省長」，人民網，http://politics.people.com.cn/GB/41223/14013779.html。

樣的人事流向反轉過來，通過代議機構培養和鍛鍊年輕黨政幹部。十屆全國「人大」常委會代表資格審查委員會主任何椿霖也表示，「官員應該都是從『議員』開始」。[34]

　　這樣的思路是否意味著「人大」代表由兼職向專職過渡的開端？或者未來可能出現「人大」系統的菁英？從數據來看，近三屆的常委中，有些長期擔任專委會領導職工作，如全國「人大」法律委員會副主任喬曉陽。只有少數個案在進入「人大」後，並未離開行政崗位，並持續晉升。例如第九屆的周強，時任常委才38歲，而後在湖南一路晉升到省委書記。此外，如中國科協副主席張玉台53歲擔任第九屆常委，之後轉任國務院發展研究中心主任。第十屆除表十六所列外，另有冷溶從常委轉任中國社會科學院常務副院長、黃康生轉任貴州省副省長、李從軍轉任新華社社長。第十一屆常委則有石泰峰轉任江蘇省組織部部長、黃燕明任吉林省組織部部長，李建華則專任酒泉市委書記。

　　此外，2010年8月，十一屆全國「人大」常委會第十七次會議通過了〈全國「人大」常委會關於修改全國「人大」和地方各級「人大」代表法的決定〉，草案明確規定代表不得設個人工作室，也建議增加規定，要求代表不脫離各自生產和工作崗位。[35]這個否定代表專職化方向與限制代表個人活動的立法內容，雖然引發社會爭議，但也意味著中央尚未開放這個新的甄補管道。不過，專職常委的加入之所以引人關注，主要是因為年輕化，大都在50歲以下，來自中央國家機關的司局級幹部，或是來自學界的知名學者，有良好的專業知識和職業訓練。除了連任第十一屆常委，還增加包括原「人大」法工委刑法室主任郎勝，和原「人大」法工委國家法室

34　「何椿霖：官員應該都是從『議員』開始」，引自中國網，2008年3月16日，http://big5.china.com.cn/ 2008lianghui/2008-03/16/content_ 12789197. htm。

35　「代表法首次修改：不得設個人工作室」，南方周末網，2010年8月15日，http://www.infzm.com/content/ 49324。

主任陳斯喜，以及中國社科院人口與勞動經濟所所長蔡昉，[36] 成為吾人對「人大」專業化發展另一個重要的觀察點。但是從當中濃厚的「人事調動」氣息，仍可以看出中央對「黨管幹部」的堅持。

伍、結論

　　長期以來菁英理論運用在中國研究上，關注的主體是中共幹部與其領導流動與升遷，或是幹部紅與專的問題。雖然技術專家研究途徑以及相關辯論，已經凸顯中共菁英內部性質與流動路徑的多元，不過其研究主體仍舊是擁有中共黨籍之政治菁英。此一研究趨勢，繼續顯現在中共菁英的退場機制上，這也是作為黨國體制的必然。本文藉著探討中國大陸菁英流動與系統維持的關聯性，希望透過實際數據呈現中共政治體系運作的特徵與侷限。

　　長期以來「行政獨大」（executive dominance）的統治模式，使「人大」長期被視為次於黨與政府的「二線機關」。而全國「人大」的結構特徵，保證了「人大」代表面對單一且相對明確的預期，就是成為政權代理人。主要理由就在於全國「人大」的領導集團是由資深黨政幹部轉任常委會與專委會，而領導權威是建立在行政級別上。這些退居二線的權力人物，維繫了常委會與專委會結構的穩定，並且透過對口實現專業化。但另一方面，即使政治菁英實現年輕化，但是「人大」作為菁英的政治出口，自然存在高齡化與連任率不高的問題，「多服務一屆」也就成為大陸立法系統的運作模式。

　　另從「統一戰線」的角度，也可以發現「人大」另一功能在統合黨外

---

[36] 「全國『人大』專職常委擴編」，財經網，2008年3月17日，http://www.caijing.com.cn/2008-03-17/100052864.html。

菁英，提供有限的反饋功能。主要呈現在下列幾個方面：(1)在菁英晉升的階段，八大黨派主要是擔任中共的副手，此一現象繼續反映在退場後的全國「人大」。在全國「人大」領導職務的政治門檻，依舊是中共黨員的身分；(2)在菁英流動的階段，中共黨員的歷練較為完整而豐富。相較之下，八大黨派主要的工作經驗是在經濟、文化、教育等層面，國安、外交等領域難以觸及，此一趨勢也繼續反映在專委會的進入條件上；(3)在菁英劃退階段，中共黨員多能進入與其過去職務相關的專委會。而八大黨派受限於流動時的先天不足，劃退後的政治空間仍多所限制。

綜合前述，菁英退場與專業化、高齡化、連任度之間的矛盾，一方面讓外界質疑代表成為一種政治待遇，「人大」成為黨政幹部的「養老院」；另一則是當前各級「人大」常委會主任、副主任、駐會委員雖然大都由「一府兩院」前官員擔任，行政經歷豐富，不過這種安排也相當於前一屆政府監督後一屆政府，雖然他們熟悉情況，但卻涉入既有的部門利益，影響「人大」的監督角色。在這樣的背景下，十屆「人大」以來推出「專職常委」，除了降低常委會平均年齡，也提高委員的專業性，甚至出現年輕菁英的上升通道。

不過，從專職常委產生的方式來看，仍是依據部門推薦和組織考察相結合的方式，組織部門提出任職要求推出自己認為合適的人選，組織部門進行考察，從中篩選，確定目標後再和本人談話，待人員確定後，再推薦他們參選全國「人大」代表。儘管他們通過參加地方選舉，從形式上獲得了合法的代表身分，但他們作為中央提出的候選人，和選舉他們的地方實質上並沒有任何聯繫。這些人不佔地方代表的名額，實行等額選舉，賦予專職常委一定的行政級別，並提供副部級待遇的提法和做法，顯然這一套路是外界頗為熟悉的行政人事調動流程。這也說明「人大」的穩定運作，仍是在控管菁英流動管道，僅透過提高政權機構的包容性政策、建立政策合法性，來取代獨立自主的議會政治。

參考書目

一、中文部分

「中共中央關於建立老幹部退休制度的決定」，載於中共中央文獻室編，新時期黨的建設文獻選編（北京：人民出版社，1992）。

「中華人民共和國全國人民代表大會常務委員議事規則」，http://big5.xinhuanet.com/gate/big5/news.xinhuanet.com/ziliao/2006-03/02/content_4247962.htm。

「代表法首次修改：不得設個人工作室」，南方周末網，2010年8月15日，http://www.infzm.com/content/49324。

「全國人大內務司法委員會工作規則」，http://www.snpc.gov.cn/rszs/guize/g2-02.htm。

「全國人大法律委員會工作規則」，http://www.snpc.gov.cn/rszs/guize/g2-01.htm。

「全國人大專職常委擴編」，財經網，2008年3月17日，http://www.caijing.com.cn/2008-03-17/100052864.html。

「全國人大教育科學文化衛生委員會工作規則」，http://www.snpc.gov.cn/rszs/guize/g2-05.htm。

「何椿霖：官員應該都是從『議員』開始」，中國網，2008年3月16日，http://big5.china.com.cn/2008lianghui/2008-03/16/content_12789197.htm。

「吳邦國委員長在十屆全國『人大』常委會第四次會議上的講話」，中國人大網，2003年8月27日，http://www.npc.gov.cn/npc/wbgwyz/content_1614369.htm。

「吳邦國委員長在第十屆全國『人大』常委會機關幹部大會上的講話」，中國人大網，2003年3月31日，http://www.npc.gov.cn/npc/wbgwyz/content_1614417.htm。

「倪岳峰任福建省副省長」，人民網，2011年2月27日，http://politics.people.com.cn/GB/41223/14013779.html。

「關於中華人民共和國憲法修改草案的報告」，全國「人大」常委會公報，1982年第5期，http://www.npc.gov.cn/wxzl/gongbao/1982-11/26/content_1478478.htm。

「黨政領導幹部職務任期暫行規定」，人民網，http://politics.people.com.cn/GB/1026/4671265.

html。

周建軍，「十名特別委員任主任委員助理的示範意義」，人大研究（甘肅），2003年第12期，
頁43-44。

周偉，各國立法機關委員會制度比較研究（濟南：山東人民出版社，2005）。

孫哲，全國人大制度研究（北京：法律出版社，2004）。

寇健文，中共菁英政治的演變──制度化與權力轉移，1978-2010（台北：五南出版社，2010）。

張執中，中共黨國邊界的設定與延伸──歷史制度論的觀點（台北：韋伯出版社，2008）。

劉少奇，「論黨」，劉少奇選集，上卷（北京：人民出版社，1985），頁358-370。

蔡定劍，中國人民代表大會制度（北京：法律出版社，2003）。

二、英文部分

Bo, Zhiyue, *China's Elite Politics: Political Transition and Power Balancing* (Singapore: World
Scientific, 2007).

Canon, David T., "The Institutionalization of Leadership in the U.S. Congress," *Legislative Studies
Quarterly*, Vol. 14, No. 3 (August 1989), pp.415-443.

Dittmer, Lowell, "Conclusion: East Asian Informal Politics in Comparative Perspective," in Lowell
Dittmer, Haruhiro Fukui and Peter N. S. Lee eds., *Informal Politics in East Asia* (New York:
Cambridge University Press, 2000), pp.292-295.

Hibbing, John R., "Legislative Institutionalization with Illustrations from the British House of
Commons," *American Journal of Political Science*, Vol. 32, No.3 (August 1988), pp. 681-712.

Jackson, Robert J. and Doreen Jackson, *A comparative Introduction to Political Science* (Upper Saddle
River, N.J.: Prentice Hall, 1997).

Li, Chen, *China's Leaders: The New Generation* (Lanham, Maryland: Rowman & Littlefield
Publishers, 2001).

Li, Cheng and Lynn White, "The Fifteenth Central Committee of the Chinese Communist Party: Full-
Fledged Technocratic Leadership with Partial Control by Jiang Zemin," *Asian Survey*, Vol. 36,

No. 3 (March 1998), pp.231-264.

_____ , "Elite Transformation and Modern Changes in Mainland China and Taiwan : Empirical Data and the Theory of Technocracy," *The China Quarterly,* No. 121 (March 1990), pp. 1-35.

_____ , "The Thirteenth Central Committee of the Chinese Communist Party: From Mobilizers to Managers," *Asian Survey,* Vol. 28, No. 4 (April 1988), pp. 371-399.

Lieberthal, Kenneth and Michel Oksenberg, *Policy Making in China: Leaders, Structures, and Processes* (Princeton, New Jersey: Princeton University Press, 1988).

Manion, Melanie, *Retirement of Revolutions in China: Public Policies, Social Norms, Private Interests* (New Jersey: Princeton University Press, 1993).

Nee, Victor, "A Theory of Market Transition: From Redistribution to Markets in State Socialism," *American Sociological Review,* Vol. 54, No. 5 (October 1989), pp. 663-681.

Patterson, Samuel C. and Gerhard Loewenberg, *Comparing Legislatures* (Boston: Little, Brown and Company, 1979).

Polsby, Nelson W., "The Institutionalization of the U. S. House of Representatives," *American Political Science Review,* Vol. 62, No. 2 (March 1968), pp.144-168.

Scalapino, Robert A. ed., *Elites in the People's Republic of China* (Seattle: University of Washington Press, 1972).

Szelenyi, Ivan and Szonja Szelenyi, "Circulation or Reproduction of Elites during the Postcommunist Transformation of Eastern Europe: Introduction," *Theory and Society,* Vol. 24, No. 5 (October 1995), pp. 615-638.

Szelenyi, Szonja, Ivan Szelenyi, and Imre Kovach, "The Making of the Hungarian Postcommunist Elite: Circulation in Politics, Reproduction in the Economy," *Theory and Society,* Vol. 24, No. 5 (October 1995), pp. 697-722.

Tanner, Murray Scot, "The Erosion of Communist Party Control over Lawmaking in China," *The China Quarterly,* No. 138 (June 1994), pp. 381-403.

Walder, Andrew G., "Career Mobility and Communist Political Order," *American Sociological*

Review, Vol. 60, No. 3 (June 1995), pp. 309-328.

Waller, Michael, *Democratic Centralism* (New York: St. Martin's Press, 1981).

Weingast, Barry R. and William J. Marshall, "The Industrial Organization of Congress; or, Why Legislatures, Like Firms, Are Not Organized as Markets," *Journal of Political Economy,* Vol. 96, Iss. 1 (February 1988), pp. 132-163.

Yahuda, Michael, "Political Generations in China," *The China Quarterly,* No. 80 (December 1979), pp. 793-805.

中共「十八大」後的對外政策：
兼論對朝鮮半島政策

朴炳光

（韓國國家安保戰略研究所研究員）

高英煥

（韓國國家安保戰略研究所研究員）

摘要

　　在即將召開的中共第十八次黨代表大會後，新組成之第五代領導團隊的對外政策，儘管可能受到內部成員政治傾向與實力關係之影響，但本質上很難出現大幅變化。在以中央政治局常委為中心進行的合議過程中，整體而言，預料將呈現強調延續性的保守性質。其次，第五代接班團隊對外政策近期雖將維持目前的「和平發展戰略」，但在有關主權、領土領海糾紛等「核心利益」問題上，可能採取較過去更積極的攻勢對應。第三，中國的對外政策及對朝鮮半島政策的決策過程將更加專業化與多元化，且在過程中，根據工作需要，外交部及商務部等部會的重要性，以及智庫的功能都將有所擴大。最後，中國的朝鮮半島政策在「十八大」之後，仍將維持和平穩定、非核化，以及保障中國的影響力等基調，但北韓與中國關係，以及中美關係變化等，在其對朝鮮半島政策上所佔重要性將逐漸提高。

關鍵詞：中國、「十八大」、第五代領導團隊、外交政策、朝鮮半島

壹、前言

　　對於社會主義國家而言，權力繼承是極為重要的問題。由於中國目前尚未引進民主選舉或多黨制度，一般人民難以直接參與重要政策的決定，致使少數統治菁英得以壟斷主要政策權。由此，為選出中國最高領導團隊，每五年定期舉行的中國共產黨黨代表大會，無論在國內政治及對外政策變化上，均具有關鍵性與重要性。

　　社會主義體制屬於「黨國」（party-state）體制，主要特徵為共產黨與國家機關無論從功能或組織上都結合為一體，國家權力由共產黨壟斷，至於共產黨的黨權又集中於少數菁英集團與最高領導人手中。因此，作為國家領導人之菁英集團的組成內涵，將直接影響整個國家的政策走向。例如中國自1978年起能夠推動所謂改革開放政策，便是由於以鄧小平為首的改革派成為中國新的領導菁英集團。

　　在中國的歷史與政治傳統中，由於具獨裁或權威主義傾向的政治體制，未能提供具備足夠正當性之權力繼承制度，因此新領導團隊登場及權力繼承過程，經常引發嚴重的政治糾葛與鬥爭。同樣地，當前社會主義體制的權力繼承，過去也伴隨著多次的路線鬥爭，從而不斷帶來政治糾葛與社會分裂。總的來說，權力繼承可謂社會主義政治體制的致命弱點。[1]

　　自鄧小平時期以來，中國政治發展一直存在制度性因素（廢止終身制、採任期制、限制年齡等）與非制度性因素（關係、派系、元老級人物之影響力、個人特質等），影響黨、政、軍幹部輪替過程的諸多問題。無論如何，自從改革開放以來，中國透過黨代表大會進行的權力輪替，逐漸

---

[1] Lowell Dittmer, "Patterns of Elite Strife and Succession in Chinese Politics," *The China Quarterly,* No.123 (September 1990), p. 405; Michel Oksenberg, "China's Political System: Challenges of the Twenty-First Century," *The China Journal*, No. 45 (January 2001), p. 29.

呈現穩定和平的性質。儘管在領導團隊的輪替過程當中，仍然存在若干派系之間妥協與糾葛的特徵，但以往的派系鬥爭或元老級人物直接介入，或現任候選人蒙羞辭退等政治菁英間的嚴重對立現象，確實少見。由此看來，一方面中國的政治過程似乎較過去更加制度化，其次，或許可以預測的是，在2012年秋季舉行的中共「十八大」，習近平將順利接任黨總書記，李克強亦將續任中央政治局常務委員。[2]

貳、第五代領導團隊之組成與特色

一、第五代領導團隊與外事領導小組

　　展望即將舉行的中國共產黨第十八次黨代表大會，將進行中央委員會、政治局，以及政治局常務委員會等更替程序，尤其是從「十七大」選出的九名政治局常務委員中，基於年齡限制的規範，只有被歸類為所謂第五代團隊的習近平與李克強兩人可能留任，且習近平將可能成為胡錦濤的接班人，被任命為新任的黨總書記。在此之前，由於習近平已於2010年10月18日的第十七屆五中全會，被任命為黨中央軍事委員會副主席，地位更加穩固。此外，推測可能在第十八次黨代表大會上躋身第五代菁英領導團隊行列者，還包括了王岐山、張德江、劉延東、劉雲山、汪洋、李源潮、孟建柱、張高麗、俞正聲等，甚至胡春華與周強等一至二名可能的第六代接班候選群，也將在此次黨代表大會中，以政治局委員，甚至政治局常務委員身分，站上中國政治最前線。

---

[2]　關於中共菁英政治的制度化，詳見Zhiyue Bo, *China's Elite Politics: Governance and Democratization* (Singapore: World Scientific, 2010)；寇健文，中共菁英政治的演變：制度化與權力轉移，1978-2010，三版（台北：五南圖書出版公司，2010）。

　　眾所周知，中國的最高權力機構為黨中央政治局，多數重要政策都由政治局常務委員會拍板決定。至於在決定對外政策過程中，以黨總書記為中心，中央政治局常務委員、中央政治局委員、中央書記處書記與中央軍事委員會委員等，都能發揮一定之影響力。因此，若想了解與中國對外政策有關之第五代領導團隊之特性，黨中央外事工作領導小組是必須留意的對象。進一步來說，根據既定組織規範，外事領導小組負責執行中國外事工作及國家安全領域等重大問題的政策決定，由主管外事工作的黨中央政治局常務委員會、輔助外事相關工作的政治局委員，以及與國家安全工作相關之部會首長等組成。以此為基礎，在對外政策決定方面，外事領導小組的角色與地位似乎正不斷加強。[3]

　　目前，以胡錦濤為中心的外事領導小組成員中，儘管曾擔任專業外交官者計有戴秉國、楊潔篪、王毅、喬宗淮、王光亞、王家瑞等六人，根據研判，在與關鍵國家利益有關的問題上，這些外交專家的自律性或影響力其實極其有限，相對地，反而是黨組織與軍方的影響力遠大於前述專家。[4]實際上，不僅國防部長（梁光烈）與人民解放軍副總參謀長（馬曉天）參與了外事領導小組，在外交事務可與最高領導人直接接觸溝通，更擁有可貫徹軍方利益的制度性管道，這也讓過去外事領導小組的對外政策呈現某種保守傾向。[5]

---

[3] Breslin Shaun, "The Foreign Policy Bureaucracy," in Gerald Segal ed., *Chinese Politics and Foreign Policy Reform* (London: Royal Institute of International Affairs, 1990), p. 120; Ning Lu, *The Dynamics of Foreign-Policy Decisionmaking in China* (Boulder: Westview Press, 1997), pp. 33-34.

[4] 現任中央外事工作領導小組領導成員名單如下，組長：胡錦濤，副組長：習近平，成員：劉雲山、梁光烈、孟建柱、戴秉國、廖暉、楊潔篪、王毅、王光亞、王家瑞、王晨、耿惠昌、陳德銘、李海峰、馬曉天，秘書長兼辦公室主任：戴秉國（兼）。資料來源：http://www.huayingya.com.cn/html/gonggao/21874.html。

[5] 舉例來說，在2009年的外事領導小組會議中，由於軍方立場獲得正面回應，因此對外政治基調也據此設定為因應美國封鎖，並透過恢復與北韓之盟邦關係來對應美國試圖主導的東

　　在第十八次黨代表大會產生第五代領導團隊的同時，外事領導小組也將重組成員，除了在中國對外政策上發揮關鍵性影響力的國家主席、國務院總理之外，負責相關外交工作之國務委員、國務院港澳辦公室主任、外交部長及副部長、台灣事務辦公室主任、黨對外聯絡部長等人選，也值得注意。雖然外交專家在第十八次黨代表大會上晉升政治局常務委員的可能性不大，但掌管對外政策的外交事務國務委員，目前人選包括王家瑞、楊潔篪、王毅、王光亞等，一旦黨組織對外交工作的影響力提高，現任黨對外聯絡部長、長久以來掌管共產黨對外工作的王家瑞，可能被重用為國務委員，此外，長期主管對美工作的外交部長楊潔篪，身為日本專家並完成與台灣簽署經濟合作架構協定（ECFA）工作的王毅，都是值得關注的對象。

二、習近平的對外觀

　　鑑於中國政治的傳統與特性，習近平在第十八次黨代表大會被選為最高領導人職位之前，應該不會就內外政策表達個人的想法。因此，目前只能藉由習近平在其對外活動中的發言，一窺他的統治理念或相關政策思維。本文藉由習近平擔任國家副主席階段，在2010年11月14日至16日訪問新加坡時的發言來加以觀察。[6]

　　在訪問新加坡期間，習近平持續強調中國對外政策重點為「和平發展」、「開放發展」與「協力發展」。對此，習近平首先強調「周圍一些國家認為中國一旦強大，必將轉為霸權主義，這不符合中國的外交路線，

北亞區域秩序，結果在2010年韓國西海發生「天安艦事件」時，受到軍方主導的中國政府也表態強烈反對韓美聯合軍演。

[6] 有關習近平發言的詳細內容，請參考新華網，2010年11月16日，http://news.xinhuanet.com/world/2010-11/16/c_12779523.htm。

繁榮穩定的中國，不僅不會對任何國家造成威脅，反而會成為發展的機會」，這表明中國堅持和平外交路線，不會對其他國家行使霸權。接著，習近平表示「中國的國內生產總值（GDP）雖然排名世界第二，但是個人平均所得卻是世界第100名的開發中國家」，據此強調永續成長與發展對中國的重要性。此外，他也指出「鄧小平所說的發展才是硬道理這句話，至今仍然有效」，並強調「中國的發展必須以科學、和諧及合作的方式進行」，亦即支持透過改革開放落實發展的政策。

　　大體來說，習近平在訪問新加坡時闡明的國家政策方向，依然未脫離鄧小平以來中國領導人追求的路線。根據分析，習近平在國家發展策略上應繼續承襲鄧小平的改革開放路線，對內政策則延續著胡錦濤的「科學發展觀」與「和諧社會論」，這表示在中國集體領導體制特性及黨內元老政治影響力仍舊存在的情況下，至少在短期內，習近平只能堅持強調延續性及穩定性的保守傾向，不容易帶來對內外政策的劇烈改變。儘管如此，在習近平正式接班後，隨著中國推動大國外交力道上升，社會中的民族主義特性逐漸加強，中國對外政策改變的可能性亦勢必隨之浮現。

　　尤其在2008年全球金融海嘯後，由於中國在國際經濟舞台上的影響力急遽提升，更在2010年超越日本的GDP總量，躍升世界第二經濟大國，直逼美國地位。在此情況下，儘管李克強副總理的對外觀鮮為人知，但因最近中國在國際舞台上的地位與影響力日趨重要，負責執行日常事務之總理的對外影響力亦勢必隨之提升。因此，在李克強接任國務院總理之後，不僅可能成為歷任總理中最具國際影響力者，他也極可能持續胡錦濤時期的對外經濟政策基調，例如在與韓國簽署自由貿易協定（FTA）的過程中，預料將發揮相當程度的影響力。

參、第五代領導團隊的對外政策展望

一、第一至四代團隊的對外政策分析

在改革開放以前的第一代領導時期，中國的決策內容呈現出充滿個人權威的中央集權形態。換言之，在政策決定的過程中，最高領導者的個人傾向與判斷的重要性，絕對高於既有決策制度或機構的地位。包括毛澤東在內的最高領導階層，往往表現出基於自身經歷、經驗及理念背景而來的判斷，從而在排除專家協助之外，獨立決定外交政策的特性。不過，在歷經改革開放時期的第二代到第四代團隊中，中國對外決策過程的領導人影響力逐漸減弱，漸漸朝向多元化、制度化與專業化發展。不同於改革開放之前，外交政策決定過程中對於專家及智囊的依賴度也相對提高。[7]

以江澤民為中心的第三代領導團隊，遵循鄧小平提出的韜光養晦的外交原則，採取對美國優先的策略，目標是在參與以美國為中心的國際體制的情況下，漸進地尋求強國地位，排除直接與軍事經濟強國美國挑戰的可能性。至於第四代胡錦濤時期的對外政策，在為平息「中國威脅論」而努力的同時，與江澤民體制對外政策類似的是，他雖也持續以經濟發展作為政策骨幹，但相比起來，由於受到自身對經濟發展與綜合國力的信心，以及國內日漸增長的民族主義之影響，胡錦濤時期仍顯現出更具積極性的對外政策層面，從而也形塑了第五代團隊接班的基礎所在。

---

[7] 可參見Xuanli Liao, *Chinese Foreign Policy Think Thanks and China's Policy toward Japan* (Hong Kong: The Chinese University Press, 2006)；陳廣猛，「論思想庫對中國外交政策的影響」，外交評論，2010年第1期，頁92-104。

二、第五代領導團隊對外政策可能方向

第五代領導團隊的對外政策走向，儘管將因「十八大」組成的領導團隊實力關係而受到影響。基本而言，新一代團隊仍將維持目前中國外交決策過程中的多元化、制度化、專業化的方向。首先，在胡錦濤完全退出現實政治舞台之前，對外政策方面不太可能有急遽變化。其次，雖不能排除第五代領導團隊為了炫耀己身領導地位或建立新權威，而有推出全新政策的可能性，但本質上仍難撼動對外政策的大方向。接下來，或許可以下列重點議題，展望「十八大」後中國的對外政策走向。

1. 第五代領導團隊最高領導人的領袖魅力（charisma）將更加減弱，特定個人極難行使強大的領導力。即便「十八大」上台的新一代領導人，將擁有法律與傳統所賦予之角色權力，但重視協議的傳統將更適用於對外政策的決定過程中。當然，目前中國政治中的派系勢力（共青團、太子黨、上海幫）各有其政策性向，但在對外政策上仍具有一定程度的共識。而且，由於當前中國的權力傳承並非針對個人，而是世代或對集體的傳承。因此，決策架構的特性將於新一代領導團隊內部的互相競爭中浮現出來。無論如何，在維持集體領導並重視合議協商的機制下，中國對外政策將不會突然改變。

2. 即將登場的第五代領導團隊中，雖不乏擁有對外經濟合作經驗的若干個人，但除了習近平之外，在對外政策及軍事議題方面幾無經驗。因此，這方面既可能更加依賴專業化集團的指導與提供意見，也意味著中國的對外政策可能更趨向實用主義。

3. 如同第四代團隊一般，第五代領導團隊仍將持續推展中國的軍事強國化，但其軍事實力短時間內不太可能達到與美國抗衡的水準，更何況國內問題的挑戰仍很嚴重。因此，對外政策仍將維持「和平發展」的基調。但是對於主權、領土領海糾紛及資源能源問題等有關重要國家利益的事務，極有可能採取更加積極的態度。進

一步來說，下一階段中國的軍事力強化，可能成為推動民粹主義（Populism）抬頭的有利背景，倘若中國領導階層過分迎合民族主義團體的要求，可能挑起與周邊國家之間的緊張情緒；相對地，能否營造更加包容、普遍的規範與秩序，而非富攻擊性及封閉性之民族主義，將是考驗第五代領導團隊能力的關鍵。

4. 相較於前兩代領導人江澤民、胡錦濤由鄧小平指名背書產生，第五代領導團隊相對較不會受限於鄧小平的理念或遺訓。而且，在走過初期保守主義傾向階段後，中國可能逐漸強化對於國際主義與強國化的渴望，國內政治改革可能性也跟著提高。與此同時，隨著第五代領導團隊正式成立，美國等國際社會力量可能更強烈地要求中國遵守國際責任與義務。對此，中國的新領導團隊雖可能一定程度地迎合國際社會的要求，但同時亦將透過主張強烈批判來自美國及國際社會的要求，從而提高自身地位及對國際社會的影響力。例如在2009年2月11日習近平訪問墨西哥時便曾說過：「一些吃飽了撐著的外國人沒有別的事幹，只知道指責我們。」

肆、第五代領導團隊對朝鮮半島及北韓政策趨向

一、中國的朝鮮半島政策基礎

為營造和平穩定的周圍環境，中國近年來不斷加強周邊外交力道，尤其朝鮮半島的情勢穩定，對中國的意義格外重要。中國領導階層不僅了解韓國根據傳統地緣政治所擁有的重要性，自北韓爆發核武危機以來，對朝鮮半島的戰略價值亦有了新的認識。展望未來，第五代領導團隊將以朝鮮半島和平穩定、朝鮮半島非核化、維持對朝鮮半島影響力等，作為相關政策的主要基調。尤其中國領導團隊似將推展以朝鮮半島穩定為最優先

的政策，並再次確認透過六方會談解決北韓核武問題的原則。[8] 新中國領導團隊必將為了與南北韓同時保持良好關係而努力，在對北韓政策方面，應與胡錦濤路線大同小異；亦即中國的新領導團隊將與北韓推展正常國家關係，[9] 並透過加強對北韓的經濟合作，以擴大對後者的影響力。於此同時，中國將以與韓國的經濟合作為基礎，擴大雙邊政治、外交、軍事合作內容，逐步削減美國在朝鮮半島的影響力。

　　一般來說，韓中關係在「十八大」後仍將逐漸緊密，並在兩國「戰略合作夥伴關係」之架構下持續加強；無論是共青團派、太子黨或上海幫掌握第五代領導團隊與政治局常務委員會，韓中關係的基礎都不太可能因為中國領導階層的改變而動搖。只不過，從包括朝鮮半島在內的一連串東亞區域事件看來，北中關係及中美關係之後續變化，確實可能對韓中關係造成某種影響。

　　首先，近年來北韓與中國關係的加強趨勢，係根據兩國國內外情勢變化及戰略考量選擇所致；站在中國的立場上，加強此一雙邊關係的結果可說是挑戰與機會並存，中國認為一旦北韓崩潰，中國將喪失對北韓的影響力，因此將援助北韓體制的存續視為重大國家利益，並在此認知基礎上，採取了加強對北韓的經濟交流、合作，並維持、擴大對北韓影響力的政策。[10] 儘管如此，北韓若為了本身利益而不斷挑起朝鮮半島危機，進行軍事挑釁，中國對其援助勢將面臨國際社會的譴責與批評，從而對中國提升國際地位及擴大影響力造成負面影響。換句話說，中國無條件加強與北韓

8　胡錦濤時期對北韓政策基礎可整理為以下四大方面：維持北韓體制穩定、解決核武問題和朝鮮半島無核化、維持對北韓的影響力、引導北韓改革開放。參考朴炳光，「胡錦濤時期中國對北韓政策基礎及其對北韓核武問題之認知」，全球政治評論，第31期（2010），頁27-46。

9　事實上，胡錦濤政府已開始強調對北韓不是黨對黨的特殊關係，而是國家對國家的「正常外交關係」，這與北韓認知中，與中國關係之傳統特殊性不同。

關係的措施，既可能是新領導團隊的困境，也必然影響第五代領導對朝鮮半島及對北韓的政策內涵。

其次，美中關係的變化，亦將對中國新領導團隊的朝鮮半島政策造成巨大影響。從架構上來看，美中關係處於競爭狀態，且兩國在東亞地區的對立與摩擦若越大，北韓越有可能成為中國對付美國的戰略籌碼。再加上對中國而言，韓美同盟關係的加強是其憂慮的對象，因此美中關係的變化與對立，可能導致中國在朝鮮半島政策上出現一味偏向北韓的結果。所幸美中兩國在2010年的糾葛情況中，仍就北韓核武問題持續協議與合作，並保持對話管道。兩國均不希望北韓體制崩潰或陷入不穩定，並且對於由北韓引起的核武擴散問題，至今均維持反對立場。[11] 不過，若各方繼續對核武問題置之不理，終將加強北韓的核武能力，在中美關係上可能成為糾葛因素；對此，中國領導團隊可能將北韓非核化問題定為中、長程目標，近期內暫且採取維持現狀的政策，但此種立場與政策，又將與希望更積極解決核武問題與北韓問題的韓國有所出入，從而為韓中關係埋下另一個伏筆。

二、中國的朝鮮半島政策決定架構

第五代領導團隊的成立，對中國的朝鮮半島政策決定架構具有極重要的意義。中國的朝鮮半島政策係以中共政治局常務委員會為頂點，透過外事領導小組立案並決定。因此，在「十八大」後，中國共產黨總書記兼外事領導小組組長對於朝鮮半島問題認知的變化，必將成為半島政策決定過程中的重要因素。習近平在2008年6月就任國家副主席後，首次訪問北

---

[10] Byung-Kwang Park, "China-North Korea Economic Relations during the Hu Jintao Era," *International Journal of Korean Unification Studies,* Vol. 19, No. 2 (2010), pp. 130-131.

[11] 金興奎，「戰略性競爭中的戰略合作：美中關係變化和在韓國的涵意」，中蘇研究（韓文），第33冊第3號（2009），頁34-35。

韓，而於2005年及2009年訪問過韓國。根據至今蒐集的非官方資料，習近平相當重視朝鮮半島問題，雖然肯定北韓的戰略價值，但對目前北韓的封閉體制則持有負面態度。況且，習近平等中國新領導階層，是否將未滿30歲的金正恩視為具對等地位的北韓領導人，亦有待觀察。[12]

　　有關中國的朝鮮半島政策，表面上是由外交部發表正式立場，但特別是關於北韓問題，由於此一雙邊關係仍保有以「黨對黨」為中心的特殊特徵，中國共產黨對外聯絡部實際上扮演更重要角色。在北中關係逐漸加強的現況下，「十八大」後，黨對外聯絡部長的人選也將成為今後朝鮮半島政策上的重要因素。其次，尤其有關北韓核武議題，中央（國務院）外事辦公室亦扮演了一定的角色。外事辦公室主任不僅扮演輔助兼任外事領導小組組長的黨總書記的職務，更扮演控制北韓核武問題報告或政策建議流向的關鍵角色。因此，外事辦公室主任人選可謂中國朝鮮半島政策決定架構上極重要的部分。例如在2006年北韓進行核試時，中央外事辦公室便曾要求黨及國家所有相關行政部會及智庫出具政策報告，並召開相關會議籌劃政策方案。

　　在未來中國對朝鮮半島政策上，最值得關注的問題，是在新領導團隊的對外政策決定架構中，外交部究竟扮演何種角色。舉例來說，2002年隨著中國第四代領導團隊的成立及第二次北韓核武危機爆發，外交部在中國對朝鮮半島政策過程中的重要性逐漸提高，當然這也是中國外交政策制度化發展下的產物。由外交部出身人選擔任國務院外交事務國務委員已成為慣例，中央外事辦公室主任亦由現任副部長擔任，由此可知，外交部的影響力確實大幅提升。儘管目前因為朝鮮半島周邊的冷戰氣氛及北中關係加強等因素所致，外交部的角色轉為較趨於守勢，在第五代團隊成立後，其

---

[12] 參見朴炳光，「金正恩時代的北韓與中國」，KDI北韓經濟評論（韓文），2012年第2期，頁97-102。

角色仍可能再次提升。因為，隨著國際關係的變化，外交工作的領域逐漸擴大、複雜，專業外交單位的角色將更加重要，尤其在決定北韓核武問題或中美關係等一連串重要問題上，外交部與相關政策部會及智庫互相合作並決定政策的情況逐漸頻繁。

另外，雖然黨組織在目前中國對北韓政策，以及對朝鮮半島政策上具有較高影響力，但政府部會專業官員的影響力亦正與日俱增。尤其在未來可能正式進行的韓中自由貿易協定談判，以及韓中經濟關係擴大過程中，外交部與商務部等經濟部會的地位勢必有所提高，從而使中國對朝鮮半島政策的決定架構逐漸走向多元化。於此同時，中國的朝鮮半島政策也逐漸擺脫了過去由極少數專家與政治領導人獨佔的傾向，也就是說，慢慢走向採納更多專家集團的建言與參與，以便保障專業化及多元化的過程。此外，透過各種智庫之間的會議，彼此分享資訊或交換意見，為政策決定人提供更高水準的資訊。在今後中國的政策決定過程中，智庫的角色與重要性將逐漸提高，對於中國的智庫專家集團的關注也將隨之提高。

伍、結語

在中國第五代領導團隊即將於2012年透過中共「十八大」召開而組成的同時，韓國、美國、俄羅斯等許多國家也面臨著政權輪替的挑戰（甚至北韓也在2011年底無預警地發生政權更替）。目前，中國已成為世界第二大經濟體與軍事大國，逐漸與美國並肩成為新國際秩序的軸心；尤其在2008年金融海嘯後，世界經濟秩序更籠罩於中國的影響之下。隨著中國對東北亞及朝鮮半島上影響力逐漸擴大，它勢將在朝鮮半島的和平穩定及統一過程中扮演重要的角色。

對於2012年底「十八大」後，即將正式登場的中國第五代領導團隊之對外政策取向，根據本文研究結果，可整理歸納為以下幾項：

1. 「十八大」後組成之第五代領導團隊的對外政策，一定程度上將受到內部成員政治傾向與實力對比關係之影響，本質上暫時不容易出現大幅劇烈變化，整體而言，仍將呈現強調延續性的保守性質，至少在第五代領導團隊的第一任期（2012-2017）內將不會有太大變化。

2. 在第五代領導團隊對外政策內涵方面，近期將維持目前的「和平發展論」，但在有關主權、領土領海糾紛等「核心利益」問題上，可能採取較過去更為積極的攻勢對應趨勢，這是因為中國對強國的渴望及國際影響力提升帶來的信心等作用所致。對內則隨著中國國際地位提升，民族主義壓力亦將增加，並將迫使政府向美國及國際社會提高抗爭能量。

3. 在第五代領導團隊下，中國的對外政策及對朝鮮半島政策的決定過程將更加專業化、多元化。在此過程中，根據工作需要，外交部及商務部等政府部會的重要性亦將提高，智庫的功能也將擴大。但在對外政策決定過程中，「黨中央外事領導小組」仍將扮演最重要的角色。因此，在「十八大」結束後，最重要的當屬掌握並分析外事領導小組成員。

4. 在「十八大」後，中國對朝鮮半島政策仍將維持朝鮮半島和平穩定、非核化、保持對朝鮮半島影響力等傳統基調。但是，北中關係、中美關係變化在中國朝鮮半島政策上所佔的重要性，將逐漸提高。而且隨著中國的強國化及民族主義高漲、交流領域擴大，韓中關係的摩擦極有可能增加。因此，是否能夠妥善管理韓中之間潛在的糾葛事宜，防止此等事宜阻撓兩國關係的發展，逐漸成為重要的問題。

參考書目

一、中文部分

朴炳光，「金正恩時代的北韓與中國」，KDI北韓經濟評論（韓文），2012年第2期，頁97-102。

朴炳光，「胡錦濤時期中國對北韓政策基礎及其對北韓核武問題之認知」，全球政治評論，第31期（2010），頁27-46。

金興奎，「戰略性競爭中的戰略合作：美中關係變化和在韓國的涵意」，中蘇研究（韓文），第33冊第3號（2009），頁34-35。

寇健文，中共菁英政治的演變：制度化與權力移轉，1978-2010，三版 （台北：五南圖書出版公司，2010）。

陳廣猛，「論思想庫對中國外交政策的影響」，外交評論，2010年第1期，頁92-104。

二、英文部分

Bo, Zhiyue, *China's Elite Politics: Governance and Democratization* (Singapore: World Scientific, 2010).

Dittmer, Lowell, "Patterns of Elite Strife and Succession in Chinese Politics," *The China Quarterly,* No. 123 (September 1990), pp. 405-430.

Liao, Xuanli, *Chinese Foreign Policy Think Thanks and China's Policy toward Japan* (Hong Kong: The Chinese University Press, 2006).

Lu, Ning, *The Dynamics of Foreign-Policy Decisionmaking in China* (Boulder: Westview Press, 1997).

Oksenberg, Michel, "China's Political System: Challenges of the Twenty-First Century," *The China Journal,* No. 45 (January 2001), pp. 21-35.

Park, Byung-Kwang, "China-North Korea Economic Relations during the Hu Jintao

Era," *International Journal of Korean Unification Studies,* Vol. 19, No. 2 (2010), pp. 130-131.

Shaun, Breslin, "The Foreign Policy Bureaucracy," in Gerald Segal ed., *Chinese Politics and Foreign Policy Reform* (London: Royal Institute of International Affairs, 1990).

當代中國國家能力與社會穩定：
兼論「社會管理創新」的意涵

王信賢

（政治大學東亞所副教授）

摘要

　　本文透過理論對話與實證資料分析，說明當前中國大陸社會抗爭的特徵以及國家的反應。本文認為當前關於中國社會穩定的研究存在兩方面的問題，一是多引用西方社會運動理論，因而過多關注「社會」而少關注「國家」，多將焦點集中於社會抗爭的起源與動員過程，較少針對國家的「反應」；故本文針對當前國家理論的發展趨勢，特別是「國家能力」進行分析，並說明當前經濟社會變遷與中國國家能力的變化。另一則是缺乏對當前中國大陸社會抗爭整理出有系統的特徵與趨勢，因此本研究將透過大量的資料，嘗試描繪出當前中國大陸社會抗爭的圖像。

　　本文主張，當前「強國家」有兩項特徵，一是國家基礎權力的強化，另一則是國家尋求與社會部門合作的能力，近年來隨著內外情勢的變化，中共所提出的「社會管理創新」則是沿此方向前進，然而在實際運作上將遭遇不少困境，本文也將針對此進行評析。

關鍵詞：國家能力、基礎權力、公私協力、社會抗爭、社會管理創新

壹、前言

　　日前美國《時代》（*TIME*）雜誌宣布2012年的風雲人物為全球的抗議者（The Protester），《時代》雜誌指出，從「阿拉伯之春」到雅典，從「佔領華爾街」到莫斯科，各地的抗議者重塑了全球政治的面貌，並重新定義了人民力量。場景移往中國，中國大陸三十餘年來經濟改革的成果雖然驚人，但近年來的「社會抗爭」也同樣令人咋舌，不論在規模與頻率上均節節升高，因而在各地形成了官方「維穩」與民眾「維權」間相互較量的博弈。因此，讓我們好奇：中國改革開放迄今，其國家能力與社會穩定間的關係究竟為何？

一、湧動的社會抗爭

　　改革開放是一種綜合政治、經濟與社會運作機制發生一連串重大變化的巨型「社會變遷」，中國大陸傳統社會穩定的基礎受到撼動，其中如人民公社與單位體制的崩解、戶籍制度的鬆動、國有企業改革等，當然也包括全球化的衝擊，特別是加入世界貿易組織（WTO），其不僅造成國家社會關係的轉變，在此種制度轉換過程中，各種社會問題也層出不窮。除了貧富差距不斷擴大以及嚴重的貪污腐敗，還包括「三農」問題、農民工、土地徵收問題、「三難」（看病難、讀書難、就業難）與環保問題等不一而足。顯然於黨國控制、經濟轉型與社會變遷的三角關係中，在強勢的國家與市場的「夾殺」下，社會議題是受到排擠的。[1]

　　各種社會問題的擴大化與具體化，幾乎都集中在群體抗爭的出現，此亦是觀察一個國家社會穩定的最佳視角。就抗爭的性質而言，包括工人抗

---

[1] 王信賢，「傾斜的三角：當代中國社會問題與政策困境」，中國大陸研究，第51卷第3期（2008年9月），頁37-58。

爭、農民工維權、農民運動、消費者運動、環保抗爭、校園抗議、出租車司機抗議、城市「業主」維權運動、退伍軍人抗爭以及種族抗爭等。就規模而言，往往出現動輒數千甚至上萬人的抗爭，如重慶萬州的「挑夫事件」、安徽蚌埠萬名退休工人「集體散步」、河南鄭州市中牟縣「漢回衝突」、四川雅安市「漢源事件」、廣東「太石村事件」、「汕尾事件」、廈門「PX事件」、廣西「博白事件」、貴州「甕安事件」以及近年來國際社會頗為關注的「西藏三一四事件」、「新疆七五事件」或2011年底發生於廣東的「烏坎事件」等。

　　根據中共官方統計，從1993至2003年這十年間，群體性事件數量急遽上升，由1994年的一萬件增加到2003年的六萬件，成長六倍，年均成長17%，此外，參與群體性事件的人數年均成長12%，由七十三萬多人增加到307萬多人。2006年1月，中共國務院批轉「中央社會治安綜合治理委員會」、公安部〈關於二〇〇五年全國（內地）城鎮、鄉村群體遊行、集會情況匯總報告〉指出，2005年未經批准的群體遊行、示威、集會活動九萬六千多件，超過820萬人次參加，平均一天發生高達263件集體抗爭事件。[2]可是，耐人尋味的是，近年來未見中共當局公布相關數字。[3]

二、理論對話與文獻檢閱

　　就定義而言，社會運動與抗爭是一種有組織的政治活動形式，由那些缺乏影響力或弱勢者所發動，其往往是在沒有「適當的政治管道」下所發生，[4]是一種體制外由下而上、有組織性的抗議與議價活動。根據Doug

---

[2]　台灣民主基金會編，2006年中國人權觀察報告（台北：台灣民主基金會，2007）。

[3]　根據北京清華大學社會系孫立平教授估計，2010年中國共發生十八萬起社會抗議事件。請參閱：「中國學者：2010年18萬起抗議事件，中國社會動盪加劇」，多維新聞網，http://china.dwnews.com/big5/news/2011-09-26/58160315.html。

[4]　Gary Marx and Douglas McAdam, *Collective Behavior and Social Movement: Process and Structure* (Englewood Cliffs, N.J.: Printice Hall, 1994), p. 93.

McAdam等人的說法，社會抗爭具有以下特性：(1)抗爭是偶然性的，相較於如選舉等有計畫、定期的政治活動；(2)抗爭是集體性的協作活動；(3)此類集體行動往往是違法的；(4)其為公共性的；(5)抗爭運動涉及政治性，政府常是集體行動訴求的對象或第三方。[5]在理論方面，就西方社會運動理論演進看來，大致可歸納為社會心理學與系統價值分析、資源動員理論（resources mobilization theory）與政治機會結構（political opportunity structure）等，按理論的演進，第一組理論強調的是社會運動的起源，第二組理論著重的是社會運動中「集體行動」如何產生，而第三套理論則是關注社會運動的政治過程。

　　由於社會穩定成為當前中國國家發展的重要課題，也引發不少研究者投身其中，[6]近年來中國大陸學者對社會抗爭的研究也逐漸增加，除原本既已深入研究農村與農民抗爭的于建嶸[7]與李連江[8]外，值得一提的是芝

---

[5] Doug McAdam, Sidney Tarrow and Charles Tilly, *Dynamics of Contention* (Cambridge: Cambridge University Press, 2001), pp.4-9.

[6] Elezabeth J. Perry and Mark Selden, *Chinese Society: Change, Conflict, and Resistance* (New York: Routledge, 2000). Elezabeth J. Perry, *Challenging the Mandate of Heaven: Social Protest and State Power in China* (Armonk, N.Y.: M.E. Sharpe, 2002).

[7] 于建嶸，「農民有組織抗爭及其政治風險：湖南省H縣調查」，戰略與管理，2003年第3期，http://www.usc.cuhk.edu.hk/wk.asp。于建嶸，「集體行動的原動力機制研究：基於H縣農民維權抗爭的考察」，學海，2006年第2期，頁26-32。于建嶸，「利益博弈與抗爭性政治：當代中國社會衝突的政治社會學理解」，中國農業大學學報（社會科學版），2009年第1期，頁16-21。于建嶸，底層立場（上海：上海三聯書店，2011）。于建嶸，抗爭性政治：中國政治社會學基本問題（北京：人民出版社，2010）。

[8] 李連江，「中國農民的國家觀與依法抗爭」，收錄於張茂桂、鄭永年主編，兩岸社會運動分析（台北：新自然主義，2003），頁281-298。Kevin O'Brien and Lianjiang Li, *Rightful Resistance in Rural China* (New York: Cambridge University Press, 2006). Lianjiang Li and Kevin O'Brien, "Protest Leadership in Rural China," *The China Quarterly*, No.193 (March 2008), pp.1-23. Kevin O'Brien and Lianjiang Li, "Popular Contention and Its Impact in Rural China," *Comparative Political Studies*, Vol.38, No.3 (April 2005), pp.235-259.

加哥大學社會系趙鼎新教授，[9] 近年來於大陸各重點大學客座與發表的成果，均造成學界研究的風潮。此外，中、新生代的學者，如應星於移民議題以及提出極具中國特色的概念「氣」、[10] 馮仕政於組織內部抗爭、單位分割以及環境抗爭等，[11] 謝岳於抗議政治與民主轉型、[12] 黃榮貴與桂勇等於社區議題與網路動員、[13] 黃冬婭論及社會抗爭中的國家因素、[14] 周志家以「PX事件」為例說明中國的環境運動等。[15] 上述研究均具極佳的問題意識與研究成果，然而，部分研究過於著重於理論的辯析，有些專注在特定領域的抗爭，有些則是過於強調個案。

[9] 趙鼎新，「西方社會運動與革命理論發展之述評：站在中國的角度思考」，社會學研究，2005年第1期，頁168-209。趙鼎新，社會與政治運動講義（北京：社會科學文獻出版社，2006）。趙鼎新，社會運動與革命：理論更新與中國經驗（台北：巨流圖書公司，2007）。

[10] 應星，大河移民上訪的故事（北京：三聯書店，2001）。應星，「草根動員與農民群體利益的表達機制：四個個案的比較研究」，社會學研究，2007年第2期，頁1-23。應星，「『氣』與中國鄉村集體行動的在生產」，開放時代，2007年第6期，頁106-120。應星，「氣」與抗爭政治：當代中國鄉村社會穩定問題研究（北京：社會科學文獻出版社，2011）。

[11] 馮仕政，「西方社會運動研究：現狀與範式」，國外社會科學，2003年第5期，頁66-70。馮仕政，「『大力支持，積極參與』：組織內部集體抗爭中的高風險人群」，學海，2007年第5期，頁40-50。馮仕政，「沉默的大多數：差序格局與環境抗爭」，中國人民大學學報，2007年第1期，頁122-132。馮仕政，「單位分割與集體抗爭」，收錄於中國社會科學院社會學所編，中國社會學，第6卷，（上海：上海人民出版社，2008），頁231-268。

[12] 謝岳，「集體行動理論化系譜」，上海交通大學學報（哲學社會科學版），2009年第3期，頁13-20。謝岳，社會抗爭與民主轉型：20世紀70年代以來的威權主義政治（上海：上海人民出版社，2009）。

[13] 黃榮貴、桂勇，「互聯網與業主集體抗爭：一項基於定性比較分析方法的研究」，社會學研究，2009年第5期，頁29-56。黃榮貴，「互聯網與抗爭行動：理論模型、中國經驗及研究進展」，社會，第30卷（2010年第2期），頁179-197。

[14] 黃冬婭，「國家如何塑造抗爭政治：關於社會抗爭中國家角色的研究評述」，社會學研究，2011年第2期，頁217-242。

[15] 周志家，「環境保護、群體壓力還是利益波及？廈門居民PX環境運動參與行為的動機分析」，社會，第31卷（2011年第1期），頁1-34。

三、問題的提出

　　整體而言，西方社會運動理論與現有關於中國社會抗爭的研究存在兩方面的問題，一方面，過多關注「社會」而少關注「國家」，目前研究都將焦點集中於社會抗爭的起源與動員過程，較少針對國家的「反應」，[16]部分研究多關注國家對鎮壓機器的使用；[17]另一方面，則是缺乏對當前中國大陸社會抗爭整理出有系統的特徵與趨勢。究其原因，不外乎缺乏足夠分析的資料，也因此，本研究將透過大量的資料，嘗試描繪出當前中國大陸社會抗爭的圖像。

　　因此，本文的問題意識是，當前中國大陸社會抗爭的圖像究竟為何？而面對此些具有偶然性、集體性、非法性、公共性與政治性的由下而上「社會力」（social forces），國家的反應為何？隨著政經轉型與社會變遷，國家能力（state capacity）如何調整？換言之，文章環繞著「國家－社會」關係（state-society relationship）的變化所展開。針對此，本文首先對當前社會運動理論與中國經驗進行對話，並透過公開媒體的資料蒐集，從2007至2011年共計1117筆關於社會抗爭的資料，從中歸納出社會抗爭的特徵，再者，針對當前「國家回應」進行評析，特別是近年來中共中央不斷強調的「社會管理創新」，最後則是從中說明當前中國大陸社會力湧現與國家能力自我調整間的關係。

---

[16] Yongshun Cai, *Collective Resistance in China: Why Popular Protests Succeed or Fail* (Stanford: Stanford University Press, 2010).

[17] Yongshun Cai, "Local Governments and the Suppression of Popular Resistance in China," *The China Quarterly,* No. 193 (2008), pp. 24-42. Teresa Wright, "State Repression and Student Protest in Contemporary China," *The China Quarterly,* No.157 (1999), pp 142-172.

貳、社會抗爭與國家回應：理論對話與中國經驗

　　同前述，社會運動與革命理論的研究對當前中國具有極其重要的意義，相較於許多發展中國家以及後社會主義國家，其在短短二、三十年內進行市場轉型，也帶動巨大的社會變遷，更出現頻繁的社會抗議事件不斷挑戰政府，然而，黨國體制卻仍未見鬆動。也因此，不少學者嘗試從西方社會運動的相關理論尋找靈感，以便解釋當前中國社會抗爭現象，進而反省西方理論的侷限。[18] 以下將針對西方社會運動理論以及本文觀點進行分析。

一、西方社會運動理論

　　當代的社會科學革命理論繁多，至少包括馬克思主義、聚眾心理理論（aggregate-psychological theories）、系統價值共識理論（systems/value consensus theories）與政治衝突理論（political-conflict theories）等。[19] 若按其理論演進可區分如下：

（一）社會心理學與系統價值分析

　　1950、1960年代，社會心理學取向的研究佔革命理論的主導地位，強調社會運動是源於各種異常的心理狀態，如不滿、疏離感、挫折感與認知不協調等。Gurr在《人為什麼造反》（*Why Men Rebel*）[20] 一書中，提出

---

[18] 趙鼎新，「西方社會運動與革命理論發展之述評：站在中國的角度思考」，社會學研究，2005年第1期，頁168-209。

[19] Theda Skocpol, *States and Social Revolutions: A Comparative Analysis of France, Russia, and China* (Cambridge, New York: Cambridge University Press, 1979), pp.3-43. Andrew Walder, "Political Sociology and Social Movements," *Annual Review of Sociology,* Vol.35 (2009), pp.393-412.

[20] Ted Robert Gurr, *Why Men Rebel* (New Jersey: Princeton University Press, 1970).

「相對剝奪感」的概念，其強調當人們覺得自己有資格獲得有價值的東西與機會，卻和實際發生差距時，人們就會變得義憤填膺。此外，Johnson在《革命性變遷》（*Revolutionary Change*）[21] 一書中主張，革命是產生於社會不均衡狀態，即價值體系與分工體系不協調，社會成員便迷失方向投向革命所提倡的新價值觀。然而，關於社會運動的起源，不論是Gurr所強調的「相對剝奪感」或是Johnson所主張的「系統失衡」，皆缺乏明確的操作型定義，且充其量也只能說明革命運動發生的前提或背景。據此，「資源動員理論」因而出現。

（二）資源動員理論

與前述社會心理所主張的最大差異在於，資源動員論假設社會不滿一直都存在，且這種不滿足以支持任何草根抗議的形成，但社會運動卻非經常發生。就此而言，運動之所以發生，不能化約為心理狀態的表現，與其說是不滿與悲慘所造成，不如說是此些問題經過有效組織運作，掌握某些社會菁英分子的權力與資源所形成。Charles Tilly就是此種觀點的代表者，Tilly在《從動員到革命》（*From Mobilization to Revolution*）[22] 一書中，明顯受到Mancur Olson《集體行動邏輯》（The Logic of Collective Action）[23] 的影響，其強調不論一群人如何可能憤恨不平，只要沒有資源與組織，就不能產生政治行動。因此，革命的分析對象應該是「集體行動」（collective action）。

（三）政治機會結構

相對於社會心理狀態以及資源動員的強調，晚進研究者強調的，則是

---

[21] Chalmers Johnson, *Revolutionary Change* (Boston : Little, Brown, 1966).

[22] Charles Tilly, *From Mobilization to Revolution* (Reading, Mass.: Addison-Wesley, 1978).

[23] Mancur Olson, *The Logic of Collective Action: Public Goods and the Theory of Groups* (Cambridge: Harvard University Press, 1971).

社會運動與政治體制的關聯性。按此，社會運動的圖像將具有以下特點，首先，在起源上，社會運動是來自於既有權力關係的不對稱，迫使某些被邊緣化群體採取體制外的抗爭活動；其次，在過程上，社會運動是持續與制度化的權力擁有者進行互動，透過施壓、討價還價、聯盟、對抗等形式，爭取群體利益；最後，就結果而言，社會運動是否能夠實現其目標，是受制於一連串政治條件的組合，並不一定只涉及了社會運動本身的實力。在此類研究作品中，一個經常使用的概念即是「政治機會結構」（political opportunity structure）。

根據此，分析社會運動的核心要素包括：(1)政治管道的存在；(2)菁英體制的穩定性；(3)政治聯盟者的存在；(4)國家鎮壓能力與傾向。[24] 因此，就行為者的角度而言，政府必當是社會運動的一方，由於現在國家組織形態的出現，在政治權力與資源高度集中的狀況下，社會衝突的軸線總是涉及政府權力的實行與不實行。[25] 換言之，社會運動就是一種政治過程，抗爭就是政治議題。[26]

按理論的演進，第一組理論強調的是社會運動的起源，第二組理論著重的是社會運動中「集體行動」如何產生，而第三套理論則是關注社會運動的政治過程。本文認為，研究中國大陸的社會抗爭，怨恨（grievance）或相對剝奪感（relative deprivation）當然無法忽略。然而，多數研究指出，造成當前中國社會不平等與相對剝奪感的成因中，集體、結構因素

[24] Jeff Goodwin and James M. Jasper, "Caught in a Winding, Snarling Vine: The Structural Bias of Political Process Theory," *Sociological Forum,* Vol. 14, No. 1 (March 1999), pp. 27-54；何明修，社會運動概論（台北：三民書局，2005），頁115-148。

[25] Doug McAdam, Sidney Tarrow, and Charles Tilly, *Dynamics of Contention* (Cambridge: Cambridge University Press, 2001), p.5.

[26] David S. Meyer, "Protest and Political Opportunities," *Annual Review of Sociology,* Vol.30 (2004), pp.125-145. Charles Tilly and Sidney Tarrow, *Contentious Politics* (Boulder, Colo.: Paradigm Publishers, 2007).

（如城鄉、戶籍與單位制等）大於個人因素（如教育程度、才能等），[27]
換言之，國家政策大於市場作用。

　　此外，威權國家對於社會抗議的排斥與壓制，以及國家對各種政策、
社會資源的壟斷，導致其往往成為各種社會抗議的對象，「國家」在社會
抗爭動員過程中的角色絕對無法忽略。在理論研究的趨勢方面，相較於社
會學者對相對剝奪感以及資源動員的強調，在晚進的研究中，政治學者的
投入有越來越多的跡象，在社會抗爭中，關於「國家回應」，特別是國家
鎮壓機器的研究也越加受到重視。[28] 就此看來，研究中國社會抗爭有必要
回到國家的權力與角色探討。

二、政權性質與國家能力

　　1970年代末、1980年代初，社會科學界針對行為科學研究進行一場方
法論的省思，其中最突出的即是Theda Skocpol等人認為，許多研究都將
關注的焦點集中於社會部門，而忽略對國家角色的探討。而隨著此種方法
論省思的開啟，一種「以社會為中心」（society-center）轉向「以國家為
中心」（state-center）的典範開始進行，也因而帶動了「國家－社會」關
係的研究風潮，而此即是「將國家帶回」（Bringing the State Back In）的

---

[27] 謝宇，「認識中國的不平等」，社會，第30卷（2010年第3期），頁1-25。林宗弘、吳曉
剛，「中國的制度變遷、階級結構轉型和收入不平等：1978-2005」，社會，第30卷（2010
年第6期），頁1-40。李漢林、魏欽恭、張彥，「社會變遷過程中的結構緊張」，中國社會
科學，2010年第2期，頁121-143。亦有持相反觀點者，如懷默霆（Martin K. Whyte），請參
閱：懷默霆，「中國民眾如何看待當前的社會不平等」，社會學研究，2009年第1期，頁96-
120。

[28] Will H. Moore, "The Repression of Dissent: A Substitution Model of Government Coercion," *The
Journal of Conflict Resolution,* Vol. 44, No. 1 (February 2000), pp. 107-127.

[29] 參閱Theda Skocpol, "Bringing the State Back In: Strategies of Analysis in Current," in Peter
Evans and Theda Skocpol eds., *Bringing the State Back In* (NY: Cambridge University Press,
1985), pp.3-37。

呼籲。[29] 而就中國研究看來，由於國家過度介入經濟運作與社會生活，因此，「國家研究」（state studies）一直處於主流地位。[30]

（一）國家能力的探討

按照Skocpol的看法，國家研究有兩個主要的觀察點，一是「國家自主性」（state autonomy），另一則是國家能力。然而，「國家自主性」的存在必須具備兩個條件：第一，只有在國家確實能夠提出獨立的目標時，才有必要將國家視為一個重要的行為主體；第二，必須進一步思考的就是，當國家確立自身的目標時，是否具備「能力」去執行，尤其是面對強大的社會集團現實或潛在的反對時。[31]

根據Joel Migdal的看法，國家職能可區分為決定性的穿透社會（penetrate society）、管制社會關係（regulate social relationships）、汲取資源（extract resources）以及分配處置資源（appropriate resources）。[32] 而Michael Mann則是將國家權力區分為「專制權力」（despotic power）與「基礎權力」（infrastructural power），前者指的是一種分配力量，國家執政者可不經由社會的同意而遂行其意志，後者指的是國家貫穿、滲透社會的力量，其透過組織的建構與政策制定去協調人民的生活，而現代國家的特徵即是「基礎能力」的增強，在對社會的滲透、影響社會生活的能力增強後，能使人民對民族國家的認同越強；而除了基礎建設外，國家亦介入經濟發展、社會福利以及人民生活，政策可滲透到領土的角落，擴張對

---

[30] 詳見王信賢，「西方『中國研究』之新制度典範分析」，中國大陸研究，第43卷第8期（2000年8月），頁23-46。

[31] Theda Skocpol, "Bringing the State Back In: Strategies of Analysis in Current," in Peter Evans and Theda Skocpol eds., *Bringing the State Back In* (NY: Cambridge University Press, 1985), p.9.

[32] Joel Migdal, *Strong Society and Weak State: State-Society Relations and State Capacities in the Third World* (New Jersey: Princeton University Press, 1988), p.4.

社會的介入。[33] 因此，從國家社會關係的角度觀之，現代國家的強弱取決於兩個特徵：

1. 強化基礎權力

Mann從歷史社會學的角度指出，十九世紀以來，隨著工業社會的成熟、階級妥協的制度化，和社會對公民權的要求，社會生活逐漸被地域性地整合和侷限，國家也逐漸成形為民族國家，與此同時顯示出的是國家的基礎權力不斷強化，其表現在直接稅汲取的成長、教育年限的提高、醫療保健服務的提供等，而群眾性政黨與志願組織的發展也體現出現代國家所擁有的基礎權力。[34] Hillel Soifer則指出國家基礎結構權力具有三種研究途徑：一是國家的能力，其注重的是「強度」，強調國家透過資源配置以對社會與領土進行控制；二是國家的影響，注重的是「深度」，相較於前述國家配置資源的權力，其更關心國家對其他行為者的約束與建構作用，強調國家對社會的影響，而此影響必須是國家有意圖的結果；三是次級國家的變異，注重的是「廣度」，強調國家權力的灌輸與運作並非均勻的，其滲透到各地會有所差異。[35] 就此看來，當代國家能力的強化非鎮壓力量的加大，而是取決於國家對社會的政策滲透所代表的基礎權力。

2. 與社會部門保持協作關係

延續前述的邏輯，「強國家」除了國家對社會的政策滲透與福利供給外，還有一個重要的指標是與社會部門合作與協作的能力。Peter Evans在其《鑲嵌自主性》（*Embedded Autonomy*）一書中，探討國家角色與產業

---

[33] 參見Michael Mann, *The Sources of Social Power: The Rise of Classes and Nation-states, 1760-1914* (New York: Cambridge University Press, 1993), pp.54-63.

[34] Michael Mann, "Infrastructural Power Revisited," *Studies in Comparative International Development (SCID),* Vol. 43, No. 3-4 (2008), pp.355-365.

[35] Hillel Soifer, "State Infrastructural Power: Approaches to Conceptualization and Measurement," *Studies in Comparative International Development (SCID),* Vol. 43, No. 3-4 (2008), pp.231-251.

轉型的關係，其強調國家不僅應具有相對於社會的「自主性」，也應保有與社會部門鑲嵌的能力。[36]而Linda Weiss與John Hobson則是承襲了Mann的「基礎權力」與權力網絡的概念，其認為國家能力除了制訂政策的權威外，還包含與組織團體的協調，其稱之為「治理性互賴」（governed interdependence），國家與社會菁英間的合作，不僅未削弱國家的權力，反而使得國家促進產業轉型的自主性與能力獲得強化。[37]這也是為何新公共管理學派一再強調「公私協力夥伴關係」（public-private partnerships, PPPs）的重要性，其主張公私部門間不再是傳統的層級關係，也不應是單純由效率機制所引導的市場關係，而是一種協力的網絡關係，其間不只是互動，也是一種「連結」（linkage）。[38]

就此而言，在國家能力的研究中，國家基礎建設能力的重要性遠遠超過傳統的強制性能力，而其強度係由國家在社會中的鑲嵌程度而非「物質能力」來檢測。基於此，我們將探討當前中國國家能力的變化與調適。

（二）中國國家能力的變化

在傳統極權主義（totalitarianism）的典範下，研究者將黨國機器視為一個有機的整體，組織內部高度整合，利益一致，且上下級之間存在著命令與服從的關係，換言之，國家形成政治、經濟與意識形態三位一體的結

---

[36] Peter Evans, *Embedded Autonomy: States and Industrial Transformation* (N.J.: Princeton University Press, 1995).

[37] Linda Weiss, *The Myth of the Powerless State: Governing the Economy in a Global Era* (UK: Polity Press, 1998), pp.1-40. Linda Weiss and John Hobson, *State and Economic Development: A Comparative Historical Analysis* (Cambridge: Polity Press, 1995).

[38] Jon Pierre ed., *Partnerships in Urban Governance: European and American Experiences* (Basingstoke, Hampshire: Macmillan Press, 1997). Chris Huxham ed., *Creating Collaborative Advantage* (London: Sage Publications, 1996). D. Grimshaw, S. Vincent, and H. Willmott, "Going Privately: Partnership and Outsourcing in UK Public Services," *Public Administration,* Vol.80, No.3 (2002), pp. 475-502.

構，其所暗示的是國家穿透社會的能力無遠弗屆。[39] 在改革開放近三十年的今天，國家不再獨斷所有生產資料，農業的非集體化、地方政府企業的興起，以及相應的私營和外資企業的發展，有效地瓦解了國家獨斷的根基；新的所有制形式興起意味著國家對就業機會的控制被削弱；此外，黨組織也不再像毛澤東時代，要求其成員保持高度的忠誠和嚴格的紀律，國家不再尋求以激進的方式改造社會，而是承擔維持社會秩序和促進經濟發展的職責。

因此，在新的研究典範下，中國已不具備極權主義的典型，侍從主義[40]、宗族力量[41]以及地方利益的複雜結構，[42]均使國家向社會的滲透受到阻絕。Elezabeth Perry甚至從中國歷史的角度觀察，認為當前中國的社會抗爭是一種由下而上「挑戰天命」（Challenging the Mandate of Heaven）

---

[39] 極權主義的典型包括：(1)有一官定意識形態；(2)由一魅力型領袖所領導的群眾性政黨；(3)恐怖的秘密警察控制；(4)國家壟斷所有的大眾媒體；(5)黨國對軍隊的掌控；(6)中央指令性經濟。參見Carl Fitzgerald and Zbigniew K. Brzezinski, *Totalitarian Dictatorship and Autocracy* (New York: Praeger, 1963)。

[40] Andrew Walder, *Communist Neo-Traditionalism: Work and Authority in Chinese Industry* (Berkeley: University of California Press, 1986). Jean C. Oi, *State and Peasant in Contemporary China: The Political Economy of Village Government* (California: University of California Press,1989), pp.1-12.

[41] Lin Nan and Chih-jou Jay Chen, "Local Elites as Officials and Owners: Shareholding and Property Rights in Daqiuzhuang," in Jean Oi and Andrew Walder eds., *Property Rights and Economic Reform in China* (Stanford: Stanford University Press, 1999), pp.301-354.

[42] Andrew Walder, "Local Governments as Industrial Firms: An Organizational Analysis of China's Transitional Economy," *The American Journal of Sociology,* Vol.101, No.2 (September 1995), pp.263-301. Andrew Walder ed., *Zouping in Transition: The Process of Reform in Rural North China* (Cambridge: Harvard University Press, 1998). Jean Oi, *Rural China Takes Off* (California: University of California Press, 1999). David Wank, *Commodifying Communism: Business, Trust, and Politics in a Chinese City* (Cambridge: Cambridge University Press,1999), pp.23-40.

的行動，而其確實在政權合法性上扮演不尋常的角色。[43] Harley Balzer 則認為，隨著社會價值的變遷，傳統的「天命」意識已由財富慾望所取代。[44] 因此，Tony Saich主張，相對於社會部門，中國大陸的國家角色發生了巨大的變遷，已從自主型國家（autonomous state）轉變成協商型國家（negotiated state）。[45]

　　然而如前所述，隨著改革開放的發展與深化，雖已不是「極權主義」模式可以完全解釋，但依然維持著「威權政體」（authoritarian regime），或呈現出「後共產／後極權政體」（post-communist/post-totalitarian regime）的特徵，[46] 有學者稱之為「退化的極權主義」，[47] 或是「間歇性的極權主義」（sporadic totalitarianism），[48] 換言之，社會部門雖具相對自主性，但依然由國家所駕馭。[49] 且就全球角度觀之，過去二十多年來，各種私有化（privatization）、分權化（decentralization）、去壟

---

[43] Elizabeth J. Perry, *Challenging the Mandate of Heaven: Social Protest and State Power in China* (Armonk, N.Y.: M.E. Sharpe, 2002).

[44] Harley Balzer, "State and Society in Transitions from Communism: China in a Comparative Perspective," in Peter Hays Gries and Stanley Rosen eds., *State and Society in 21st-century China: Crisis, Contention, and Legitimation* (New York: Routledge Curzon, 2004), pp.235-256.

[45] Tony Saich, "Negotiating the State: The Development of Social Organizations in China," *The China Quarterly,* No.161 (March 2001), pp.124-141. Tony Saich, *Governance and Politics of China* (New York: Palgrave Macmillan, 2004), pp.213-232.

[46] Juan Linz and Alfred Stepan, *Problems of Democratic Transition and Democratic Consolidation: Southern Europe, South America, and Post Communist Europe* (Baltimore and London: The Johns Hopkins University Press, 1996). Juan Linz, *Totalitarian and Authoritarian Regimes* (Boulder, Colo.: Lynne Rienner Publishers, 2000).

[47] 林佳龍主編，未來中國：退化的極權主義（台北：時報文化出版公司，2003）。

[48] Yia-Ling Liu, "The Reform from Below: The Private Economy and Local Politics in Rural Industrialization of Wenzhou," *The China Quarterly,* No.130 (June 1992), pp.293-316.

[49] B. Michael Frolic, "State-led Civil Society," in Timothy Brook and B. Michael Frolic eds., *Civil Society in China* (Armonk, N.Y.: M.E. Sharpe, 1997), pp.46-67.

斷化、去管制化以及各種「外包」制度的盛行，在各種治理發展議題中，市場、非政府組織與社會網絡成為與國家並立的力量，但儘管如此，國家依然是各種政策的主導者，而官僚的「國家性」（stateness）是無庸置疑的。[50] 就此觀察中國大陸，由於黨國體制依然強大，雖然目前已出現各種社會部門與組織，但國家確實仍有無可取代的宰制地位，也因此仍必須嚴肅看待國家的影響力。[51]

我們認為，當前中國國家角色面對客觀環境的轉變，其正在調適國家能力，一方面強化基礎權力，避免過度依賴專制權力，另一方面也多處尋求與社會部門形成協作關係。這種趨勢從近年來中共中央所提出的政策，包括「和諧社會」、「科學發展觀」、「以人為本」、「加強黨的執政能力」以及「加強與創新社會管理」等，可看出端倪。然而，在政策的制訂與實踐上仍存在著困境，此困境來自「國家」本身。

中國政府不是一個完整的實體，而是由許多擁有不同程度自主權的機構所組成，是一種「分立結構」，科層機構在功能上相互分割，出現高度的府際（intergovernmental）與部際（interagency）利益衝突，此種現象在改革開放後更加明顯，中國改革不僅使得經濟社會發生巨大變遷，國家能力與權力結構亦在「條塊切割」下發生重大改變，透過利益網絡，幹部成為資本菁英，而官僚部門則成為名副其實的「獨立王國」。[52] 正是這種

---

[50] Oscar Oszlak, "State Bureaucracy: Politics and Policies," in Thomas Janoski, Robert Alford, Alexander Hicks, and Mildred Schwarts eds., *The Handbook of Political Sociology: States, Civil Societies, and Globalization* (New York: Cambridge University Press, 2005), pp. 482-505.

[51] Eric Nordlinger, "Taking the State Seriously," in Myron Weiner and Samuel Hungtington eds., *Understanding Political Development* (Boston: Little, Brown and Company, 1987), pp.353-390.

[52] Richard Baum and Alexei Shevchenko, "The 'State of the State'," in Merle Goldman and Roderick MacFarquhar eds., *The Paradox of China's Post-Mao Reforms* (Cambridge: Harvard University Press, 1999), pp.333-360.

「分裂式的威權主義」（fragmented authoritarianism），[53]導致中國國家與社會關係中正式制度的規範與實際運作間存在巨大落差，也使得國家基礎能力難以強化與施展。以下將以當前中國社會抗爭與國家的回應，特別是「社會管理創新」為例說明之。

參、中國大陸社會抗爭分析

　　本研究的社會抗爭資料來自於作者對公開媒體資料的蒐集，資料來源為各大新聞網站，包括聯合新聞網、中國電子報、《自由時報》、《人民日報》、《文匯報》、《南方周末報》、BBC中文網、《聯合早報》、《星島日報》、自由亞洲電台、博訊新聞網、僑報網、網易、阿波羅新聞子站、鳳凰網、苦勞網、大紀元網站以及新唐人電視台等。[54]在此必須說明的是，在無法取得「權威資料」的情況下，此種透過媒體報導的分析雖有偏差，但本研究透過交叉比對，進一步找出相對合適的資料。而這也是從事「中國研究」所受到的相關限制下，較為安全且相對完整的做法。

　　在資料庫的建構方面，主要以事件為單位，記錄抗爭事件報導的時間、地點、抗爭性質、抗爭事由、規模、抗議對象、動員方式、抗爭是否為暴力手段、解決方式，以及有無國外勢力介入等。若各新聞網站對單一事件報導有所出入，以重複比對之方式比較各新聞網站提供之數據及事由，採用重複次數最多的資料；若各資料來源說法不一，則採用所提供最

---

[53] Kenneth Lieberthal, "Introduction: The 'Fragmented Authoritarianism' Model and Its Limitations," in Kenneth Lieberthal and Michel Oksengerg eds., *Policy Making in China: Leaders, Structures, and Processes* (N. J.: Princeton University Press, 1988), pp.1-30. Andrew C. Mertha, "'Fragmented Authoritarianism 2.0': Political Pluralization in the Chinese Policy Process," *The China Quarterly*, No. 200 (December 2009), pp. 995-1012.

[54] 大紀元網站與新唐人電視台由於具特定立場，故其刊載的訊息均會多方比對資料的可靠性。

低之數據，若部分項目遺漏則不予記錄。此部分的敘述統計分析所呈現的
是2007至2011年，共計1117筆資料。以下將按國家社會關係（state-society
relationship）的框架，簡單區分為社會抗爭的總體現象、抗爭主體與動員
機制以及國家反應等，進行說明。

一、社會抗爭總體現象

　　首先，在抗爭規模方面，出現千人以上佔總抗爭規模的35.6%（見表
一），萬人規模以上的個案佔4.9%，其中幾件包含「城管」執法不當、
地方政府拆遷以及環保抗爭所造成的衝突等，深究其中，多屬關於執法與
民眾產生衝突的「突發事件」，而未見具組織性的抗爭。此部分以下將繼
續論述。

表一：抗爭規模

抗爭規模	比例（%）
100以下	17.6
100-1000	46.9
1000-10000	30.8
10000以上	4.7

　　其次，在抗爭地點方面，在本研究所蒐集的資料中，前十名的省市分
別是廣東省、北京市、四川省、湖北省、浙江省、上海市、湖南省、江蘇
省、廣西壯族自治區與山東省等（見表二）。廣東省位居第一，除了因接
近香港與媒體（如南方報系）較為發達，導致訊息較易被披露外，其多為
勞力密集的加工產業，導致較多的勞資糾紛也是主因；北京則是因為首
都，其他省份上訪民眾於京城集體上訪發生衝突所致。其他可看出，抗爭
發生地點多以沿海經濟較發達省份，以及中部地區的工業大省為主。就此

而言，經濟快速發展導致社會變遷是高頻率抗爭發生的主因。

表二：抗爭發生地點

排序	抗爭地點	次數	比例（％）
1	廣東省	214	19.2
2	北京市	123	11.0
3	四川省	96	8.6
4	湖北省	83	7.4
5	浙江省	54	4.8
6	上海市	53	4.7
7	湖南省	46	4.1
8	江蘇省	36	3.2
9	廣西壯族自治區	36	3.2
10	山東省	34	3.1

　　而在抗爭區域方面，大多數的抗爭發生於城市，高達66.2％，僅有28.9％的抗爭發生於農村，比例偏低，我們認為主要的原因是本文資料蒐集的限制所致，農村抗爭的訊息由於地方政府的封鎖，多半無法見諸報端，導致資料上的偏差。此外，囿於當前中國政治制度的因素，多數農村民眾的不滿無法在當地或鄉鎮獲得解決，因而越級上訪，進而在城市造成衝突，本研究另再分類「農村轉城市」的資料，此部分佔總體資料的4.9％（見表三）。

表三：抗爭發生區域（城鄉）

區域	比例（％）
農村	28.9
城市	66.2
農村轉城市	4.9

二、抗爭主體與動員機制

　　從抗爭的事由看來，工人抗爭在本研究所蒐集的資料比例中佔最高（24.4%），農民抗爭（包括暴力拆遷、土地補償問題）則佔21.7%，這兩部分即佔了近一半（46.1%）。而在城市業主、白領、商戶、退伍軍人、教師、學生等屬中產階級不滿的則佔17.1%。群眾抗爭來自於地方政府執法不當（含城管打人）者也佔了9.1%，而屬環境污染與居住安全等議題近年來則是逐步攀高（見表四）。

表四：抗爭事由

事由	比例（％）
政府執法（行為）失當（含城管打人）	9.1
城市業主、白領、商戶、退伍軍人、教師、學生等不滿	17.1
工人抗爭（農民工維權、出租車司機）	24.4
農民運動（暴力拆遷、土地補償問題）	21.7
突發事件（短期）、衝突、車禍	2.8
環境污染、居住安全	5.6
種族抗爭、仇外	2.2
自由民主人權（含司法公正）	4.6
其他特殊事件（有針對性或長期）、無法歸類者	12.5

　　總體而言，就抗爭主體看來，屬於「中上階層」的中產階級與個體戶或商戶等的抗爭僅佔13.5%，多數仍為農、工等勞動階層，顯見當前中國大陸中上階層參與社會抗爭的仍少（見表五），此與現代化理論者的期待可能有所差距。[55] 而與此類似的是，從抗爭的訴求來看，多屬與溫飽、

---

[55] 就理論而言，西方學界自亞當・斯密（Adam Smith）以降，尤其是李普賽（Seymour Lipset）1959年的研究問世後，經濟發展與政治民主之間的關係即成為社會科學界關注的焦點，其

生存權有關的「物質主義」（materialism），佔整體資料的90.5%，而環境主義、女權、和平與民權運動等維護社會正義的「後物質主義」（post materialism）傾向之「新社會運動」僅佔9.5%（見表六）。[56]

表五：抗爭主體（階層）

抗爭階層	比例（%）
中上階層	13.5
中下階層	86.5

表六：抗爭性質

抗爭性質	比例（%）
物質主義	90.5
後物質主義	9.5

在抗爭方式方面，本研究將之區分為「非暴力」、「非暴力轉暴力」以及「暴力」等，其中「非暴力」佔總體資料的68.5%。而因衝突、圍堵、恐怖攻擊、自焚等暴力抗爭為19.6%，值得注意的是，亦有11.9%為

認為經濟成長將會帶來社會結構的重組與社會價值的多元化，進而出現獨立而強大的中產階層，其對政治參與的提高將會帶來政治民主化，而此即是所謂現代化理論（modernization theory）的論述。相關論點可參閱Seymour Lipset, "Some Social Requisites of Democracy: Economic Development and Political Legitimacy," *American Political Science Review,* Vol. 53 (1959), pp.69-105; Barrington Moore, *Social Origins of Dictatorship and Democracy* (Boston: Beason, 1966); Samuel P. Huntington, *Political Order in Changing Societies* (New Haven: Yale University Press, 1968) ; Dietrich Rueschemeyer, Evelyne Huber Stephens, and John D. Stephens, *Capitalist Development and Democracy* (Chicago: University of Chicago Press, 1992)。

[56] Ronald Inglehart, *The Silent Revolution: Changing Values and Political Styles among Western Publics* (Princeton, N. J.: Princeton University Press, 1997).

示威遊行、下跪、絕食抗議、罷工、罷駛、罷課等「非暴力」訴求無法得到回應，進而採取暴力方式的為11.9%（見表七），顯見此種「非暴力轉暴力」的主要起源還是來自於地方政府的應對。

表七：抗爭方式

抗爭方式	比例（％）
非暴力	68.5
非暴力轉暴力	11.9
暴力	19.6

除此之外，前述「資源動員」理論告訴我們，運動之所以發生，不能化約為心理狀態的表現，與其說是不滿與悲慘所造成，不如說是此些問題經過有效組織動員；然而，按照所蒐集的資料，僅有1.2%出現「有組織的抗議動員」（見表八），[57] 就此看來，目前大陸社會抗爭多屬「突發事件」，目前官方與學界也在積極探討為何此些「非利害關係人」會被捲入。若再配合前述「非暴力轉暴力」，此即為何近年來中央要求各級幹部積極研讀〈突發事件應對法〉以及做好思想準備。值得一提的是，在所有抗爭中，有5.1%的抗爭動員是透過網路手機等資訊科技，而此部分的比例也有逐年攀升的趨勢。

---

[57] 此部分的數據可能有所偏差，目前抗爭的「組織性」仍低，但應不致僅有1.2%，此可能涉及兩原因：一是媒體報導的忽略，另一是一些抗爭的「組織性」刻意被隱蔽，因其涉及基層的「正式組織」，如村委會或老人會等。

表八：抗爭動員形式

抗爭動員形式	比例（％）
成立抗爭組織	1.2
使用網路手機	5.1

　　最後，我們看到抗爭對象的部分，本文分為行政部門、公檢法、國營企業或集體企業、非政府部門，以及從對非政府部門轉向政府等五大類。其中若將行政部門、公檢法、國營企業或集體企業，以及從對非政府部門轉向政府等皆歸為「公部門」，則抗爭對象為「公部門」的比例高達82.7％（見表九）。一般而言，在社會抗議運動中，出現極強的政治化色彩，其主要肇因於兩方面，一是威權政府對於社會運動的排斥與壓制，而作為「壓力型體制」下的地方政府更是如此，這使得抗爭對象極容易移轉至政府身上，另一則是涉及中國大陸地方政府的「發展主義」，此種以經濟成長為中心的發展模式，導致地方政府過度捲入經濟社會生活，也使得抗爭者有共同的取向。

表九：抗爭對象

抗爭對象		比例（％）	合計
政府部門	行政部門	52.1	82.7％
	公檢法軍	15.7	
	國營企業、集體企業	8.1	
	非政府轉政府	6.8	
非政府部門	非政府	17.1	17.3％
	國外政府、機構、單位	0.2	

三、國家反應

　　如前所述，Michael Mann將國家權力區分為「專制權力」與「基礎權力」，就前者而言，「武裝鬥爭」一直是中共政權所賴以維持其宰制力量的關鍵，不論是建政前與國民政府的內戰，抑或是建政後對社會部門的鎮壓，均是如此，也因此，包括軍隊、武警、公安、情治與司法系統等，在社會抗議運動中均扮演積極與關鍵的角色，在各類抗爭中，武警、公安等往往成為控制社會騷動的最有力手段。而在本研究所蒐集的資料中，政府鎮壓抗爭事件的比例為47.9%，這種高比例一方面來自地方政府「怕出事」導致「先鎮壓再說」的邏輯，另一方面則是來自體制本身的「一把手負責制」，「一把手」可調動所有行政區內的資源，且自由裁量權極大，導致「鎮壓」的決定缺乏制約。一般常見的方式為「警察強制驅散或拘留」、「透過黑社會介入」、「劫訪」、「暴力相對」或「秋後算帳」等。值得一提的是，在本研究所蒐集的資料中，僅有16.8%為政府介入協調成功，此外，有高達35.3%是政府漠視或無結果（表十）。

表十：國家反應

國家反應	比例（%）
鎮壓	47.9
協調	16.8
漠視或無結果	35.3

　　綜合表九與表十我們發現，抗爭群眾多針對政府（特別是地方政府），而政府的回應多是「鎮壓」、「漠視」或無結果，相對於抗爭民眾採取「非暴力」的比例（19.6%），政府顯然過於依賴鎮壓權力。從國家社會關係的角度而言，除了國家與抗爭者的互動外，國家部門至少還得區分中央政府與地方政府兩個層次。近年來，中央所提出的「和諧社會」、

「以人為本」與「科學發展觀」等政策，對地方政府而言，其被迫從「建設型政府」轉變成「服務型政府」，而對抗爭者而言，這是在政治「結構」未改變的狀況下所出現的政治「機會」。

如前所述，由於中國「壓力型體制」與地方發展主義的緣故，社會弱勢者的不同怨恨均會指向同一對象（地方政府），也為不同「框架」（framing）的聯合創造了機會，如土地、環保、官員貪腐、對上訪的輕蔑與鎮壓行動等。此即為何地方政府往往是抗爭的對象，且不論是「依法抗爭」或「以法抗爭」，所依恃的均是中央政府的政策與法令。[58]

而近來的諸多研究亦顯示，大陸民眾（不論城鎮或農村）對各級政府的信任存在一種明顯的「差序信任」，亦即從中央、省，一直到省以下的各級政府，信任程度逐步降低。[59] 在2008年的「中國調查」（China Survey）中，測量社會信任與政治信任的問題是：「請問您對以下這幾類人是『非常信任』、『比較信任』、『不太信任』，還是『非常不信任』？」該問題涉及「中央領導」、「省領導」和「縣／市領導」，其結果如表十一所示，亦呈現「差序政府信任」的狀況。

---

[58] 李連江，「中國農民的國家觀與依法抗爭」，收錄於張茂桂、鄭永年主編，兩岸社會運動分析（台北：月旦出版社，2003），頁281-298。于建嶸，「農民有組織抗爭及其政治風險」，戰略與管理，2003年第3期。應星，「草根動員與農民群體利益的表達機制：四個個案的比較研究」，社會學研究，2007年第2期，頁1-23。

[59] Tianjian Shi, "Cultural Values and Political Trust: A Comparison of the People's Republic of China and Taiwan," *Comparative Politics*, Vol. 33, No. 4 (July 2001), pp.401-419. Lianjiang Li, "Political Trust in Rural China," *Modern China*, Vol.30, No.2 (April 2004), pp.228-258；胡榮、胡康、溫瑩瑩，「社會資本、政府績效與城市居民對政府的信任」，社會學研究，2011年第1期，頁96-117。

表十一：對三級政府領導的信任度（％）

	中央領導	省領導	縣／市領導
非常信任	44.6	24.3	17.1
比較信任	40.5	51.9	50.0
不太信任	11.3	18.1	24.6
非常不信任	3.6	5.7	8.2

資料來源：李連江，「差序政府信任」，發表於大陸社會發展與穩定研討會，國立政治大學、財團法人資策會主辦，2011年4月16日於台北。

　　就此而言，一般民眾對地方政府的信任程度遠不如中央政府，「胡溫體制」所強調的「以人為本」、「和諧社會」，確實是正確的方向，但卻造成兩種「副作用」，一方面是開啟民眾抗爭的政治機會，提高老百姓的期望，也使得抗爭者預期政治氣氛寬鬆，打壓的可能性降低；另一方面，則是將地方政府妖魔化。中國大陸行政層級共分為中央、省、地、縣、鄉鎮與村等，過長的委託代理鏈（principle-agent chain），對中央而言代表著每一級政府都是一道「防火牆」，然而，對地方政府而言，層級越高的政府，「道德主義」越強，距離實際政策執行越遠。這也是為何多數底層抗爭只反地方不反中央，抑或是「依法抗爭」或「以法抗爭」。

　　就此看來，我們認為當前中國社會抗爭有以下特徵：相較於中國總人口數，抗爭規模不算太大，抗爭的議題與區域均受限於特定範圍，抗爭主體多是社會弱勢，抗爭因素多屬生存權，多採非暴力抗爭，抗爭對象多針對政府與缺少組織性反對等，且少有國際勢力介入，而國家的回應則是以「鎮壓」為主。然而，觀察中國社會穩定，除了社會部門的動態外，也必須了解國家內部「發生了什麼事」。我們認為當前中國社會抗爭國家權力依舊強大，但多是依賴鎮壓權力，維持基本的社會穩定。近年來我們也發現，中央政策朝向強化「基礎權力」前進，但從一些跡象也看得出來，國家能力的不足導致政策大打折扣，而削弱國家能力最力的不是來自社會，

而是來自國家本身。以下將就近年來所提出的「加強和創新社會管理」為例說明之。

肆、「社會管理創新」的提出與分析

關於「社會管理」，早在2004年6月的十六屆四中全會就提出要「加強社會建設和管理，推進社會管理體制創新」，而「完善社會管理」這一概念，則出自2007年黨的「十七大」報告，社會管理由此列入中國政治的最高議程。2010年底以來，中東北非的茉莉革命與阿拉伯之春的民主浪潮，亦從外部國際環境對中國造成壓力，使中共面臨內外考驗之局勢。而以往過於強調「壓制」或「被動反應」的社會控制必須有所調整，故「社會管理創新」政策浮上檯面。

一、「社會管理創新」的內涵

（一）「黨委領導、政府負責、社會協同、公眾參與」的社會管理格局

胡錦濤於2011年2月針對社會管理體系研討班談話，指出「扎實提高社會管理科學化水平，建構中國特色的管理體系」，反映在黨和政府主導的維護群眾權益機制、基層社會管理和服務體系、公共安全體系、社會組織管理、網絡管理等面向。[60] 延續此段談話，周永康主張要「適應經濟社會發展情勢，加強和創新社會管理」，建立社會分類發展、分類管理體制，主動依法維護群眾權益，努力把矛盾糾紛化解在萌芽狀態。[61] 2011年5月30日，中共中央政治局召開會議，「研究加強和創新社會管理問題」

---

[60] 胡錦濤，「扎扎實實提高社會管理科學化水準　建設中國特色社會主義社會管理體系」，人民網，http://politics.people.com.cn/GB/1024/13959222.html。

[61] 周永康，「適應經濟社會發展新形勢　加強和創新社會管理」，人民網，http://politics.people.com.cn/GB/1024/13961277.html。

成為主要討論議題，胡錦濤提及「當前我國既處於發展的重要戰略機遇期，又處於社會矛盾凸顯期，社會管理任務更為艱巨繁重」。[62]「七一講話」則提及「要加強和創新社會管理，完善黨委領導、政府負責、社會協同、公眾參與的社會管理格局」。同年7月5日，中共黨中央、國務院印發〈關於加強和創新社會管理的意見〉，進一步確立加強和創新社會管理的指導思想、基本原則、目標任務和主要措施。在中央的指示下，2011年以來各地陸續的社會管理創新試點，因此被稱作中國的「社會管理創新元年」。[63]

（二）加大培育社會組織的力度

根據民政部的資料顯示，截至2011年年底，中國社會組織數量超過45萬個，其中社會團體25.3萬個，民辦非企業單位20.2萬個，基金會2510個。[64]然而，此些組織多與政府關係密切的GONGO（Government Organized NGO），目前在結構和數量上並不能滿足社會的需求，而且多數政府組織僅是公部門的另一塊招牌，服務社會的能力遠遠不及。而根據學者的研究，實際上社會組織遠比官方公布的多上十倍，[65]許多是在政府的控制之外。因此，社會組織成為「社會管理」的重要對象。

近來民政部已授權部分地區「創新」，以突破「雙重管理體制」，民

---

[62] 「中共中央政治局召開會議　研究加強和創新社會管理問題」，人民網，http://politics.people.com.cn/GB/1024/14779718.html。

[63] 顧遠，「社會創新：一場已經發生的未來」，東方早報，2012年3月14日，第A20版。

[64] 「民政事業統計季報」（2011年第四季），中華人民共和國民政部，http://files2.mca.gov.cn/cws/201202/20120209154838112.htm

[65] 王紹光、何建宇，「中國的社團革命：勾勒中國人的結社的全景圖」，浙江學刊，第149期（2004年11月），頁71-77。王信賢、李宗義，「尋找中國NGOs：兩種路徑與困境」，社會科學論叢，第2卷第2期（2008年10月），頁113-145。李凡，當代中國的自由民權運動（台北：巨流圖書公司，2011）。

政部部長李立國曾表示，民政部門對公益慈善類、社會福利類、社會服務類社會組織，履行登記管理和業務主管一體化職能。[66] 這意味著上述三類社會組織將可直接登記，改變之前的雙重管理門檻。此外，地方亦有「創新」的舉措，廣東省的改革為，除特別規定、特殊領域外，將社會組織的業務主管單位改為業務指導單位，社會組織直接向民政部門申請成立，政府轉換職能，向社會組織日漸「放權」。上海則透過「政府購買服務」等方式，推動社會組織發展壯大，並於日前宣布自2012年開始，將探索通過「自律承諾制」等方式，試行社會組織直接登記管理；實現專業社工在教育、衛生、企業、農村等領域的突破和發展。

（三）維穩：從「治安」到「管理」

　　如本文所提，近年來中國社會抗爭事件在規模與頻率上都不斷擴大，且抗爭的源頭多指向「政府」，包括各級地方政府、人大、司法、警察與城管等，這也是胡錦濤在前述社會管理及其創新專題研討班中，提及「加強和完善黨和政府主導的維護群眾權益機制」與「堅決糾正損害群眾利益的不正之風」之故。值得一提的是，2011年9月16日，中央社會管理綜合治理委員會第一次全體會議在京召開，會中決定將「中央社會治安綜合治理委員會」更名為「中央社會管理綜合治理委員會」。[67] 由「治安」改為「管理」，似乎預示社會治理由過去單一強力控制向社會綜合協調轉變。而此次「烏坎事件」從村官盜賣土地、大規模抗爭、官方預備鎮壓到妥協，最後舉辦民主選舉，可以說是「峰迴路轉」，廣東省委書記汪洋指出「烏坎事件看似偶然，但也有必然性」，反映的是近年經濟快速發展下矛

---

[66] 「民政部：公益慈善等三類社會組織可直接登記」，新華網，2011年7月6日，http://big5.xinhuanet.com/gate/big5/news.xinhuanet.com/2011-07/06/c_121630266.htm。

[67] 鄭巧，「中共執政理念轉變　社會管理加碼創新」，新京報網，2012年2月25日，http://www.bjnews.com.cn/news/2012/02/25/184724.html。

盾積累的集中體現，以及中國治理失衡情況的冰山一角；而「烏坎事件」的解決方式，似乎也可看出廣東省循著中央的路線前進，也得到中央的支持。

（四）網路的創新管理

隨著近年網際網路興起，新興公共領域於焉產生，網路成為輿論反映的重要平台。根據中國互聯網信息中心最新統計數據顯示，截至2011年12月底，中國網民規模達到5.13億，互聯網普及率達到38.3%，手機網民規模達到3.56億。網民劇增和微網誌（微博）興起，促使網民透過網路表達對社會時政的針砭意見，改變過往公民意見的表達方式。除了網路議論的輿論空間，網民亦具體身體力行實際行動。對此，官方採取軟硬兼施手段，一方面正視網路輿論影響，促使各級政府官員建立網站與民溝通，形成「網路問政」。而在2011年7月23日「溫州動車事件」以及9月27日上海地鐵十號線撞車事件，我們都可看到網路傳播的力量。胡錦濤便曾提出要「進一步加強和完善信息網路管理，提高對虛擬社會的管理水準，健全網上輿論引導機制」。

此外，官方仍不遺餘力於管制、監控網路資訊。鑑於目前中國大陸網民龐大，其中行動上網者增加快速，而網路通訊又是此次北非、中東國家的主要動員與傳播工具，故大陸政府正對網路、手機進行監控，在手機方面，如「北京市市民出行動態資訊平台」；而在網路方面，以「茉莉」為例，增強「防火長城」，利用技術過濾危險關鍵字，抑或透過網路警察、五毛黨、斷網等手段。據聞，許多地方政府曾建議中央取締、關閉「微博」，但為黨中央反對。一方面，中共目前也無法背逆此一潮流；另一方面，因為政務微博具有即時、便捷、開放、貼近群眾的特點，故在「微博」上開一口子讓民眾宣洩，也有助於減輕民怨，且網民亦可成為中央獲知地方「民情」的重要管道，亦符合社會管理創新。

　　除了強化黨的領導與對社會組織、社會抗爭以及網路管理外，「社會管理創新」還包括「加強和完善流動人口和特殊人群管理和服務」、「加強和完善基層社會管理和服務體系」、「加強和完善公共安全體系」以及「加強和完善思想道德建設」等。然而，任何政策的產出與執行是國家統治者、代理人與被統治者間交易與議價的結果，其關乎國家能力的施展。[68]

二、「社會管理創新」評析

　　從意識形態上來看，「社會管理創新」不僅是按當前中國國內外客觀環境的變化而出現的產物，也是在「胡溫體制」從和諧社會、科學發展觀、加強黨的執政能力等脈絡下的思維。整體而言，社會管理「創新」的目標即是強化國家能力，其涉及兩方面的發展，一是原本以黨國為核心的「治安」，轉變成以「黨委領導、政府負責」為核心，加入「社會協同、公眾參與」的「管理」，二是強化以「專制權力」為後盾的「基礎權力」。針對此，本文的評析如下：

（一）「社會管理創新」涉及政治體制改革

　　如前所述，社會管理創新是「黨委領導、政府負責、社會協同、公眾參與」，「黨委領導，關鍵是要發揮黨委總攬全局、協調各方的領導核心作用。政府負責，關鍵是要更加注重發揮政府的主導作用，落實好各部門的職責。」所以關鍵是黨與政府，也因此，「黨建」和「政府執能轉變」成為「社會管理創新」的重要聯繫與必然邏輯。既然由黨國主導，要改革的議題與對象也都涉及「政治」。近年來，官方文件不斷提及推動多種所有制經濟共同發展，並打破壟斷、深化價格改革、深化收入分配制度改

---

[68] Margaret Levi, "The Predatory Theory of Rule," *Politics and Society,* Vol.10, No.4 (December 1981), pp.431-465.

革、推進事業單位分類改革、加快推進政府改革與加強廉政建設，此些均是解決社會民生問題的基礎，但無一不涉及政治改革。

改革的難度在於，現有考核機制下，地方以做大國內生產總值（GDP）的總量為主要目標，以重大工業項目為主要任務，以土地批租為主要特點，以行政干預為主要手段，部門利益、行業利益、地方利益的形成已具普遍性，一旦需要調整利益，便會遭受極大阻力。按此，地方的社會管理創新試點，顯然並未真正觸及問題核心，誠如廣東省委書記汪洋參加廣東省委十屆十一次全會所言，「三十年前的改革主要是擺脫意識形態的束縛，現在的改革主要是要打破既有利益格局的制約。」[69] 不論從「國家－社會」關係或是「國家」自身來看，當前中國「社會管理」改革與創新的關鍵不在社會，而是政治，包括官員貪腐，以及政策執行受到以官僚部門為核心的分利集團和條條塊塊間的競爭所阻礙，光從經濟與社會層面著手能否解決真正的問題，不無疑問。而此亦是下文的分析重點。

（二）「社會管理」部門「各取所需」

就改革的自然規律看來，既然要改革，就會受到既得利益者的擋路。在中國，既得利益者當然來自國家本身，中國的分裂權威結構與官僚競爭不僅出現在經濟社會等「低階政治」（low politics）議題，也出現在「社會穩定」這種富政治意涵的「高階政治」（high politics）議題上；且不僅出現在中央政府部門間、地方政府間，也出現在黨政部門間。特別是當「社會管理創新」真正的內涵尚未確定時，各部門將會出現各取所需的狀況。如前所言，民政部門針對「社會管理創新」一直力推「雙重管理體制」鬆綁，也取得成效。然而，中共中央政法委秘書長周本順於2011

---

[69] 「汪洋：現在搞改革要打破既有利益格局的制約」，中國網，2012年1月5日，http://big5.china.com.cn/policy/txt/2012-01/05/content_24326106.htm。

年5月的《求是》雜誌，發表名為〈防止落入所謂「公民社會」陷阱〉文章，[70] 宣稱要加強和創新社會管理，切實解決社會管理中與新形勢不相適應的問題，防止誤信、誤傳甚至落入某些西方國家為我們設計的所謂「公民社會」的陷阱。並指出「培育、發展社會組織，一定要制定好行為規範，事先設好『安全閥』，防止一些別有用心的社會組織繁殖起來」。[71] 就此看來，社會管理該如何「創新」，顯然成為相關部門利益博弈的重要議題。

此外，我們似乎也可看出，近年來在強化社會穩定過程中，是否有特定部門在其中「擴權」或「獲利」，我們從幾個方面可以看出端倪，首先，公安部門從改革開放初期的經費開支佔整個GDP的不到4％發展到目前的7％；其次，從警力編制的發展來看，中國國家正規編制幹警數量，已經由改革初期約六十萬的水準發展到140萬左右，另外還有約四十萬地方編制的幹警，2004年被中央一次性轉化為國家編制。再者，基層派出所的數量也從1980年代末的37000個左右發展到後來的52000個左右。[72] 最後，近年來各省公安廳長（通常由政法委書記或副書記兼任）進入黨委的比例直線增加亦然。也因此，代表國家強制力量的公安部門顯然在近年來出現了權力擴張的跡象。

（三）「維穩創新」對地方治理的影響

作為面對社會穩定第一線的中國地方政府，向來介入各種經濟社會生活甚深，其為直接處理抗爭的公權力主體，也可能是誘發抗爭的主因、抗

---

[70] 此文後耐人尋味地更改題目為「走中國特色社會管理創新之路」。

[71] 「周本順：走中國特色社會管理創新之路」，中國共產黨新聞網，2011年5月17日，http://theory.people.com.cn/GB/14660754.html。

[72] 樊鵬，「中國社會結構與社會意識對國家穩定的影響」，政治學研究，2009年第2期，頁54-67。樊鵬、汪衛華、王紹光，「中國國家強制能力建設的軌跡與邏輯」，經濟社會體制比較，2009年第5期，頁33-43。

爭的對象，在此種「由下而上」的「維權」需求以及「由上而下」的「維穩」要求下，「社會管理創新」對地方政府的意義不言可喻。但正如本文所強調的，地方政府往往是民眾抗爭的源頭，管理體制的「創新」等於將改革的矛頭針對自己，且各種政策從中央到各級地方政府，經過一層層的政策扭曲，難免大打折扣。此外，各種「維穩創新」目前出現以下問題：

1. 為「維穩」疲於奔命：近年來大陸地方政府的工作重心似乎發生了質的變化，主要是因為「維穩」成為一票否決指標的效應逐步擴大，讓「發展是第一要務」變成了「發展是第一要務，維穩是第一責任」，使得壓力維穩成為常態，地方幹部不得不疲於奔命於和「維穩」相關的事項，進而出現目標與手段的錯置，該負的職務反而忽略。

2. 「維穩創新」成為政策失誤的避風港：由於「維穩」與「創新」定義太寬，越來越多地方政府把幾乎所有難辦的事項都納入其中，以此解決施政困境，「維穩」甚至成了一些地方的官方辯解。如2010年2月湖南金浩茶油就被查出致癌物超標，但是消息一直沒有公之於眾，地方質檢官員事後宣稱是出於維穩需要；此外，河南商城縣蜱蟲疫情亦然。

3. 社會管理創新無法「一刀切」：中國區域發展差異極大，各地社會發展程度也不一，無法用同樣一套維穩或創新的標準衡量，但對廣大的群眾而言，某一地區的「創新」卻有「示範效應」。以近來的「烏坎事件」為例，不論從對抗爭的容忍或民主選舉的舉行來看，都可能帶給廣東其他地方或中國其他區域的抗爭者「希望」，近來我們看到各地抗爭者「以烏坎為師」，未來也可能看到在各地基層選舉中出現「為何烏坎能我們不能」的呼籲。就此看來，「烏坎經驗」可能為「廣東模式」、汪洋「入常」加油添火，也可能為各地抗爭者樹立指標，但其他地方不是廣東，其他人也非汪洋，其後果

是增添中國大陸地方治理的難度。

（四）缺乏真正社會參與的「社會管理」

如前所述，當前「社會管理創新」雖加入了「社會協同」與「公眾參與」，但由於在「黨委領導」與「政府負責」的大框架下，真正的「社會」註定受到忽略。一般而言，各類民生、社會議題的解決，僅透過政府部門依然有限，也必須與民間力量進行結合。而所謂「社會創新」原是政府、企業、非政府組織和普通公民，在公共參與式的社會治理機制下，通過跨界合作，用創新的方法系統性地解決諸多社會問題。但在中國，「社會管理創新」卻是黨國體制政府主導下的社會治理模式，公私協力與參與式治理都被限制在黨國體制的政治框架中，社會組織和公民個人參與社會變革和社會創新的行動，尚未得到足夠的支持。既然如此，所謂「創新」便深受一黨專政所侷限，公民社會、政治改革、民主化等，顯然不在此考量之內；即便有，亦為被限縮的黨國體制附庸產品，而非相稱的角色分量。

如本文的第二部分所述，在新國家論的筆下，現代國家的強弱取決於兩個特徵，一是基礎權力的強化，另一則是有無能力與社會部門合作。就此而言，當前中國大陸確實意圖強化國家基礎能力，但這種願望往往被條條塊塊等分利集團所切割，而大打折扣；此外，在與社會部門合作方面，黨國體制向來「集權」的慣性以及對社會部門的不信任，再加上民間部門本身實力過弱，都導致「真正的」官民協作極為困難。就此看來，此種強化國家能力的企圖與現實仍有一段差距。

伍、結論

本文透過理論對話與實證資料分析，說明當前中國大陸社會抗爭的特徵以及國家的反應。本文認為當前諸多社會抗爭的理論多關注「社會」而

少關注「國家」，因而針對當前國家理論的發展趨勢，特別是「國家能力」進行分析，並說明當前中國國家能力的變化。綜觀目前關於中國社會抗爭的研究，囿於資料的敏感與稀缺，甚少出現系統性地歸納與分析，為彌補此種研究上的缺陷，作者長期蒐集各種公開資料，雖仍有研究上的限制，但至少能將中國社會抗爭的面貌建構一初步的圖像；目前抗爭主體多是社會弱勢、抗爭因素多屬生存權、缺少組織性反對以及抗爭對象多針對地方政府等，而相對於民眾的非暴力抗爭，政府則多採取「鎮壓」或不回應。

面對各類抗爭的不斷湧現，中共中央一再提出各類政策，近來最明顯的則是「加強與創新社會管理」的提出，我們也相信其將在2012年秋天成為「十八大」政治報告內容的重要組成。然而，其一方面可能為各種條塊力量所切割，另一方面，在現實的狀況下仍是以黨國為核心，社會部門的參與仍有限。且更棘手的是，當前中國各類社會問題均環環相扣，且具有「牽一髮而動全身」的問題特質，本文最後認為，目前各種社會問題雖不致成為影響中共政權的穩定的直接因素，但卻可能成為統治集團內部「相互競權的議題」。換言之，國家所面對的問題雖來自社會部門，但會對其造成挑戰的卻是「國家本身」，因為國家機器不是鐵板一塊，而統治集團亦非凝固的整體。

2011年10月，「頂層設計」一詞首次在「十二五」規劃中出現，其強調「重視改革頂層設計和總體規劃」，其後中央經濟工作會議上，又明確提出加強改革頂層設計，以求在重點領域和關鍵環節取得突破。但從最近各種關於「改革已進入不進則退的深水區」與「若政改沒有成功，文革歷史悲劇可能再發生」等言論看來，中國下一輪改革的「頂層設計」已呼之欲出。大陸知名經濟學家吳敬璉日前接受《中國經濟周刊》專訪時提出警告，表示大陸「政治不改革，經濟改革也落實不了」。同樣地，目前看來，若政治不改革，社會管理也無法創新。

參考書目

一、中文部分

「中共中央政治局召開會議研究加強和創新社會管理問題」，人民網，http://politics.people.com.cn/GB/1024/14779718.html。

「中國學者：2010年18萬起抗議事件，中國社會動盪加劇」，多維新聞網，http://china.dwnews.com/big5/news/2011-09-26/58160315.html。

「民政事業統計季報」（2011年第四季），中華人民共和國民政部，http://files2.mca.gov.cn/cws/201202/20120209154838112.htm。

「民政部：公益慈善等三類社會組織可直接登記」，新華網，2011年7月6日，http://big5.xinhuanet.com/gate/big5/news.xinhuanet.com/2011-07/06/c_121630266.htm。

「汪洋：現在搞改革要打破既有利益格局的制約」，中國網，2012年1月5日，http://big5.china.com.cn/policy/txt/2012-01/05/content_24326106.htm。

「周本順：走中國特色社會管理創新之路」，中國共產黨新聞網，2011年5月17日，http://theory.people.com.cn/GB/14660754.html。

于建嶸，「利益博弈與抗爭性政治：當代中國社會衝突的政治社會學理解」，中國農業大學學報（社會科學版），2009年第1期，頁16-21。

_____，「集體行動的原動力機制研究：基於H縣農民維權抗爭的考察」，學海，2006年第2期，頁26-32。

_____，「農民有組織抗爭及其政治風險：湖南省H縣調查」，戰略與管理，2003年第3期，http://www.usc.cuhk.edu.hk/wk.asp。

_____，底層立場（上海：上海三聯書店，2011）。

_____，抗爭性政治：中國政治社會學基本問題（北京：人民出版社，2010）。

王信賢，「西方『中國研究』之新制度典範分析」，中國大陸研究，第43卷第8期（2000年8月），頁23-46。

_____，「傾斜的三角：當代中國社會問題與政策困境」，中國大陸研究，第51卷第3期（2008年

9月），頁37-58。

王信賢、李宗義，「尋找中國NGOs：兩種路徑與困境」，社會科學論叢，第2卷第2期（2008年
　　10月），頁113-145。

王紹光、何建宇，「中國的社團革命：勾勒中國人的結社的全景圖」，浙江學刊，第149期
　　（2004年11月），頁71-77。

台灣民主基金會編，2006年中國人權觀察報告（台北：台灣民主基金會，2007）。

何明修，社會運動概論（台北：三民書局，2005）。

李凡，當代中國的自由民權運動（台北：巨流圖書公司，2011）。

李連江，「中國農民的國家觀與依法抗爭」，收錄於張茂桂、鄭永年主編，兩岸社會運動分析
　　（台北：月旦出版社，2003），頁281-298。

李漢林、魏欽恭、張彥，「社會變遷過程中的結構緊張」，中國社會科學，2010年第2期，頁
　　121-143。

周永康，「適應經濟社會發展新形勢　加強和創新社會管理」，人民網，http://politics.people.
　　com.cn/GB/1024/13961277.html。

周志家，「環境保護、群體壓力還是利益波及？廈門居民PX環境運動參與行為的動機分
　　析」，社會，第31卷（2011年第1期），頁1-34。

林佳龍主編，未來中國：退化的極權主義（台北：時報文化出版公司，2003）。

林宗弘、吳曉剛，「中國的制度變遷、階級結構轉型和收入不平等：1978-2005」，社會，第
　　30卷（2010年第6期），頁1-40。

胡榮、胡康、溫瑩瑩，「社會資本、政府績效與城市居民對政府的信任」，社會學研究，2011
　　年第1期，頁96-117。

胡錦濤，「扎扎實實提高社會管理科學化水準　建設中國特色社會主義社會管理體系」，人民
　　網，http://politics.people.com.cn/GB/1024/13959222.html。

馮仕政，「『大力支持，積極參與』：組織內部集體抗爭中的高風險人群」，學海，2007年第
　　5期，頁40-50。

＿＿＿＿，「西方社會運動研究：現狀與範式」，國外社會科學，2003年第5期，頁66-70。

_____，「沉默的大多數：差序格局與環境抗爭」，中國人民大學學報，2007年第1期，頁122-132。

_____，「單位分割與集體抗爭」，收錄於中國社會科學院社會學所編，中國社會學，第六卷（上海：上海人民出版社，2008），頁231-268。

黃冬婭，「國家如何塑造抗爭政治：關於社會抗爭中國家角色的研究評述」，社會學研究，2011年第2期，頁217-242。

黃榮貴，「互聯網與抗爭行動：理論模型、中國經驗及研究進展」，社會，第30卷（2010年第2期），頁179-197。

黃榮貴、桂勇，「互聯網與業主集體抗爭：一項基於定性比較分析方法的研究」，社會學研究，2009年第5期，頁29-56。

趙鼎新，「西方社會運動與革命理論發展之述評：站在中國的角度思考」，社會學研究，2005年第1期，頁168-209。

_____，社會運動與革命：理論更新與中國經驗（台北：巨流圖書公司，2007）。

_____，社會與政治運動講義（北京：社會科學文獻出版社，2006）。

樊鵬，「中國社會結構與社會意識對國家穩定的影響」，政治學研究，2009年第2期，頁54-67。

樊鵬、汪衛華、王紹光，「中國國家強制能力建設的軌跡與邏輯」，經濟社會體制比較，2009年第5期，頁33-43。

鄭巧，「中共執政理念轉變　社會管理加碼創新」，新京報網，2012年2月25日，http://www.bjnews.com.cn/news/2012/02/25/184724.html。

應星，「『氣』與中國鄉村集體行動的在生產」，開放時代，2007年第6期，頁106-120。

_____，「草根動員與農民群體利益的表達機制：四個個案的比較研究」，社會學研究，2007年第2期，頁1-23。

_____，大河移民上訪的故事（北京：三聯書店，2001）。

_____，「氣」與抗爭政治：當代中國鄉村社會穩定問題研究（北京：社會科學文獻出版社，2011）。

謝宇，「認識中國的不平等」，社會，第30卷（2010年第3期），頁1-25。

謝岳，「集體行動理論化系譜」，上海交通大學學報（哲學社會科學版），2009年第3期，頁13-20。

____，社會抗爭與民主轉型：20世紀70年代以來的威權主義政治（上海：上海人民出版社，2009）。

懷默霆，「中國民眾如何看待當前的社會不平等」，社會學研究，2009年第1期，頁96-120。

顧遠，「社會創新：一場已經發生的未來」，東方早報，2012年3月14日，第A20版。

二、英文部分

Balzer, Harley, "State and Society in Transitions from Communism: China in a Comparative Perspective," in Peter Hays Gries and Stanley Rosen eds., *State and Society in 21st-century China: Crisis, Contention, and Legitimation* (New York: Routledge Curzon, 2004), pp.235-256.

Baum, Richard and Alexei Shevchenko, "The 'State of the State'," in Merle Goldman and Roderick MacFarquhar eds., *The Paradox of China's Post-Mao Reforms* (Cambridge: Harvard University Press, 1999), pp.333-360.

Cai, Yongshun, "Local Governments and the Suppression of Popular Resistance in China," *The China Quarterly,* No. 193 (2008), pp. 24-42.

____ , *Collective Resistance in China: Why Popular Protests Succeed or Fail* (Stanford: Stanford University Press, 2010).

Meyer, David S., "Protest and Political Opportunities," *Annual Review of Sociology,* Vol.30 (2004), pp.125-145.

Evans, Peter, *Embedded Autonomy: States and Industrial Transformation* (N.J.: Princeton University Press, 1995).

Fitzgerald, Carl and Zbigniew K. Brzezinski, *Totalitarian Dictatorship and Autocracy* (New York: Praeger, 1963).

Frolic, Michael, " State-led Civil Society," in Timothy Brook and B. Michael Frolic eds., *Civil Society in China* (Armonk, N.Y.: M.E. Sharpe, 1997) , pp.46-67.

Goodwin, Jeff and James M. Jasper, "Caught in a Winding, Snarling Vine: The Structural Bias of

Political Process Theory," *Sociological Forum,* Vol. 14, No. 1 (March 1999), pp. 27-54.

Grimshaw, D., S. Vincent, and H. Willmott, "Going Privately: Partnership and Outsourcing in UK Public Services," *Public Administration,* Vol.80, No.3 (2002), pp. 475-502.

Gurr, Ted Robert, *Why Men Rebel* (New Jersey: Princeton University Press, 1970).

Huntington, Samuel, *Political Order in Changing Societies* (New Haven: Yale University Press, 1968).

Huxham, Chris ed., *Creating Collaborative Advantage* (London: Sage Publications, 1996).

Inglehart, Ronald, *The Silent Revolution: Changing Values and Political Styles among Western Publics* (Princeton, N. J.: Princeton University Press, 1997).

Johnson, Chalmers, *Revolutionary Change* (Boston: Little, Brown, 1966).

Levi, Margaret, "The Predatory Theory of Rule," *Politics and Society,* Vol.10, No.4 (December 1981), pp.431-465.

Li, Lianjiang and Kevin O'Brien, "Protest Leadership in Rural China," *The China Quarterly,* No.193 (March 2008), pp.1-23.

Li, Lianjiang, "Political Trust in Rural China," *Modern China,* Vol.30, No.2 (April 2004), pp.228-258.

Lieberthal, Kenneth, "Introduction: The 'Fragmented Authoritarianism' Model and Its Limitations," in Kenneth Lieberthal and Michel Oksengerg eds, *Policy Making in China: Leaders, Structures, and Processes* (N.J.: Princeton University Press,1988), pp.1-30.

Linz, Juan and Alfred Stepan, *Problems of Democratic Transition and Democratic Consolidation: Southern Europe, South America, and Post Communist Europe* (Baltimore and London: The Johns Hopkins University Press, 1996).

Linz, Juan, *Totalitarian and Authoritarian Regimes* (Boulder, Colo.: Lynne Rienner Publishers, 2000).

Lipset, Seymour, "Some Social Requisites of Democracy: Economic Development and Political Legitimacy," *American Political Science Review,* Vol. 53 (1959), pp.69-105.

Liu, Yia-Ling, "The Reform from Below: The Private Economy and Local Politics in Rural Industrialization of Wenzhou," *The China Quarterly,* No.130 (June 1992), pp.293-316.

Mann, Michael, "Infrastructural Power Revisited," *Studies in Comparative International Development (SCID)*, Vol. 43, No. 3-4 (2008), pp.355-365.

＿＿＿, *The Sources of Social Power: The Rise of Classes and Nation-states, 1760-1914* (New York: Cambridge University Press, 1993).

Marx, Gary and Douglas McAdam, *Collective Behavior and Social Movement: Process and Structure* (Englewood Cliffs, NJ: Printice Hall, 1994).

McAdam, Doug, Sidney Tarrow and Charles Tilly, *Dynamics of Contention* (Cambridge: Cambridge University Press, 2001).

Mertha, Andrew, " 'Fragmented Authoritarianism 2.0': Political Pluralization in the Chinese Policy Process," *The China Quarterly*, No. 200 (December 2009), pp. 995-1012.

Migdal, Joel, *Strong Society and Weak State: State-Society Relations and State Capacities in the Third World* (New Jersey: Princeton University Press,1988).

Moore, Barrington, *Social Origins of Dictatorship and Democracy* (Boston: Beason,1966).

Moore, Will, "The Repression of Dissent: A Substitution Model of Government Coercion," *The Journal of Conflict Resolution*, Vol. 44, No. 1 (February, 2000), pp. 107-127.

Nan, Lin and Chih-jou Jay Chen, "Local Elites as Officials and Owners: Shareholding and Property Rights in Daqiuzhuang," in Jean Oi and Andrew Walder eds., *Property Rights and Economic Reform in China* (Stanford: Stanford University Press, 1999), pp.301-354.

Nordlinger, Eric, "Taking the State Seriously," in Myron Weiner and Samuel Hungtington eds., *Understanding Political Development* (Boston: Little, Brown and Company, 1987), pp.353-390.

O'Brien, Kevin and Lianjiang Li, "Popular Contention and its Impact in Rural China," *Comparative Political Studies*, Vol.38, No.3 (April 2005), pp.235-259.

＿＿＿, *Rightful Resistance in Rural China* (New York: Cambridge University Press, 2006).

Oi, Jean, *Rural China Takes Off* (California: University of California Press, 1999).

＿＿＿, *State and Peasant in Contemporary China: The Political Economy of Village Government* (California: University of California Press, 1989), pp.1-12.

Olson, Mancur, *The Logic of Collective Action: Public Goods and the Theory of Groups* (Cambridge: Harvard University Press, 1971).

Oszlak, Oscar, "State Bureaucracy: Politics and Policies," in Thomas Janoski, Robert Alford, Alexander Hicks, and Mildred Schwarts eds., *The Handbook of Political Sociology: States, Civil Societies, and Globalization* (New York: Cambridge University Press, 2005), pp. 482-505.

Perry, Elezabeth and Mark Selden, *Chinese Society: Change, Conflict, and Resistance* (New York: Routledge, 2000).

Perry, Elezabeth, *Challenging the Mandate of Heaven: Social Protest and State Power in China* (Armonk, N.Y. : M.E. Sharpe, 2002).

Pierre, Jon ed., *Partnerships in Urban Governance: European and American Experiences* (Basingstoke, Hampshire: Macmillan Press, 1997).

Rueschemeyer, Dietrich, Evelyne Huber Stephens, and John D. Stephens, *Capitalist Development and Democracy* (Chicago: University of Chicago Press, 1992).

Saich, Tony, "Negotiating the State: The Development of Social Organizations in China," *The China Quarterly,* No.161 (March 2001), pp. 124-141.

_____ , *Governance and Politics of China* (New York: Palgrave Macmillan, 2004), pp.213-232.

Shi, Tianjian, "Cultural Values and Political Trust: A Comparison of the People's Republic of China and Taiwan," *Comparative Politics,* Vol. 33, No. 4 (July 2001), pp.401-419.

Skocpol, Theda, "Bringing the State Back In: Strategies of Analysis in Current," in Peter Evans and Theda Skocpol eds., *Bringing the State Back In* (NY: Cambridge University Press, 1985), pp.3-37.

_____ , *States and Social Revolutions: A Comparative Analysis of France, Russia, and China* (Cambridge, New York: Cambridge University Press, 1979), pp.3-43.

Soifer, Hillel, "State Infrastructural Power: Approaches to Conceptualization and Measurement," *Studies in Comparative International Development (SCID)*,Vol. 43, No. 3-4 (2008), pp.231-251.

Tilly, Charles and Sidney Tarrow, *Contentious Politics* (Boulder, Colo.: Paradigm Publishers, 2007).

Tilly, Charles, *From Mobilization to Revolution* (Reading, Mass.: Addison-Wesley, 1978).

Walder, Andrew ed., *Zouping in Transition: The Process of Reform in Rural North China* (Cambridge: Harvard University Press, 1998).

Walder, Andrew, "Local Governments as Industrial Firms: An Organizational Analysis of China's Transitional Economy," *The American Journal of Sociology,* Vol.101, No.2 (September 1995), pp.263-301.

＿＿＿, "Political Sociology and Social Movements," *Annual Review of Sociology,* Vol.35 (2009), pp.393-412.

＿＿＿, *Communist Neo-Traditionalism: Work and Authority in Chinese Industry* (Berkeley: University of California Press, 1986).

Wank, David, *Commodifying Communism: Business, Trust, and Politics in a Chinese City* (Cambridge: Cambridge University Press, 1999), pp.23-40.

Weiss, Linda and John Hobson, *State and Economic Development: A Comparative Historical Analysis* (Cambridge: Polity Press, 1995).

Weiss, Linda, *The Myth of the Powerless State: Governing the Economy in a Global Era* (UK: Polity Press, 1998).

Wright, Teresa, "State Repression and Student Protest in Contemporary China," *The China Quarterly,* No.157 (1999), pp.142-172.

中共對台人事與政策

中共對台人事分析——
以中共中央對台工作領導小組爲對象

郭瑞華

（醒吾科技大學東亞暨兩岸經貿研究中心特約研究員）

摘要

　　中共中央對台工作領導小組是在中共中央政治局及其常委會領導下，一個負責制訂對台政策及推動工作的議事性機構，並統一指導、協調、監督黨、政、軍、群各部門的相關對台工作。雖然本屆對台領導小組係在2008年完成改組，惟究竟有哪些成員，因無具體資料以為佐證，故始終沒有定論。本文運用內容分析、訪談及德菲研究法，分析相關文獻資料，諮詢對中共涉台組織與人事有所掌握的「知情者」，認為對台領導小組成員應有十人：胡錦濤、賈慶林、戴秉國、王岐山、郭伯雄、杜青林、令計劃、耿惠昌、馬曉天、王毅。

　　此外，由於2012年秋天中共召開「十八大」，習近平將繼胡錦濤之後接任中央總書記，成為中共第五代最高領導人；李克強也將於2013年3月第十二屆全國「人大」第一次會議後接任國務院總理。可以預期的，未來習李體制形成，勢必牽動對台領導小組人事改組。本文根據中共以往對台組織人事變遷軌跡，以及現階段對台政策思維、工作執行需要，以及制度與非制度因素，預測「十八大」對台領導小組的人事布局。

關鍵詞：中央對台工作領導小組、「十八大」、對台政策、組織路線、　　　　人事甄拔

壹、前言

一、問題意識

　　中共「十八大」預估將於2012年秋天召開，從人事甄補的觀點，一般都是關注中央政治局常委、政治局委員、中央委員三個層面。基於現任中央總書記胡錦濤、國務院總理溫家寶等中央政治局常委屆齡退休及新的接班人掌權等理由，「十八大」的人事變動確實是相當重要。接班人上來後，掌理大政方針，其對於中國大陸的政經發展及兩岸關係的影響層面，長達十年，是以其人事變化情形，值得吾人關注掌握。然而，就兩岸互動及中共對台政策的角度觀察，吾人亦關心哪些人未來將成為中共對台政策制訂與執行的第一線領導者，也就是中共中央對台工作領導小組（以下簡稱對台領導小組）將由哪些人員組成？由於本屆對台領導小組在2008年完成改組後，因無具體資料佐證，以致究竟有哪些成員，始終沒有定論。本文希望運用內容分析、訪談及德菲研究法，分析相關文獻資料，諮詢對中共涉台組織與人事有所掌握的「知情者」，以確定其組成人數及名單。並進而根據中共以往對台組織人事變遷軌跡，以及現階段對台政策思維、工作執行需要，以及制度與非制度因素，預測中共「十八大」後對台領導小組的人事布局情形。

二、研究方法

　　本文採用文獻分析法、訪談研究法及德菲研究法（Delphi Method），訪談的對象，則是中共對台組織與人事的「知情者」（knowledgeable informants）。知情者係指對事件或事情有深切了解，可以接觸大量研究對象的資訊，對事件有較廣泛的認識的人。德菲研究法是會合專家觀點做成預測結果的研究方法，主要目的在獲取專家們的共識，尋求專家們對

特定問題的一致性意見。該法以問卷或電話訪問等方式進行，參與的專家可以在隱秘的環境中，依其專業素養及自我認知充分地表達本身的意見，因此，該法不僅具有集思廣益之效，並能得到專家獨立判斷的品質。[1] 對不明確性、複雜性度高、具爭論性的議題，可應用德菲法尋求出專家的共識。基本上，該法具有集思廣益、維持專家獨立判斷能力、打破時空隔離困境及不需要複雜統計等優點，但也具有不能考慮不可預料事件、對模稜兩可問題難劃分、專家代表性質疑、耗費時間等缺點。其運用原則為：匿名、複述、控制回饋、團體回答統計、專家共識。[2] 本研究借助四位專家學者及資深記者，作為德菲研究法諮詢對象，以釐清對台領導小組組成人員。

貳、對台領導小組的角色功能與人事甄拔因素

一、對台領導小組角色與功能

中共為了體現集體領導決策與執行工作需要，中共中央及各級黨委在直屬機構外，設置各種議事性委員會與工作領導小組，以便對相關工作負起指導、監督和協調的職能。在對台工作方面，對台領導小組是中共中央的議事機構，在對台工作上扮演相當重要的角色。

中共建立的工作領導小組並非建制單位，而是任務編組，但某些小組因長期存在，其實已經變成常態型、固定型組織，因此外界對其屬性眾說紛紜。根據學者研究，中共建立的工作領導小組制度，具有下列的組織定

---

[1] 褚志鵬，「深度集群訪談法（FGI）」（2009年），東華大學，http://faculty.ndhu.edu.tw/~chpchu/POMR_Taipei_2009/Teach2009.pdf。

[2] 「何謂德爾非法（Delphi technique）研究方法」，奇摩知識，http://tw.knowledge.yahoo.com/question/question?qid=1405120418197。

位：

　　第一、黨主導下的決策機制：中共的中央工作領導小組建立之初，並不決定具體政策，而且隸屬中央書記處；1987年黨章修正後，小組地位轉而與中央書記處平行，並改由中央政治局及其常委會直接領導。小組通常係由政治局常委領導，成員匯集在黨內及政府裡，與小組性質相關的決策者共同參與。小組會議中所形成的結論，送請政治局常委會定奪，有時就成為政策的定案，有時則成為政策的建議。換言之，黨與政府的政策共識基礎，就是在中央工作領導小組中建立。

　　第二、黨主導下的協調機制：中央工作領導小組另一重要功能是協調黨與政府之間的不同看法，整合黨的決策意志與政府的實務，進而產生一項可行的方案。同時，小組也經常在「由上向下交辦」與「下情上達」的上下取捨之間，展開折衝協調功能。簡言之，小組扮演黨內決策高層與政府執行層次之間的協調角色，一方面有相當有力的決策建議權，另一方面也具有較強的政策推動力；它又是黨與政府之間的橋梁角色，既有緩衝又有協調的功能。[3]

　　而對台領導小組是在中共中央政治局及其常委會領導下，一個負責制訂對台政策及推動工作的議事性機構，並統一指導、協調、監督黨、政、軍、群各部門的相關對台工作。對台領導小組在現階段主要是扮演決策與協調的角色，但在江澤民接任小組長之前，是執行者的角色大於決策者的角色，尤其是在1980年代更是如此。

　　對台領導小組建立定期會議制度，[4] 在一般議題上，該小組即有決定

---

[3] 邵宗海、蘇厚宇，具有中國特色的中共決策機制：中共中央工作領導小組（台北：韋伯出版社，2007年6月），頁123-131。

[4] 雖然可以確切知道中央對台工作領導小組建立有定期會議制度，但到底多久舉行一次會議，卻有不同說法，鄧穎超、廖承志時期曾密集到一周一次甚至二次；但由中央總書記江澤民、胡錦濤分別接任後，以其忙碌程度，根本不可能一周一次，甚至受訪者稱一月一次幾乎都不可能；另，也有指一年召開兩次。

權，只有像「江八點」、「胡六點」的提出及年度對台工作等重大政策
議題，才需要中央政治局常委審批，並提政治局全體會議討論。當中共中
央做出決策之後，相關工作與政策則交由中共中央或國務院各有關部門具
體化和落實；有些則需要各部門向對台領導小組提供訊息、資料和處理意
見，彙整後交由中共中央做最後的裁決。在部門之間業務有重疊、衝突
時，小組亦須扮演協調者角色。換言之，對台領導小組兼具決策與協調角
色。

二、對台人事甄拔因素

中共慣稱，政治路線決定組織路線，組織路線又決定幹部路線。[5] 政
治路線是總方針、總政策，政策決定後，就須從其本質和需求，考慮何種
組織體系最容易達成目標。根據政治路線的本質和需求做決定，確定組織
路線後，然後依據組織任務需要尋找工作幹部；不同的組織與任務，需要
尋找不同專長的人。不過，惟實際運作時，同時會考量人情世故、派系，
以及個人因素。

中共對台政治路線或對台政策的本質，過去是軍事鬥爭，後來轉變成
政治鬥爭，其統戰策略、政治路線決定不同的組織路線及人事。同時，領
導人的更迭也會影響政策走向。由於領導人有不同的思維，或為締造前人
未達成的政績、任務，或面對新的環境，必須提出新的政治路線，組織路
線、幹部政策也隨之改變。

簡言之，中共是依據形勢、政策需要，然後決定其組織和人事；然而
中共黨政人事，現亦逐步進入一個制度化的安排；因此探討中共未來對台
人事安排，制度與非制度因素均不可忽視。

---

[5]　景彬主編，中國共產黨大辭典（北京：中國國際廣播出版社，1991），頁84-85。

（一）對台政策取向

　　從中共對台工作角度來看，最重要就是先要確定政治路線，政治路線決定組織路線和幹部路線。政治路線就是對台政策，毛澤東、周恩來時代，國際情勢比較單純，國共兩黨鬥爭，初期中共要使用「武力解放台灣」，但其後演變成以「武力解放」為主，「和平解放」為輔，再後來是以「和平解放」為主，「武力解放」為輔，政策有所調整。不過，整個政策核心還是以軍事鬥爭、情蒐、統戰工作為主，後期則以在國際上封殺台灣的合法性，最為明顯。因此，中共對台工作由負責外交、統戰的周恩來掌舵，工作人員幾乎都來自調查、統戰、公安系統，包括李克農、羅瑞卿、楊尚昆、徐冰、童小鵬、羅青長、孔原、凌雲等，都是具有與國民黨鬥爭經驗的軍特系統人員。[6] 主要工作是誘和與爭取，對象是在台灣的中華民國黨政軍高層官員、流亡香港及海外的前中華民國黨政軍高層官員，以及與兩蔣有密切關係的人士。[7] 1979年，中共實施改革開放之後，對台政策也大轉折，鄧小平提出「一國兩制、和平統一」政策，強調國共第三次合作，採取「和戰兩手兼顧，統戰為主」的策略，找與國民黨有淵源，同時具有鬥爭經驗的人主持對台工作，如周恩來遺孀鄧穎超，以及革命先烈廖仲愷之子廖承志。江澤民、胡錦濤時期，雖延續鄧小平政策，但老人凋零，只能起用具有涉外、涉台新人邊做邊學，用人相對有彈性。

（二）工作執行需要

　　當新工作方向或目標出現，中共需要尋找適當人選擔負重任，這些人須具有專業化及相當的經歷。1979年後，中共為加強對台統戰，收攬台灣民心，理解台人心態，一些台籍人士就受重用，如蔡嘯、林麗韞、張克

6　童小鵬，風雨四十年，第二部（北京：中央文獻出版社，1996），頁274、299-303。
7　熊華源、廖文心，周恩來總理生涯（北京：人民出版社，1997），頁277。

輝。1987年11月，當兩岸開始交流之後，中共對台工作逐步涉及探親、旅遊、通商、求學、學術交流等方面，此時領導歸口管理的小組，成員結構也產生變化。由於具有國共鬥爭經驗的老人逐漸凋零，由新人逐漸接班，強調專業性、功能性，相關部門負責人參與其事，漸成為常態。當前，中共強化對台經貿工作，具有相關背景者的地方領導人，就易被拔擢上京，如尋找有地緣關係、了解台商的鄭立中出任國台辦副主任，擔任對台經貿工作執行者。為強化對美涉台工作，具有外事背景，也會被選拔上京任職，如前國台辦副主任周明偉。現階段胡錦濤強調兩岸關係和平發展，在國民黨重新執政後，重啟兩岸兩會談判，即由屆齡退休的陳雲林擔任海協會會長，同時調升具有豐富外交談判經驗的外交部副部長王毅接任國台辦主任位置。

（三）制度的因素

　　1980年以後，鄧小平、陳雲提出「革命化」、「年輕化」、「知識化」、「專業化」的「幹部四化」方針，並要求把對於這種幹部的提拔使用制度化。中共「十二大」修訂黨章時，再以法規形式，將「幹部四化」寫入黨章，使這一方針成為中共黨的幹部隊伍建設的基本指導原則。其後，中共中央相繼制定頒布一些具體規範，如〈黨政領導幹部選拔任用工作暫行條例〉（1995年7月）、〈黨政領導幹部選拔任用工作條例〉（2002年7月）、〈黨政領導幹部職務任期暫行規定〉（2006年8月）等。[8]自此，中共甄拔政治菁英有更明確的的制度化準則。因此，很明顯可以看出，有關年齡、任期限制，以及專業能力、職務歷練、循序漸進的升遷模

---

[8] 「黨政領導幹部選拔任用工作條例」（2002年7月），人民網，http://www.people.com.cn/GB/shizheng/16/20020723/782504.html；「黨政領導幹部職務任期暫行規定」（2006年8月），新華網，http://news.xinhuanet.com/politics/2006-08/06/content_4926300.htm。

式等，均已成為制度化的一環。制度因素包括年齡、學歷、經歷、專業、志趣、性格部分。唯一不同的就是選拔接班人才，還要有政績的考量因素。在中共幹部年輕化、專業化、高學歷的要求下，具備此條件者，被拔擢機會相對較高。

（四）非制度因素

然而，在非制度化因素上，如派系關係（與領導人關係）、出身背景（政治血緣），其實也是中共甄拔人事考量的重要因素。例如，1991年3月，對台工作領導小組被降改為對台工作小組，當時楊斯德已從中央對台辦主任退休，[9] 但仍以中台辦顧問身分擔任成員，係因楊尚昆對其充分信賴之故。此外，江澤民時期，如就海協會的組織地位而言，它只是一個白手套機構，其負責人實不足以參與領導小組工作，惟因會長汪道涵是江澤民的老長官，兩人關係密切，遂能成為其中一員。再如，1998年4月，對台領導小組換屆，曾慶紅以中央辦公廳主任身分參與對台領導小組，係因其之前獲得江澤民授權，代表其處理對台秘密接觸工作。漸漸地，這種例外亦有可能成為慣例、常態，例如，胡錦濤接棒時，汪道涵仍是小組成員之一；新任中央辦公廳主任王剛，亦成為小組成員。

參、現任對台領導小組成員探討

本屆對台領導小組成員係在2008年完成改組，惟究竟有哪些成員，至今未有定論。

9　1991年3月27日，中共中央國務院發出〈關於成立中共中央台灣工作辦公室的通知〉，將中央對台工作領導小組辦公室和國務院台灣事務辦公室合併，成立中共中央台灣工作辦公室。原擔任中央對台工作領導小組辦公室主任的楊斯德自然去職。

　　2008年3月，中共第十一屆全國人大第一次會議通過國務院新人事案，惟已屆齡的國台辦主任陳雲林並未更換。很顯然，當時中共係在等3月22日我總統大選結果，在國民黨候選人馬英九當選總統後，中共繼續觀察馬總統未來的大陸政策方向與人事安排，並在馬總統正式就職，以及時任國民黨主席吳伯雄赴陸訪問與中共中央總書記胡錦濤會談後，對台人事才一切明朗化。首先是海協會會長，確定由陳雲林接任。不過，同年4月16日，《中國時報》已傳出對台領導小組人事即將出爐：「新成員名單為：組長胡錦濤、副組長賈慶林、秘書長戴秉國、統戰部長杜青林、總參情報部長楊暉、國安部長耿惠昌、商務部長陳德銘、內定海協會會長陳雲林、內定國台辦主任鄭立中。」[10] 但在國台辦主任並非鄭立中後，使得該信息的可靠性變得不確定。

　　惟在中台辦、國台辦主任人選確定由王毅接任後，[11] 大家相信對台領導小組應該也完成改組。首先發布訊息的是同年5月31日的《聯合報》，「新一屆成員與上一屆一樣，有十人；由總書記胡錦濤任組長，全國政協主席賈慶林任副組長，秘書長是國務委員戴秉國。其他七位成員是：共軍副總參謀長馬曉天中將，統戰部長杜青林，國安部長耿惠昌，商務部長陳德銘，國台辦主任王毅，中央辦公廳主任令計劃，海協會長陳雲林。中共國務院分管經濟的副總理王岐山，雖不是小組成員，但分管兩岸經貿。」[12] 該則訊息與上一則相同，均指商務部長陳德銘成為小組新成員，目的在凸顯未來兩岸經貿交流的重要性。由於《聯合報》過去常有獨家的中國大陸新聞，加上該名單反映中共人事現況，因此新聞發布之後，成為海內外媒體轉載及研究者引用的來源。

---

[10] 林庭瑤，「對台小組 商務部長陳德銘入列」，中國時報（台北），2008年4月16日，第A16版。

[11] 中共官方是在2008年6月3日才正式對外發布，由前駐日大使、外交部副部長王毅接任國台辦主任。

　　隨後又有不同版本出現，例如，2008年6月，網路一篇有關中共〈中央領導小組序列〉的文章中，則指現任對台領導小組成員名單為：組長胡錦濤，副組長賈慶林，成員：王岐山、劉雲山、劉延東、郭伯雄、王剛、戴秉國、杜青林、陳雲林、王毅、耿惠昌、馬曉天，秘書長由戴秉國兼任。[13] 另外，同年9月，在美國*China Leadership Monitor*登載的一篇文章，所指現任對台領導小組成員名單則與上文相同。[14] 此外，讀者經常引用的維基百科，其「中央對台工作領導小組」欄目裡，引用資料似乎也是來自〈中央領導小組序列〉一文，因所列成員與前二文完全相同。[15] 至於在六四網中國人權民運信息中心，有關中央對台工作領導小組組成人員名單中，則比維基百科多了令計劃一人。[16]

　　2010年6月《亞洲周刊》一篇報導中，則指小組成員為十一人，較《聯合報》報導的多郭伯雄一人。[17] 也有學者稱，現任對台領導小組成員名單為：小組長：中央總書記胡錦濤擔任，副組長：政協主席賈慶林，秘書長：國務委員戴秉國，成員：政協副主席兼統戰部長杜青林、中央委員

---

[12] 王玉燕、林琮盛，「對台工作領導小組10人定案」，聯合報（台北），2008年5月31日，第A17版。

[13] 「中央領導小組序列」（2008年6月9日），博客，http://pk75329.bokee.com/viewdiary.32608682.htm。

[14] Alice L. Miller, "The CCP Central Committee's Leading Small Groups," *China Leadership Monitor*, No.26 (September 2, 2008), p.11, http://media.hoover.org/sites/default/files/documents/CLM26AM.pdf.

[15] 「中央對台工作領導小組」，維基百科，http://zh.wikipedia.org/wiki/%E4%B8%AD%E5%A4%AE%E5%AF%B9%E5%8F%B0%E5%B7%A5%E4%BD%9C%E9%A2%86%E5%AF%BC%E5%B0%8F%E7%BB%84。

[16] 「現任中央對台工作領導小組組成人員」，六四網，http://www.hkhkhk.com/64/messages/13231.html。

[17] 王書桓，「兩岸分設小組推海西模式」，亞洲周刊，第24卷第22期（2010年6月6日），http://www.yzzk.com/cfm/Content_Archive.cfm?Channel=ag&Path=243156341/22ag1.cfm。

及中央辦公廳主任令計劃、國安部長耿惠昌、總參謀長郭伯雄、副總參謀長（軍情）馬曉天、中台辦和國台辦主任王毅、海協會會長陳雲林、國務院副總理王岐山、商務部長陳德銘、政治局委員劉雲山、政治局委員劉延東等。[18]

　　上述各方提出名單，排序如表一，其中，胡錦濤、賈慶林、戴秉國、杜青林、耿惠昌、馬曉天、王毅、陳雲林，是共同認定的對象。但海協會會長陳雲林列名對台領導小組名單，其實頗引起研究者爭議，正反意見都有。認為他不是成員者，理由是他非中共中央委員，所以沒資格進入小組；但認為他是成員者，反駁說海協會前任會長汪道涵也不是中央委員，在江澤民、胡錦濤主政時，照樣成為小組成員，可見是不是中央委員，並非進入小組的必要條件。筆者也認為後者有理，惟大陸某一從事對台工作的官員來台參訪時，面對我方人員探詢時直接表明，陳雲林並非小組成員，因此，讓筆者也不禁動搖此一看法。至於較有歧議的七人中，劉延東、劉雲山和王剛，其實可以排除，劉延東過去擔任中共中央統戰部長，是小組當然成員，但現任國務院國務委員，分管教育及港澳工作等，與涉台業務無直接關係；劉雲山雖為中共中央宣傳部部長，但中共對台宣傳工作由國台辦直接負責，因此其進入對台領導小組的可能性甚低；王剛雖然曾是中共中央辦公廳主任而為小組成員，如今擔任全國政協副主席，已退居第二線，當然不可能再成為小組一員。

---

[18] 譚傳毅，「解構中共中央對台工作領導小組」（2011年12月21日），今日新聞網，http://www.nownews.com/2011/12/21/142-2768816.htm#ixzz1qWOS8e6X。

表一：報刊、網路提供之對台領導小組名單

職稱＼資料來源	中央總書記	全國政協主席	國務院國務委員	國務院副總理	中央軍委常務副主席	全國政協副主席	國務院國務委員	中央宣傳部長	中央辦公廳主任	中央統戰部長	國安部長	副總參謀長	國台辦主任	商務部長	海協會長
聯合報	胡錦濤	賈慶林	戴秉國						令計劃	杜青林	耿惠昌	馬曉天	王毅	陳德銘	陳雲林
博客	胡錦濤	賈慶林	戴秉國	王岐山	郭伯雄	王剛	劉延東	劉雲山		杜青林	耿惠昌	馬曉天	王毅		陳雲林
China Leadership Monitor	胡錦濤	賈慶林	戴秉國	王岐山	郭伯雄	王剛	劉延東	劉雲山		杜青林	耿惠昌	馬曉天	王毅		陳雲林
維基百科	胡錦濤	賈慶林	戴秉國	王岐山	郭伯雄	王剛	劉延東	劉雲山		杜青林	耿惠昌	馬曉天	王毅		陳雲林
六四網	胡錦濤	賈慶林	戴秉國	王岐山	郭伯雄	王剛	劉延東	劉雲山	令計劃	杜青林	耿惠昌	馬曉天	王毅		陳雲林
亞洲周刊	胡錦濤	賈慶林	戴秉國		郭伯雄				令計劃	杜青林	耿惠昌	馬曉天	王毅	陳德銘	陳雲林
今日新聞網	胡錦濤	賈慶林	戴秉國	王岐山	郭伯雄		劉延東	劉雲山	令計劃	杜青林	耿惠昌	馬曉天	王毅	陳德銘	陳雲林

資料來源：作者根據註釋12-18資料製表。

　　王岐山、郭伯雄、令計劃、陳德銘四人是否為小組成員，各方看法分歧。首先，讓筆者產生疑問的是陳德銘。2008年12月31日，中共在北京人民大會堂舉行紀念1979年元旦全國「人大」常委會〈告台灣同胞書〉發表三十周年座談會上，台上坐著的是中央總書記胡錦濤、全國「政協」主席賈慶林、副主席王兆國、國務院副總理王岐山、中央軍委常務副主席郭伯雄、中央宣傳部長劉雲山、中央辦公廳主任令計劃、中央政策研究室主任王滬寧、國務院國務委員戴秉國、中央統戰部部長杜青林，台下第一排則是坐著對台領導小組其他成員，包括總參謀部副總參謀長馬曉天、國家安全部部長耿惠昌、海協會會長陳雲林、國台辦主任王毅，就是不見商務部部長陳德銘。[19] 因此，也不禁懷疑起陳德銘到底是不是小組成員？

　　2009年12月31日，中共舉行紀念胡錦濤「1231」講話（胡六點）發表一周年的座談會，從公開的照片可以看出，在正前方主席台就座的有八人，從右至左分別是：副總參謀長馬曉天、國台辦主任王毅、國務委員戴秉國、中央軍委常務副主席郭伯雄、全國「政協」主席賈慶林、中央書記處書記兼中辦主任令計劃、全國政協副主席兼中央統戰部長杜青林、國家安全部長耿惠昌。海協會長陳雲林坐在主席台對面第一排正中央，其他還包括商務部長陳德銘、交通運輸部長李盛霖等。[20] 由此，幾可確定令計劃就是小組成員；同時大部分研究者也認定，陳雲林、陳德銘兩人應不是對台領導小組成員，尤其是陳德銘與耿惠昌同列部長，如果都是小組成員，似乎不應該如此排序。

　　2012年2月29日至3月1日，中共在北京召開中央「2012年對台工作會議」，對外公布兩張照片，其中一張是在主席台上三人，中間為全國「政

19 這是筆者當日觀看大陸中央電視台CCTV-4現場直播所見影像。

20 「學習胡六點　主席台透露中央對台班子」（2009年12月31日），中國評論網，http://www.chinareviewnews.com/doc/1011/8/4/4/101184464.html?coluid=7&kindid=0&docid=101184464。

協」主席賈慶林，左邊為中央軍委副主席郭伯雄，右邊為國務院副總理王岐山。[21] 王岐山出現在中央對台工作會議上，不禁又讓人困惑，他到底是否為對台領導小組一員？

　　筆者為希望再確認對台領導小組到底有哪些成員，乃運用德菲研究法，進行專家諮詢，首先列出人選，其中包括已被排除人選，如王剛、陳雲林等，如表二，以提示的方式，分別訪問三位研究者A、B、C君及一位主跑大陸新聞的資深記者D君，得到資料如表三。

表二：向受訪者提示之對台領導小組可能名單

職稱	姓名	出生	現職
組長	胡錦濤	1942.12	中央政治局常委、總書記、軍委主席、國家主席
副組長	賈慶林	1940.3	中央政治局常委、全國政協主席
秘書長	戴秉國	1941.3	中央委員、國務院國務委員
成　員	王岐山	1948.7	中央政治局委員、國務院副總理
成　員	郭伯雄	1942.7	中央政治局委員、中央軍委常務副主席
成　員	王　剛	1942.10	中央政治局委員、全國政協副主席
成　員	劉雲山	1947.7	中央政治局委員、中央宣傳部部長
成　員	劉延東	1945.11	中央政治局委員、國務院國務委員
成　員	令計劃	1956.10	中央委員、中央書記處書記、中央辦公廳主任
成　員	杜青林	1946.11	中央委員、全國政協副主席、中央統戰部部長
成　員	耿惠昌	1951.11	中央委員、國家安全部部長
成　員	馬曉天	1949.8	中央委員、總參謀部副總參謀長
成　員	王　毅	1953.10	中央委員、中台辦、國台辦主任
成　員	陳德銘	1949.3	中央候補委員、商務部部長
成　員	陳雲林	1941.11	海協會會長

資料來源：作者製表。

---

[21] 「賈慶林在京出席2012年對台工作會議並做重要講話」（2012年3月2日），中國政協新聞網，http://cppcc.people.com.cn/GB/71578/17274908.html。

表三：受訪者確認之對台領導小組名單

職稱＼資料來源	中央總書記	全國政協主席	國務院國務委員	國務院副總理	中央軍委常務副主席	中央辦公廳主任	中央統戰部長	中央宣傳部副部長	國安部長	副總參謀長	國台辦主任	商務部長
A君	胡錦濤	賈慶林	戴秉國	王岐山	郭伯雄	令計劃	杜青林	？	耿惠昌	馬曉天	王毅	
B君	胡錦濤	賈慶林	戴秉國	王岐山？	郭伯雄	令計劃	杜青林		耿惠昌	馬曉天	王毅	
C君	胡錦濤	賈慶林	戴秉國	王岐山	郭伯雄	令計劃	杜青林		耿惠昌	馬曉天	王毅	
D君	胡錦濤	賈慶林	戴秉國	王岐山	郭伯雄		杜青林		耿惠昌	馬曉天	王毅	陳德銘

資料來源：作者製表。

　　對台領導小組組成人員有幾人？A君認為可能是十人或十一人，C君、D君回答是十人，B君不敢肯定是九或十人。四人確認提示名單中，無爭議者為胡錦濤、賈慶林、戴秉國、郭伯雄、杜青林、耿惠昌、馬曉天、王毅八人；排除王剛、劉雲山、劉延東和陳雲林四人為小組成員。對於有爭議者三人：王岐山、令計劃、陳德銘。B君並不直接否定王岐山是小組成員，只表示不能確定。A君指出，王岐山未出席2009年12月之紀念會，係因當時出國訪問；他另提及，曾聽大陸學者提及中央宣傳部長劉雲山雖非小組一員，但該部另一副部長是其中成員，由於未指名，他也無法確認。D君則表明令計劃非小組一員，而肯定陳德銘是小組成員，其說法明顯與一般研究者看法不同。為確認令計劃是否為小組一員，筆者特別詢問於2012年3月隨同中國國民黨榮譽主席訪問大陸的一員，獲得肯定答案。

　　經過資料比對、照片觀察，以及綜合訪問所得，筆者認為對台領導小組成員應為十人：小組長：中央總書記胡錦濤，副組長：全國政協主席賈慶林，秘書長：國務院國務委員戴秉國，成員：國務院副總理王岐山、中央軍委常務副主席郭伯雄、中央統戰部部長杜青林、中央辦公廳主任令計劃、國家安全部部長耿惠昌、副總參謀長馬曉天、國台辦主任王毅。至於是否真有中央宣傳副部長為小組成員，則抱持懷疑。

肆、十八大後對台領導小組成員預判

2012年秋天中共召開「十八大」，高層人事也將大致底定，惟對台領導小組須待2013年3月第十二屆全國「人大」第一次會議通過國務院高層人事改組後，始能產生，雖然現階段對其進行預判，變數仍多，但有軌跡可循，預判如表四，並分析如下：

表四：中共對台工作領導小組未來組成人員預判表

可能接任職務	可能人選	出生	現職	備註
中央政治局常委、中央總書記、國家主席、中央軍委主席	習近平	1953.6	中央政治局常委、國家副主席、中央軍委副主席、中央書記處第一書記、中央黨校校長	小組組長
中央政治局常委、全國政協主席	張德江	1946.1	中央政治局委員、國務院副總理、重慶市委書記	副組長
	劉延東	1945.11	中央政治局委員、國務院國務委員	
國務院國務委員	楊潔篪	1950.5	外交部部長	秘書長
	王毅	1953.10	中台辦、國台辦主任	
中央政治局委員、國務院副總理	從缺			
中央軍委副主席	常萬全	1949.1	總裝備部部長	
中央書記處書記、中央辦公廳主任	栗戰書	1950.8	中央辦公廳主任	
全國政協副主席、中央統戰部部長	令計劃	1956.10	中央書記處書記、中央統戰部部長	
中台辦／國台辦主任	王毅	1953.10	中台辦、國台辦主任	
	鄭立中	1951.10	中台辦、國台辦副主任	
總參謀部副總參謀長	楊暉	1962	南京軍區參謀長	
國家安全部部長	耿惠昌	1951.11	國家安全部部長	

資料來源：作者整理。

一、組長

　　對台領導小組組長，在歷經江澤民、胡錦濤兩任之後，由中央總書記接任似已形成制度化的慣例。一般評估中共「十八大」時，習近平將是內定繼胡錦濤之後的下一任中央總書記，並將於2013年3月的十二屆全國人大一次會議上接任胡錦濤卸下的國家主席，成為中共最高領導人；惟中央軍委主席一職，胡錦濤是否循江澤民交卸軍委主席往例，延後兩年交棒給習近平，則是未知數。不過，可確知的，習近平未來接任中共中央總書記、國家主席後，勢必接管外交和國家安全工作，換言之，也勢將主導中共對台政策，順理成章的也將接任對台領導小組組長一職。

　　一般以為，習近平的涉台歷練，主要在台海對岸的福建省，歷任廈門市副市長等職務，近十八年之久；其後擔任中共浙江省委副書記／代省長（2002年10月至12月）、浙江省委書記（2002年12月至2007年3月）、上海市委書記（2007年3月至10月）。這三個省市，都是台商相對聚集較多的地方，讓習近平結識不少台商朋友、接待不少台灣訪客，因而對台灣事務具有豐富的經驗。

　　其實，習近平擔任福建省委副書記期間，主管統戰工作，對台工作是中共統戰工作的一環，就此而言，他是熟悉涉台業務的。更重要的是，其後習近平擔任中共浙江省委書記時，還兼任該省對台工作領導小組組長，直接掌管涉台工作。[22] 一般而言，絕大部分的省（區、市），其組長大都由省（區、市）委副書記擔任，只有少數地區例外，係由省委書記擔任，副組長由省委副書記擔任。相對地，顯示其較重視該地區的對台工作，由此可見，習近平不僅對台灣有充分的認識，而且確實較重視對台工作，以致親自掌控。未來，相對於前幾任領導人，他勢必緊抓對台工作。

---

[22] 台訊，「習近平強調浙江對台工作要認清形勢服務大局」，台灣工作通訊（北京），2004年第7期（總第139期）（2004年7月），頁8。

二、副組長

　　中共中央的各種領導小組，通常是由政治局常委出任組長，政治局委員擔任副組長。胡錦濤接任組長後，對台領導小組副組長一職，改由另一位政治局常委、全國政協主席賈慶林出任，兩名政治局常委同列小組內，這是過去未曾出現的安排，一方面，意味著中共越來越重視對台工作，對解決台灣問題具有急迫性；另一方面，政協本來就是統一戰線的組織，負責人參與對台工作，恰如其分。

　　未來，習近平接任對台領導小組組長後，副組長一職續由政治局常委、全國政協主席出任的可能性仍很高。至於由哪一位現任政治局委員接替賈慶林？目前尚不明朗，難以預測，以張德江、俞正聲、張高麗三人之一最有可能，其中尤以張德江最有機會；但也不排除曾任全國政協副主席、中央統戰部部長、對台小組成員的劉延東，有機會以女性之姿升任政治局常委，進而接任全國政協主席。過去劉延東曾長期接觸中共對台工作，由其擔任對台領導小組副組長，將得心應手。但因歷屆政治局常委中，尚未出現過女性，「十八大」是否有所突破，值得拭目以待。

三、秘書長[23]（外交系統代表）

　　對台領導小組的外交系統代表，從1991年3月至2003年5月，都是由外交部長升任中央政治局委員、國務院副總理者來擔任，如吳學謙、錢其琛，兩人並擔任對台領導小組副組長的角色。但胡錦濤上台後，副組長一職，改由另一位政治局常委、全國政協主席賈慶林出任，原外交部部長唐家璇直接升任國務院副總理的機會也沒了，只能出任次一級的國務委員，以及對台領導小組的秘書長。此一慣例，沿襲至次一任的戴秉國。戴秉國

---

[23] 亦有學者指稱，本屆對台工作領導小組並未設秘書長，所以戴秉國並非小組的秘書長。

雖未擔任過外交部長，但曾任中共駐匈牙利大使、外交部副部長，又擔任過中共中央對外聯絡部副部長、部長，兼具政府外交和政黨外交經驗；也曾任中央外事工作領導小組辦公室主任、中央國家安全工作領導小組辦公室主任，對涉台業務並不陌生。

由出身外交系統者升任國務委員，並分管外事、涉台及僑務工作的模式，延續至下一屆的可能性甚高。至於繼任人選，以現任外交部部長楊潔篪和國台辦主任王毅兩人最具機會。楊潔篪生於1950年5月，十八大時，已是62歲，離開外交部部長一職的可能性相當高。

四、國務院副總理

國務院副總理王岐山，目前分管財經工作，也是中共行政部門對台經貿工作的負責人。他生於1948年7月，幾乎被公認在「十八大」時，一定會晉升為中央政治局常委，有可能擔任國務院常務副總理，或是全國人大常委會委員長。至於接任人選，如果就專業而言，現任商務部部長陳德銘有其條件，可惜已超過中央委員62歲的門檻。一般而言，晉升副總理，幾乎都來自省（市）委書記，由於符合條件者相當多，尚難以預判。

五、中央軍委常務副主席

現任中央軍委常務副主席郭伯雄，生於1942年7月，早已逾68歲，「十八大」後確定將退下。未來拔擢的軍委常務副主席，可能由可續任的軍委委員常萬全、吳勝利、許其亮三人中選任。其中又以1949年1月生，歷任蘭州軍區參謀長、北京軍區參謀長、瀋陽軍區司令員、解放軍總裝備部部長等職的常萬全，最有可能接任郭伯雄位置；但因其年齡較大，也有人認為其將會接任國防部長。

六、中央辦公廳主任

　　中央辦公廳是中央總書記重要幕僚機構，負有獲取和處理、加工關於國家安全和外交事項的主要訊息的功能，猶如西方國家的內閣辦公廳或秘書處。[24] 因此，辦公廳主任均由中央書記處書記兼任。

　　中央辦公廳主任加入對台領導小組始於1998年4月，當時的中央辦公廳主任為曾慶紅，他身為江澤民的親信，在此之前，曾扮演兩岸密使角色，與李登輝總統辦公室主任蘇志誠有多次的互動。2003年3月小組改組時，中央辦公廳主任王剛亦成為成員，雖然算不上是胡錦濤的親信，但他的對台工作背景與情報業務專長，讓他擔任輔佐胡錦濤的角色，頗能得心應手。2007年9月，原副主任令計劃接替王剛的主任位置。他不僅是團系，同時是胡錦濤愛將，而且工作能力強，加入對台領導小組，看來同樣是扮演輔佐胡錦濤的角色。

　　2012年9月1日，中共突然透過新華社對外公布，「中共中央決定：令計劃同志兼任中央統戰部部長，不再兼任中央辦公廳主任職務；杜青林同志不再兼任中央統戰部部長職務；栗戰書同志任中央辦公廳主任。」[25] 顯示，中共已在為中共「十八大」人事預先布局。令計劃雖受胡錦濤重用，但在「十七大」僅獲任中央書記處書記兼中央辦公廳主任，並未更上一層樓升任為中央政治局候補委員。[26] 此次職務調整之後，是否仍能在「十八大」上依照曾慶紅、王剛的慣例，升任中央政治局委員，充滿了變數。新任中央辦公廳主任栗戰書，2012年7月底才從中共貴州省委書記調任中共中央辦公廳常務副主任，不到二個月，隨即調升主任。而這表明，「十八

---

24 薛理泰，「胡錦濤掌握了黨政軍大權（中共中央辦公廳簡介）」（2007年9月24日），聯合早報網，http://www.zaobao.com.sg/yl/yl070924_508.html。

25 「令計劃兼任中央統戰部部長 栗戰書任中央辦公廳主任」（2012年9月1日），新華網，http://news.xinhuanet.com/politics/2012-09/01/c_112926501.htm。

26 中共十七屆一中會議，只選出二十五名政治局委員，未設候補委員。

大」後，栗戰書將成為新領導人習近平的核心幕僚。2013年，對台領導小組改組時，栗戰書勢必成為其中一員。

七、中央統戰部部長

中共中央統戰部為中共進行國內統戰、海外統戰和對台統戰工作的領導機構，也是對台領導小組的當然成員之一。現任部長杜青林，1946年11月生，至今已過65歲，幾乎可確認2012年將會離任。一般原以為現任副部長中，以同時擔任國家民族事務委員會主任的楊晶（蒙族）最有機會升任。楊晶曾任內蒙古自治區主席，是中共刻意栽培的少數民族。惟中共在2012年9月1日對外公布，杜青林不再兼任中共中央統戰部部長職務，其統戰部部長職務卻是由中央書記處書記令計劃兼任。看來，楊晶接任中央統戰部部長的可能性越來越低。未來，令計劃如在「十八大」後繼續擔任中央統戰部部長職務，則其將是新一屆對台領導小組的當然成員。

八、中台辦（國台辦）主任

中台辦、國台辦是中共黨中央、國務院主管對台工作的辦事機構，「兩辦合一」，是「一套人馬、兩塊招牌」。中共成立國台辦，有其政策目標和行政功能，但畢竟涉台工作具有政治性和敏感性，因此，任命鄧小平的牌友，當時的國家計劃委員會副主任丁關根兼任首屆國台辦主任。[27]丁關根後調任中央統戰部部長，由時任福建省長的王兆國接任國台辦主任，其後王兆國同時擔任中央統戰部部長，直至1996年11月，才將國台辦主任位置交給陳雲林。陳雲林是在1994年3月從黑龍江省副省長調國台辦

---

[27] 有人認為丁關根兼任「國台辦」主任，主要係因擔任中央書記處書記，主管統戰工作之故，惟丁關根是在1989年6月，也就是「六四事件」之後，才接任書記職務，此時擔任「國台辦」主任已有八個月之久了。

副主任，1996年11月接任主任一職，主管對台工作長達十四年之久，在中共部級領導中，無人出其右。

　　2008年6月3日，中共官方才正式發布由前駐日大使、外交部副部長王毅接任中台辦、國台辦主任。王毅獲得胡錦濤欽點的人際關係網絡因素，外人較難以知曉。但從王毅人格特質、工作經歷和能力，或許可以探之其獲得重用原因及政治意涵：第一，過去工作表現獲得肯定。王毅大學畢業後，進入中共外交部亞洲司後一路高升，幾乎經歷的每個職位，都創下「外交部該職位最年輕記錄」，2001年，48歲時又成為外交部史上最年輕的副部長。2004年9月，中共與日本關係低潮之際，王毅臨危受命擔任駐日大使，2007年9月離任時，兩國關係總算走過最艱難的時期，進入更成熟、穩定的階段。[28] 第二，具有豐富的對外談判經驗。2003年8月至2004年6月，王毅擔任北韓問題「六方會談」的中方代表團團長，與相關國家折衝經驗豐富。[29] 因此，選擇王毅這樣一個具有涉外談判經驗處理兩岸談判及其涉及的國際事務，似乎是必要的安排。第三，對日涉台問題駕輕就熟。日本與美國同為兩岸關係中的重要利益相關者，中共隨時都在防阻日本介入台海問題。過去國台辦赴國外溝通宣達對台政策立場時，主要以美國為重點，而王毅身為日本通，因日語流利，與日本政界、媒體人溝通無礙，在此一方面，可扮演積極而適宜的角色。

　　王毅接任國台辦主任之後，執行胡錦濤的「兩岸關係和平發展」對台政策，表現相當優異。兩岸兩會迄今舉行七次會談，簽訂十六項協議、一項共識，隱身其後的王毅扮演關鍵性角色，有人認為王毅在國台辦主任任內，表現甚佳，有可能留任原位，當然也有人評估其將有機會在中共

---

[28] 「王毅在日三年不辱使命，冰已消融，道仍修遠」（2007年10月4日），你好台灣網，http://big5.am765.com/shouye/syxw/gj/200710/t20071004_294294.htm。

[29] 「人物：新任國台辦主任王毅」（2008年6月6日），新京報網，http://www.thebeijingnews.com/news/deep/2008/06-04/021@090230.htm。

「十八大」後，接替楊潔簾出任外交部長，或接替戴秉國位置升任國務委員，甚至更上一層樓，晉升為中央政治局委員。至於王毅如調升其他職務，將由誰接任國台辦主任？據了解，鄭立中是其中角力者之一。2007年，中共「十七大」前，一般以為鄭立中由廈門市委書記上調北京擔任國台辦副主任，就是準備接替陳雲林位置；但「十七大」中央委員選舉，其仍然只列名候補委員，註定出局。在2012年中共「十八大」召開前，鄭立中力求表現，來台全省走透透，深入基層，顯然希望做出成績，為自己累積政治資本，在「十八大」會議上當選中央委員，進而升任國台辦主任。

九、總參謀部副總參謀長

　　中共軍事情報部門的負責人長期以來都是中共對台工作的核心領導成員，例如毛澤東和周恩來時期的軍委情報系統的總負責人李克農，就是中共對台工作的主要負責人之一。1996年1月，時任對台領導小組成員、總參謀部總參謀長助理的熊光楷升任副總參謀長之後，共軍分管外事、情報工作的總參謀部副總參謀長，即成為對台領導小組的當然成員。一方面係因其分管業務因素，另一方面也係其地位較高，在共軍內部較易發揮協調功能。

　　代表共軍出任對台領導小組成員的總參謀部副總參謀長的馬曉天，生於1949年8月，出身空軍，2009年7月，晉升為空軍上將，是解放軍空軍司令的預備人選。其繼任人選，以總參謀部情報部前部長、現任南京軍區參謀長的楊暉最有可能。1962年出生的楊暉，由總參情報部原部長身分升任南京軍區參謀長，被認為是第一位「六十後」大軍區領導和全軍最年輕的副大軍區級幹部，因此備受關注。2011年5月，中央軍委委員、總參謀長陳炳德訪美時，向美軍參謀長聯席會議主席邁克‧馬倫（Mike Mullen）介紹陪同的楊暉時，特別指出他「俄文也行，英文也行」，是共軍中的

「雙語人才」，並且「為反恐情報做出貢獻」。[30] 很顯然，楊暉出任南京軍區參謀長，只是過渡，增加資歷，以便為其調升總參謀部副總參謀長預作準備。

十、國家安全部部長

中共國家安全部係在1983年7月成立，由原中央調查部、公安部國外局（政治保衛局），以及中央統戰部、國防科工委等部分單位合併而成。[31] 現任部長耿惠昌，係於2007年8月底接替許永躍，升任部長。耿惠昌曾任該部所屬國際關係學院美國研究所副所長、所長、中國現代國際關係研究所所長，以及北京市國家安全局局長、國家安全部副部長，係美國專家。由於其生於1951年11月，離退休年齡尚有四年多，因此續任的可能性相當高。

伍、結論

就研究中共對台人事而言，要能正確掌握對台領導小組成員，其實相當困難；因為，有關中共中央和國務院議事性協調機構的職務，中共基本上不予公開。[32] 研究者只能藉由媒體、網路、照片，以及訪談等方式，去拼湊出「接近」完整的圖像，畢竟在官方未將資料公開以前，也沒有百分之百把握其無誤。因此，本文得出現任對台領導小組成員為胡錦濤、賈慶林、戴秉國、王岐山、郭伯雄、杜青林、令計劃、耿惠昌、馬曉天、王毅

---

[30] 「5高級將領履新大軍區 48歲的楊暉備受關注」（2011年8月2日），南方報業網，http://nf.nfdaily.cn/nfdsb/content/2011-08/02/content_27607915.htm。

[31] 朱建新、王曉東，各國國家安全機構比較研究（北京：時事出版社，2009），頁359。

[32] 中共中央組織部、中共中央黨史研究室編著，中國共產黨歷屆中央委員大辭典（北京：中共黨史出版社，2004），編輯說明，頁3。

十人，只能說應已接近事實了。

　　再就預測中共「十八大」後對台人事來說，亦是有其難度。依照過去，中共較大幅度的人事異動，出現在中國共產黨全國代表大會召開前後，以及新一屆全國人民代表大會召開時三階段。一般而言，省級地方大都是在黨大會舉行前一年進行人事大調整，全大陸三十一個省市在黨大會召開前完成換屆改選，以便新一屆的省（區、市）委書記和省（市）長（區主席）能順利進入中共中央委員會。當然在此一波人事更動中，有不少中央部委領導接任省級領導，因此亦會涉及中央部委的人事變動。其次是黨大會舉行後，陸續選出中央委員、政治局委員、政治局常務委員、書記處成員、紀委書記，以及中央軍委成員，隨著黨的高層人事確定，中共中央直屬機構也展開另一波的人事替換。最後是次年的全國人大召開期間，再展開一波較大幅度的人事異動，這是中央政府，也就是國務院系統的人事更動，主要是因為受到任期兩屆十年以及年齡限制因素影響，會有一部分國務院領導及部委負責人退離。換言之，必須在上述人事底定後，對台領導小組才有可能完成改組，因此，就時間點而言，目前進行對台人事預測似乎過早些。但也因為這樣，才能讓人事預測這件事充滿驚奇和樂趣，處處考驗研究者的專業性、判準的依據及來源的可靠性等。

參考書目

一、中文部分

「5高級將領履新大軍區 48歲的楊暉備受關注」（2011年8月2日），南方報業網，http://nf.nfdaily.cn/nfdsb/content/2011-08/02/content_27607915.htm。

「人物：新任國台辦主任王毅」（2008年6月6日），新京報網，http://www.thebeijingnews.com/news/deep/2008/06-04/021@090230.htm。

「中央對台工作領導小組」，維基百科，http:// zh.wikipedia.org/wiki/%E4%B8%AD%E5%A4%AE%E5%AF%B9%E5%8F%B0%E5%B7%A5%E4%BD%9C%E9%A2%86%E5%AF%BC%E5%B0%8F%E7%BB%84。

「中央領導小組序列」（2008年6月9日），博客，http://pk75329.bokee.com/viewdiary.32608682.htm。

「王毅在日三年不辱使命，冰已消融，道仍修遠」（2007年10月4日），你好台灣網，http://big5.am765.com/shouye/syxw/gj/200710/t20071004_294294.htm。

「令計劃兼任中央統戰部部長 栗戰書任中央辦公廳主任」（2012年9月1日），新華網，http://news.xinhuanet.com/politics/2012-09/01/c_112926501.htm。

「何謂德爾非法（Delphi technique）研究方法」，奇摩知識，http://tw.knowledge.yahoo.com/question/question?qid=1405120418197。

「現任中央對台工作領導小組組成人員」，六四網，http://www.hkhkhk.com/64/messages/13231.html。

「賈慶林在京出席2012年對台工作會議並做重要講話」（2012年3月2日），中國政協新聞網，http://cppcc.people.com.cn/GB/71578/17274908.html。

「學習胡六點 主席台透露中央對台班子」（2009年12月31日），中國評論網，http://www.chinareviewnews.com/doc/1011/8/4/4/101184464.html?coluid=7&kindid=0&docid=101184464。

「黨政領導幹部選拔任用工作條例」（2002年7月），人民網，http://www.people.com.cn/GB/shizheng/16/20020723/782504.html。

「黨政領導幹部職務任期暫行規定」（2006年8月），新華網，http://news.xinhuanet.com/politics/2006-08/06/content_4926300.htm。

中共中央組織部、中共中央黨史研究室編著，中國共產黨歷屆中央委員大辭典（北京：中共黨史出版社，2004）。

王玉燕、林琮盛，「對台工作領導小組10人定案」，聯合報（台北），2008年5月31日，第A17版。

王書桓，「兩岸分設小組推海西模式」，亞洲周刊，第24卷第22期（2010年6月6日），http://www.yzzk.com/cfm/Content_Archive.cfm?Channel=ag&Path=243156341/22ag1.cfm。

台訊，「習近平強調浙江對台工作要認清形勢服務大局」，台灣工作通訊（北京），2004年第7期（總第139期）（2004年7月），頁8。

朱建新、王曉東，各國國家安全機構比較研究（北京：時事出版社，2009）。

林庭瑤，「對台小組 商務部長陳德銘入列」，中國時報（台北），2008年4月16日，第A16版。

邵宗海、蘇厚宇，具有中國特色的中共決策機制：中共中央工作領導小組（台北：韋伯出版社，2007年6月）。

景彬主編，中國共產黨大辭典（北京：中國國際廣播出版社，1991）。

童小鵬，風雨四十年，第二部（北京：中央文獻出版社，1996）。

熊華源、廖文心，周恩來總理生涯（北京：人民出版社，1997）。

褚志鵬，「深度集群訪談法（FGI）」（2009年），東華大學，http://faculty.ndhu.edu.tw/~chpchu/POMR_Taipei_2009/Teach2009.pdf。

薛理泰，「胡錦濤掌握了黨政軍大權（中共中央辦公廳簡介）」（2007年9月24日），聯合早報網，http://www.zaobao.com.sg/yl/yl070924_508.html。

譚傳毅，「解構中共中央對台工作領導小組」（2011年12月21日），今日新聞網，http://www.nownews.com/2011/12/21/142-2768816.htm#ixzz1qWOS8e6X。

二、英文

Miller, Alice L.,"The CCP Central Committee's Leading Small Groups," *China Leadership Monitor*, No.26 (September 2, 2008), p.11, http://media.hoover.org/sites/default/files/documents/ CLM26AM.pdf.

中國對台政策的戰略調整——
胡錦濤的「交往與避險」政策將如何被繼承？

松田康博

（東京大學東洋文化研究所教授）

摘要

　　透過對陳水扁政權的對應，中國了解到台灣問題與其說是必須立即解決的迫切問題，不如說是必須定位在自身長期和平發展與擴張軍備才能解決的問題。這代表著中國必須讓自己富裕起來，強化與台灣的經濟關係，同時也必須等到擁有足以對台動武、有效阻止美國介入的軍事力量，才有可能實現這個目標。因此中國的對台政策調整為：以重視交往來穩定發展的方向。特別是馬英九政權的誕生，使胡錦濤對以往的政策進行調整，因應兩岸的政治問題或與台灣的國際關係有關的困難政策。

　　胡錦濤政權的「交往與避險」政策，是一種與中國自身的發展戰略密切結合的務實政策，或許將會一成不變地被下任政府所繼承，但中國持續崛起，如果台灣的狀況再度變得難以控制時，中國的對台政策可能會回歸以民族主義為核心、視統一為必然的「進步史觀」的政策，也就是當台灣不朝向統一的方向前進時，將會面臨中國採取強硬手段的風險。而且只要中國政經的不穩定性與不確實性繼續存在，也不排除可能會成為兩岸關係發生變化的導火線。

關鍵詞：兩岸關係、對台政策、大陸政策、胡錦濤、交往與避險

壹、前言

　　本文的目的是探討胡錦濤政權的「交往與避險」（engagement and hedging）對台政策的特徵，除了分析其政策開展的過程，也期待藉此了解下屆政府將可能如何繼承胡錦濤政府的政策。

　　對中華人民共和國而言，台灣是長期革命的對象，從毛澤東時代以來即採取「進步史觀」[1]式的一邊倒促統政策（基於使命，使用包括武力在內之選項以改變現狀）。但在提出和平統一政策後，其政策內涵即開始出現變化。在1990年代受到美國對華政策的影響，中國政策菁英在決策時也展現出為了有效控制台灣行動的「交往與避險」政策（維持現狀，並透過和平手段試圖長期、漸進地變更現狀）。而實際上在鄧小平時期即可看出此政策的脈絡，到了胡錦濤政權時則更加定型穩固。

　　預定在2012年秋季召開的中國共產黨第十八屆全國代表大會（以下簡稱「十八大」）、翌年春天召開的全國人民代表大會、中國人民政治協商會議所誕生的第五代領導班子，理應會繼承胡錦濤政權的對台政策。因為江澤民以來的中國政治已經高度官僚化，新的領導班子在第一任之初，較不容易提出與前任者截然不同的新政策。而且梯隊換屆的黨代表大會不一定會是外交與對台政策的轉捩點，因為在外交與對台政策方面，美國和台

---

[1] 如同近代化論或馬克思主義所述，「進步史觀」是以人類必然朝向某個方向邁進為前提的史觀。而「交往與避險」並非對懷抱著某種問題的對手置之不理，而是透過交往，一方面誘導對手不要朝向本身所不希望或者是對手所希望的方向前進；另一方面做好當對手不朝向其所希望的方向前進時的最壞打算之因應措施。本文認為，如果中國的對台灣政策是採取「進步史觀」的思維，即表示大陸認為大陸與台灣的統一是一種歷史的必然，也是人心所向，即使要動用武力也必須將障礙加以排除的意識形態。但當其是「交往與避險」的策略，則表示大陸為了讓台灣向對其有利的方向前進，必須擴大交流，可是一旦台灣採取台灣獨立或大幅朝獨立的方向移動，則以武力威嚇或使用武力加以阻止。

灣的總統大選結果等外部因素，遠比黨代表大會等內部因素還要重要。而且馬英九的連任證明了胡錦濤對台政策的方向正確，中國更沒有改變其對台政策的迫切性。不過，中國未來對台政策的發展方向還有相當的討論空間，有必要加以探討。

貳、中國危機意識高漲——「五一七聲明」與「胡四點」

中國將1950年代以來的台海分隔現狀視為革命尚未完成的狀態，而將「解放台灣」視為完成革命的正當理由。同時隨著現狀固定化，「解放台灣」迅速地成為正確的意識形態，沒有任何人可以對其表示異議。但在鄧小平達成美中關係正常化、啟動改革開放政策，並對台灣開始採取「和平統一、一國兩制」政策之後，此一狀況開始發生變化。中國從基於意識形態一邊倒、企圖強制改變現狀的立場，轉變為基於務實主義、暫時接納現狀以進行改革開放等自我變革的立場。也因為此一轉變，使得中國可以提出吸引台灣當局與人民的具體政策。[2]

不過由於台灣在1990年代的民主化，與隨之衍生出的本土化政治變動，使得中國逐漸開始憂慮台灣的政策方向，最顯著的就是從1995年到1996年間的第三次台灣海峽危機。當時所實施的「文攻武嚇」是中國宣示和平統一政策以來，首度對台灣採取的避險政策。而且在經歷1999年李登輝的「兩國論」發言與陳水扁當選總統並連任後，中國對於台灣的政策方向更加憂心。1996年以來，不管中國有無實施武力威嚇，被視為親中的主要總統候選人都會落選。也就是說，不論中國是否訴諸威脅台灣以牽制其行動的「硬政策」，或者是採取誘導台灣往其所偏好的方向發展的「軟政

---

[2] 松田康博，「中國的對台灣政策——1979-1987年」，國際政治，第112號（1996年5月），頁134。

策」，都會導致不為中國所偏好的選舉結果，使得中國陷入兩難。

　　陳水扁總統第二任就職前夕的2004年5月17日，中共「國台辦」發表關於對台灣政策聲明（五一七聲明）。[3] 中國在「五一七聲明」中既未提到「使用武力」，亦未觸及「和平統一」，足以顯示中國的兩難。但「五一七聲明」當中以「和平談判」取代了過去以來使用在統一交涉的「政治談判」，以「兩岸關係和平穩定發展的框架」取代了「和平統一」，這代表中國不準備繼續推動迫使台灣接受「一個中國」的政策，強調只要「摒棄『台獨』主張，停止『台獨』活動，兩岸關係即可展現和平穩定發展的光明前景」。由於民進黨長期執政，使得「促進統一」的政策越來越失去實現的可能，因此以陳水扁連任為契機，中國對台政策的戰術目標由「促統」轉換為「反獨」。換言之，我們可以從「五一七聲明」中解讀其強調的重點，可能已由「和平統一」切換到「維持現狀」。[4]

　　而胡錦濤政權在保有危機意識之下，於2005年3月4日發表了關於對台灣政策的四項聲明，此項聲明被稱為「胡四點」，其要點為：(1)堅持一個中國原則絕不動搖；(2)爭取和平統一的努力絕不放棄；(3)貫徹寄希望於台灣人民的方針絕不改變；(4)反對台獨分裂活動絕不妥協。這四點都是以否定句來表明其決心。[5]

---

[3]　「中共中央台灣辦公室、國務院台灣事務辦公室授權——就當前兩岸關係問題發表聲明」，人民日報，2004年5月17日，第1版。

[4]　松田康博，「改善の『機會』は存在したか？——中台關係の構造變化」，若林正丈編，ポスト民主化期の台灣政治—陳水扁政權の八年（千葉：日本貿易振興機構アジア經濟研究所，2010），頁241。

[5]　「胡錦濤在看望參加政協會議的民革台盟台聯委員時強調包括台灣同胞在內的全體兒女團結起來共同為推進祖國和平統一大業而努力奮鬥」，人民日報，2005年3月5日，第1版。

參、「硬軟兼施」與阻止獨立——「反分裂國家法」

2005年3月14日，十屆「人大」第三次會議以贊成二八九六票、棄權二票、反對〇票，幾乎是一致的通過「反分裂國家法」。中國過去都是以白皮書或政策聲明闡述對台政策，但可能是為因應最壞狀態，便轉為透過比憲法位階較低的法律來體現其對台政策。

不過筆者認為，「反分裂國家法」與過去的對台政策有五個不同的特徵。第一個特徵就是其名稱不是「統一促進法」，而是將重心置於「維持現狀」。[6] 以第8條為例，相較於過去露骨的「使用武力」，改用了稍微和緩的「非和平手段」，應該就是基於這樣的思維。因為如果以「促進統一」為目的，隱含使用武力的字眼，該法將成為企圖改變現狀的「戰爭法」，如此將會招致國際社會的批判，「中國威脅論」的批評也將會越來越嚴重。當然，中國認知的現狀是「中國沒有分裂，因為中國只有一個，台灣是中國的一部分，只不過是目前尚未統一」，這與將現狀視為分裂狀態的台灣，或是目前國際社會的認知可以說是「同床異夢」。但如果中國也在最低限度下使用維持現狀的字眼，就有可能讓美國的擔憂從中國轉移到陳水扁政權。總之，不管現狀為何，中國要的是讓國際社會認為自身是「維持現狀勢力」。

「反分裂國家法」的第二個特徵，就是實際上將「一國兩制」政策降格。由於「一國兩制」政策始終被七成以上的台灣民眾拒絕，越提出該政策，只會越造成台灣民眾對中國的負面觀感。不過由於這是鄧小平所提倡的重要政策，胡錦濤也不敢貿然宣布放棄，因此該法在有關統一後的體制方面，使用了抽象的「不同制度與高度自治」，以取代固有的「一國兩

6　有關「反分裂國家法」制定過程的相關分析，請參閱松田康博，「改善の『機會』は存在したか？——中台關係の構造變化」，2010年，頁242-244。

制」。如此一來，透過將「一國兩制」排除在法律層次之外，使中國不一定要在政策層次的宣示中在在提及「一國兩制」，同時也為今後漸進式的取消對台的「一國兩制」創造出政策空間。

第三個特徵是對台灣的「硬軟兼施」途徑，也就是「該硬的更硬，該軟的更軟」。[7] 其強硬政策就如同第8條所述，明文規定暗含使用武力等強硬手段之「非和平手段」。但除此之外的內容都是減少對交流與交涉的政治束縛，與過去相比，這可以說是屬於軟性的政策。

第四個特徵是嚴格規定行使「非和平手段」的條件，同時在行使武力的條件上保有一定的「戰略模糊」。行使「非和平手段」的條件是「台獨分裂勢力以任何名義、任何方法造成台灣從中國分裂出去的事實、發生將會導致台灣從中國分裂出去的重大事變、和平統一的可能性完全喪失」等三點，但過去強調「外國勢力的干涉」、「台灣當局無限期地拖下去」等部分則並未被列入。由此可知，行使「非和平手段」的門檻設定得比以往較高。

此外，如第9條規定:「國家盡最大可能保護台灣平民和在台灣的外國人的生命財產安全和其他正當權益，減少損失」，也是為了抑制無限制地使用武力的設計。因為即使中共內部強硬派主張沒有勝算的動武，也將會被要求遵守此法律規定。就維持「戰略模糊」而言，中國掌握了「和平統一的可能性」是否已經喪失的解釋權，而針對「台灣獨立」的策略，則不一定會出現「即時使用武力」的可能性，這不難看出中國企圖保留政策彈性空間的努力。

詳細分析「反分裂國家法」後可以發現，與其說它是動武論，不如說它是「五一七聲明」後為了堅持「維持現狀」的潮流所制定的法律。胡錦濤看似延續了以往鄧小平、江澤民的對台政策之基調，實際上卻是將其改

---

[7] 徐博東，「大陸調整對台政策策略」，人民日報，2005年6月14日，第3版。

寫為可以提出新的柔性政策的內容。總之，「反分裂國家法」就是打著鄧小平、江澤民對台政策的招牌，實際上卻是脫離鄧小平、江澤民所採取的政策。

肆、胡錦濤的十七大報告──「胡四點」與「三個共同」

　　2007年10月，中共召開第十七屆全國代表大會，簡稱「十七大」，胡錦濤在政治報告強調，將從過去專注於成長的發展模式，轉換為考慮到資源與環境之「以人為本」的發展模式。具有胡錦濤色彩的「科學發展觀」也被寫入中國共產黨黨章。而有關台灣的部分更顯示了胡錦濤特色的對台政策已經確立。

　　報告首先在「和平統一、一國兩制」與「江八點」的部分只有提到名稱，其次則將2005年「胡四點」的要點全文列出。[8] 其他方面則列入了「三個共同」，也就是：(1)中國是兩岸同胞的共同家園；(2)十三億大陸同胞和兩千三百萬台灣同胞是血脈相連的命運共同體；(3)任何涉及中國主權和領土完整的問題，必須由包括台灣同胞在內的全中國人民共同決定。

　　特別是(3)指出，即使台灣實施以台灣名義加入聯合國的公民投票並獲得通過，中共也可將此視為屬於「共同決定」的事項，而將其宣告為「無效」。同時也可將「因為必須共同決定，所以任何現狀變更，沒有得到台灣同胞之同意是不行的」解釋為隱含了行使武力的意思，而以此說服內部強硬派。特別是可以建構：行使武力將傷害到台灣，破壞「共同家園＝自己的家園」，對「命運共同體＝大陸自己」造成傷害，因此必須盡最

8　以下的報告內容全部參閱胡錦濤，高舉中國特色社會主義偉大旗幟、為奪取全面建設小康社會新勝利而奮鬥──在中國共產黨第十七次全國代表大會（北京：人民出版社，2007）。

大的努力加以迴避的對台政策邏輯。

緊接著「三個共同」是：過去溫家寶所說的「我們願以最大的誠意，盡最大的努力，實現兩岸和平統一」。這表示中國如果沒有在兩岸和平統一竭盡「最大的努力」，就不能動武。至於什麼是「最大的努力」，則是曖昧不明，因為只要提到「胡四點」的「爭取和平統一的努力絕不放棄」，就等於在理論上努力是沒有上限的。同時通篇內容沒有提到「使用武力」或是「非和平手段」的字眼。如果從當時台灣內部的情勢來看，雖然是處於中國即使表現強硬也不奇怪的時間點，但是該報告卻表現出即使公民投票結果對中國不利，不必動用武力也可以解決問題的邏輯。

中國的台灣專家則對胡錦濤的報告提出了各式各樣的「解讀方式」。中國人民大學的黃嘉樹教授就指出，對於「一個中國」原則，已經從過去的「屬政府主義」、「屬地主義」，轉變為「屬人主義」。[9] 這並非是過去「中華人民共和國政府是中國唯一的合法政府」或者是「大陸與台灣同屬一個中國」的表述，而是指「三個共同」裡多次出現的「中華兒女」、「中國人」之字眼，甚至存在著只要台灣民眾承認自己是「中國人」就可以的意涵。對中國而言，兩岸對話中斷的狀態是否改變，最終關係到台灣是否接受「一個中國」原則，而透過新的表達方式，可以為台灣創造出較以前更容易接受「一個中國」原則的有利環境。

伍、「交往與避險」政策的明確化

避免使用武力並採取提供優惠的貿易投資的柔軟政策，結合不放棄使用武力的強硬政策，原本就是鄧小平採取迫使台灣進入「一個中國」架構的「兩手策略」。[10] 經過前面的分析，如果換個字彙來表達，其實就等同

9　黃嘉樹，「解讀胡錦濤對台新論述」，中國評論，總第120期（2007年12月），頁21-22。
10　松田康博，「中国の對台灣政策──1979-1987年」，頁128-131。

是「交往與避險」戰略。交往與避險經常被使用在解釋美國的對華戰略，[11]
這是一種在無法判定對手是敵或友且高度不確定時所使用的戰略，也可以
適用在解釋中國的對台政策。在江澤民時代，透過海協會與海基會的間接
接觸所進行的事務層級談判，可以說是交往政策的表現；而1996年的第三
次台海危機的武力威嚇則是避險政策的操作。

　　胡錦濤政權的「交往與避險」戰略則又更加明確化。在執行面上，由
於中國越來越難以應對陳水扁政權，因此首先對於實施獨立路線的陳水扁
政權只維持著有限的交往。例如在2005年，中國開始與台灣方面重新展開
中斷兩年的兩岸春節包機交涉，但同時讓中國國民黨代表團參與此次交
涉，讓國民黨在此議題上得分。[12]

　　另一方面，中國邀請與國民黨同系的在野黨訪問中國，意圖拉攏國民
黨與親民黨。國民黨主席連戰於2005年4月26日至5月3日訪中時，與胡錦
濤總書記共同發表包括重新召開對等對話等五點的「新聞公報」。[13]中國
並巧妙地利用連戰意圖連任黨主席、立法委員選舉前朝野黨派之間，與國
民黨為主的泛藍軍的在野各黨之間存在的競爭關係、軍購預算等問題，成
功地分化了台灣內部的政治勢力。[14]

　　而民進黨在2004年立法委員選舉敗選以來，中國也持續的落實柔軟政
策，因為中國認為不用「擔心」實施柔軟政策會有利於陳水扁政權。而此
柔軟政策乃是依據「反分裂國家法」的軟硬兩手策略，明顯地存在著分化

---

[11] 有關美國對華政策的「交往與避險」途徑的相關分析，請參閱Michael D. Swaine, *America's Challenge: Engaging a Rising China in the Twenty-First Century* (Washington, D.C.: Carnegie Endowment for International Peace, 2011), pp. 24-26.

[12] 中川昌郎，「中台直行便と新行政院長（2005年1月）」，東亞，第453号（2005年3月），頁46-50。

[13] 「中國共產黨總書記胡錦濤與中國國民黨主席連戰會談新聞公報」，人民日報，2005年4月30日，第1版。

[14] 松田康博，「蛇行する台灣の政治潮流と中台關係」，東亞，第459号（2005年9月）。

台灣朝野政黨的統戰意圖。

中國對台灣農產品開放市場也屬於統戰的一環。中國商務部在2004年7月28日宣布，自8月1日起單方面免除對於台灣產的十五種水果之關稅。[15]但中國在此時間點還只是「單方面」宣布優惠措施。在2005年連戰主席訪中後，由於國共兩黨建構了「國共平台」，開始實施定期的交流，使得此等優惠措施開始直接影響到台灣的內政。中國不只是單方面，而是透過分別與台灣當局，以及與國民黨相關的在野黨間進行對話，以實施兩岸包機之定期化、促進中國大陸民眾來台觀光、保護台灣對大陸投資、農業合作等具體且有利於台灣的政策，同時其中一部分是透過與國民黨的會議對外宣布。也因為符合台灣民眾利益的措施越來越多，連民進黨政權也難以從正面反對。

連戰訪問中國前，國民黨的政策主要是以批判陳水扁政權為中心，其主張的促進三通等政策內容與政府方面並無太大差異。但由於連戰訪問中國大陸、國共和解，連戰與胡錦濤間共同發表的「新聞公報」所提倡的交流平台（兩岸經濟貿易論壇等）也正式成立。這些平台意味著國共之間開始了實質的交涉，並成為中國宣示台灣製品擴大進口等對產業界有利政策，是透過其協助而得以推動。成為正副總統候選人的馬英九、蕭萬長的政見，也強烈反映著「九二共識、海基會海協會恢復談判、兩岸共同市場、三通、直航」等國共兩黨之間的協商內容，並有國民黨、親民黨以及新黨的有關人士絡繹不絕地訪問大陸、進行交流。[16]

---

[15] 「下月起十五種台灣水果進口零關稅──惠及廣大台灣果農」，人民日報，2004年7月29日，第1版。

[16] 高長、王正旭，「兩岸關係的回顧、新情勢與前瞻」，遠景基金會季刊，第9卷第3期（2008年7月），頁180-183。

陸、對馬英九政權的交往政策——「胡六點」調整和平發展戰略

2008年3月22日，台灣舉行了第四次的總統直選，國民黨候選人、前台北市長馬英九大勝民進黨候選人、前行政院長謝長廷，實現了第二次的政黨輪替。而民進黨提出的加入聯合國公民投票，以及國民黨所提出的重返聯合國的公民投票，都因為投票率未達標準而沒有成立。陳水扁時代透過提升台灣認同以挽回劣勢的選舉政策，也因為馬英九的當選、公民投票未成立、陳水扁前總統被逮捕下獄而宣告結束。

馬英九為了訴諸維持現狀，提出了「不統、不獨、不武」的口號。但最重要的是，馬英九政權認為，李登輝政權後半與陳水扁政權和中國對立的根源，是在於如何處理「一個中國」的爭議，因此馬英九政權希望透過所謂的「九二共識」，以建構和中國的穩定關係。所謂的「九二共識」是中國大陸與台灣之間對於「一個中國」的定義所達成的口頭共識，也因此實現了1993年中國的海峽兩岸關係協會（海協會）與台灣的財團法人海峽交流基金會（海基會）之間的首次高層會談（辜汪會談）。實際上兩岸對於該共識的解釋有所不同，但至少雙方對於使用「一個中國」這個字眼則存在著模糊的共識。[17] 而且國民黨在2008年1月的立法委員選舉大勝，使得民主進步黨對於2008年5月上台的馬英九政權的制衡功能降低，讓馬政府可以大膽地推動改善與中國關係的政策，採取恢復海基會與海協會之間的定期會談與交流、兩岸直航、開放中國大陸觀光客等一連串促進兩岸經濟的措施。

---

[17] 包宗和，「一個超越歷史侷限的兩岸觀——迎向『擱置爭議、追求雙贏』的新路線」，收於蔡朝明主編，馬總統執政後的兩岸新局論兩岸關係新路向（台北：財團法人遠景基金會，2009），頁190-194。

　　同時馬英九提出了所謂的「外交休兵」，呼籲大陸停止相互奪取對方邦交國、將對方趕出國際組織的外交鬥爭。[18] 由於傾向重視維持現狀的中國，也苦於來自陳水扁政權的「挑釁」，因此歡迎馬英九的路線轉換，使得兩岸關係進入相對穩定的局面，而美國也歡迎這樣的變化。

　　2008年末的中國對台政策，可以說是基於支援國民黨，並基於陳水扁政權時代兩岸激烈對立的反動氣勢下所實施的。如果從「對最壞事態的避險」的思維而制定「反分裂國家法」時期的兩岸局勢來判斷，這樣的對台政策是有其必要性。但對中國而言，馬英九當選後，必須因應在「兩岸關係良好時」的問題，包括如何與台灣進行政治交涉、如何對應台灣提出擴大國際活動空間之要求、如何阻止美國對台軍售等，也就是必須提出新的交往政策。

　　面臨這個轉捩點的胡錦濤於2008年除夕發表了「胡六點」，[19] 提出了因應新課題的指針。中國的對台政策其實存在著明顯的難易度，也就是所謂的「先易後難」。所謂的困難就是牽涉到雙方主權地位的問題，而除此之外的問題，如兩岸經貿交流、限定於兩岸之間簽署的協議屬於較容易解決的問題。但軍事互信機制或「和平協議」、台灣要求擴大國際空間等，就屬於比較困難的問題。[20]

　　「胡六點」則在中國對未來兩岸關係的走向上有以下的闡述：(1)建立更加緊密的兩岸經濟合作機制進程，有利於台灣經濟提升競爭力和擴大發展空間，有利於兩岸經濟共同發展，有利於探討兩岸經濟共同發展同亞太區域經濟合作機制相銜接的可行途徑；(2)我們了解台灣同胞對參與國

---

[18] 李明，「新政府兩岸外交休兵政策之理念與作為」，收於林碧炤主編，兩岸外交休兵新思維（台北：財團法人遠景基金會，2009），頁26-29。

[19] 「胡錦濤在紀念『告台灣同胞書』三十周年會上講話」，人民日報，2009年1月1日，第1版。

[20] 這裡所謂的困難度是指兩岸在有關主權爭議上的政治困難。但另一方面，台灣與其他國家談判自由貿易協議時，也存在著內部政治上的困難。

際活動問題的感受，重視解決與之相關的問題，兩岸在涉外事務中避免不必要的內訌，有利於增進中華民族整體利益，對於台灣同外國開展民間性經濟文化往來的前景可以進一步協商，對於台灣參與國際組織活動問題，在不造成「兩個中國」、「一中一台」的前提下，可以通過兩岸的務實協商做出合情合理的安排；(3)再次呼籲在「一個中國」原則的基礎上，協商正式結束兩岸敵對狀態，達成和平協議，建構兩岸關係和平發展框架。

　　第一點隱含著：如果兩岸簽訂經濟協議，也將有利於台灣加入亞太區域（包括美國）經濟合作機制。第二點則隱含著對放棄透過援助外交進行邦交國爭奪戰的「外交休兵」，做出正面的回應，並基於主權層面不妥協的前提，在某種程度下承認台灣參與國際組織的活動。第三點則是表明在一個中國原則下簽訂「和平協議」之強烈意志。

　　從筆者整理的表一即可顯示，中國在實際上如何因應或如何持續因應兩岸關係。表一左上方代表僅限於兩岸經濟關係的共識，是屬於比較容易達成的部分。截至2012年5月，兩岸已經展開了七次正式會談，也已簽訂包括兩岸「經濟合作架構協定」（ECFA）在內的許多協議，中國採購團也前往台灣大量購買台灣的產品。但如軍事互信機制（CBM）或者是和平協議等與軍事或政治有關的共識，由於牽涉到兩岸主權問題，其難度極高。

　　在牽涉到台灣與他國的雙邊關係方面，中國雖然始終未對馬政府的「外交休兵」呼籲做出任何正式回應，但事實上已經停止邦交國爭奪戰，而有關主權的原則完全不予變更，這也與台灣的主張相符合。至於台灣與非邦交國簽訂雙邊的自由貿易協議（FTA）或類似協議之可能性則增大，台灣與非邦交國的高級官員接觸層級也有可能提升。中國雖然唯獨對美國軍售強烈反對，但中國批判的主要對象是美國政府而不是台灣。

表一：關於兩岸與台灣之國際關係有關政策之政治難度

難度	限於兩岸關係	與台灣的雙邊外交關係有關的問題	與台灣參與多邊關係有關的問題
低	大陸有關單位赴台灣的採購活動、開放兩岸直航、大陸觀光客赴台觀光、兩岸協議之簽訂	停止邦交國爭奪戰、默許台灣增加高級官員的接觸、雙邊自由貿易協議（FTA）等的簽訂	默許台灣擴大參加非政府組織（NGO）與聯合國相關機關的活動、簽定區域自由貿易協議（FTA）
高	兩岸軍事互信機制（CBM）之推動、和平協議之簽訂	改變美國對台軍售政策	同意台灣獲得聯合國相關機構的觀察員資格

資料來源：作者彙整。

在有關台灣參與多邊組織方面，台灣於2009年5月出席在日內瓦舉行的世界衛生組織（WHO）年會，目前台灣方面也要求參加國際民航組織（ICAO）與聯合國氣候變化綱要公約（UNFCC），只是中國的態度仍不明朗。

2012年1月，馬英九連任成功，但兩岸關係在前述高難度的課題下會如何進展，將持續受到各方矚目。

柒、結語──下任政權如何繼承？

本文探討胡錦濤政權對台政策的形成過程與其特徵。那麼下任政權將如何繼承胡錦濤政權的政策？

中國與台灣的維持現狀架構並沒有重大改變，不僅存在著台灣海峽這個天然屏障，也無法排除美國介入之可能性，加上台灣強化了自我認同（identity）以及國家性質（stateness），使得所謂「統一祖國」的或然率幾近於零的狀態沒有任何改變。中國也仍然處於將無法達成的目標列為國

家目標之狀態。

　　但中國並非採取過往的「進步史觀」意識形態，而是在對應上越來越走向務實主義，只是其過程並不平坦。筆者在圖一歸納了中國對台政策的四種方向，若以此作為說明，過去中國的對台政策應該是在：尚處於經濟停滯不前、缺乏自信的時期、感受到危機時即仰賴武力的C象限，以及認知到尚未達到獨立之狀態、務實地選擇維持現狀的D象限之間擺盪。

　　從「反分裂國家法」到胡錦濤的「十七大報告」之間的發展來看，胡錦濤政權的對台政策並非採取企圖達成促進統一為最大目標的途徑（maximalist approach），而是轉換到企圖阻止台灣獨立、維持現狀，作為當前最低限度目標的途徑（minimalist approach）。此時對台政策的重點，主要是以透過經濟交流的對台交往政策為主，以當遇到台灣獨立時可能會祭出包括武力在內的非和平手段的避險政策為輔。

　　對中國而言，台灣問題與其說是必須立即解決的迫切問題，不如說是必須定位在自身長期和平發展，與只有擴張軍備才能解決的問題。這代表著必須讓自己富裕起來，強化與台灣的經濟關係，同時也必須等到擁有足以對台動武、有效阻止美國介入的軍事力量，才有可能實現這個目標。胡錦濤政權的做法即為：一邊對台進行懷柔政策，一邊不動聲色的進行軍事擴張，以拉近與台灣之軍事平衡。

　　如果以圖一來說明，目前中國的對台政策是位於B象限，也就是以重視交往來穩定發展。特別是馬英九政權上台後，胡錦濤將以往的政策進行調整，進一步碰觸兩岸的政治問題，或與台灣的國際關係有關的困難政策。但中國持續崛起，如果台灣的情況又再度變得難以控制時，中國可能會回歸到被民族主義所支撐、視統一為必然的「進步史觀」的政策。也就是說，如果台灣不朝向統一的方向前進，將會出現採取強硬手段的A象限的風險。原因在於中國國內的教育、宣傳、動員尚處於「進步史觀」的層次，只有極少數的政策菁英充分理解務實的「交往與避險」政策。也由於

中國共產黨將中華民族主義作為其政權正當性之依據，不論經濟如何地發展，有很大的可能性會維持「進步史觀」的政策。同時如果台灣內部再度發生政黨輪替，也不能否認兩岸關係再度出現緊張的可能性。此外，我們有必要預先思考中國經濟發生急速停滯的狀況。因為在這種情況下，馬英九政權目前所推動與中國大陸建立緊密經濟關係的路線，將會在台灣內部遭到檢討，屆時也必須將中國政府採取非常強硬的政策的可能性列入考慮。

　　胡錦濤政權的「交往與避險」政策，是一種與中國自身的發展戰略密切結合的務實政策，或許將會一成不變地被下任政權所繼承，但也存在著圖一的A象限與B象限之間擺盪的可能性，同時也必須經常考慮到逆轉回C象限的風險。而且只要中國政經情勢的不穩定性與不確實性繼續存在，也不能否定其可能成為兩岸關係發生變化的導火線。

圖一：中國對台政策傾向之四套劇本

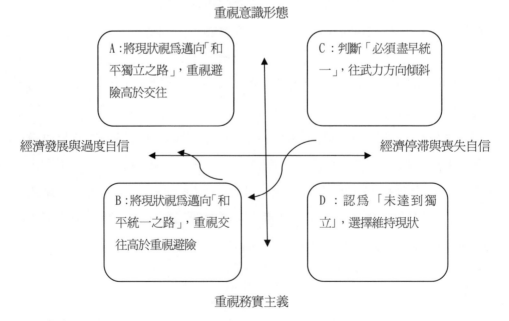

重視意識形態

A：將現狀視為邁向「和平獨立之路」，重視避險高於交往

C：判斷「必須盡早統一」，往武力方向傾斜

經濟發展與過度自信　　　　　　　　　　　經濟停滯與喪失自信

B：將現狀視為邁向「和平統一之路」，重視交往高於重視避險

D：認為「未達到獨立」，選擇維持現狀

重視務實主義

資料來源：作者彙整。

參考書目

一、 中文部分

「下月起十五種台灣水果進口零關稅──惠及廣大台灣果農」，人民日報，2004年7月29日，
　　第1版。

「中共中央台灣辦公室、國務院台灣事務辦公室授權──就當前兩岸關係問題發表聲明」，人
　　民日報，2004年5月17日，第1版。

「中國共產黨總書記胡錦濤與中國國民黨主席連戰會談新聞公報」，人民日報，2005年4月30
　　日，第1版。

「胡錦濤在看望參加政協會議的民革台盟台聯委員時強調包括台灣同胞在內的全體兒女團結
　　起來共同為推進祖國和平統一大業而努力奮鬥」，人民日報，2005年3月5日，第1版。

「胡錦濤在紀念『告台灣同胞書』三十周年會上講話」，人民日報，2009年1月1日， 第1版。

包宗和，「一個超越歷史侷限的兩岸觀──迎向『擱置爭議、追求雙贏』的新路線」，收錄
　　於蔡朝明主編，馬總統執政後的兩岸新局──論兩岸關係新路向（台北：財團法人遠景基金
　　會，2009），頁189-200。

李明，「新政府兩岸外交休兵政策之理念與作為」，收錄於林碧炤主編，兩岸外交休兵新思維
　　（台北：財團法人遠景基金會，2009），頁17-36。

胡錦濤，高舉中國特色社會主義偉大旗幟、為奪取全面建設小康社會新勝利而奮鬥──在中國共產黨第
　　十七次全國代表大會（北京：人民出版社，2007）。

徐博東，「大陸調整對台政策策略」，人民日報，2005年6月14日，第3版。

高長、王正旭，「兩岸關係的回顧、新情勢與前瞻」，遠景基金會季刊，第9卷第3期（2008年7
　　月），頁167-198。

黃嘉樹，「解讀胡錦濤對台新論述」，中國評論，總第120期.（2007年12月），頁21-22。

二、　外文部分

中川昌郎，「中台直航便と新行政院長（2005年1月）」，東亞，第453号（2005年3月），頁46-55。

松田康博，「改善の『機會』は存在したか？──中台關係の構造變化」，若林正丈編，ポスト民主化期の台湾政治──陳水扁政権の八年（千葉：日本貿易振興機構アジア經濟研究所，2010），頁231-301。

____，「蛇行する台灣の政治潮流と中台関係」，東亞，第459号（2005年9月），頁10-22。

____，「中国の対台湾政策──1979-1987年」，国際政治，第112號（1996年5月），頁123-138。

Swaine, Michael D., *America's Challenge: Engaging a Rising China in the Twenty-First Century* (Washington, D.C.: Carnegie Endowment for International Peace, 2011).

論　壇　14

中共「十八大」菁英甄補：
人事、政策與挑戰

主　　　編	陳德昇
發 行 人	張書銘
出　　　版	**INK** 印刻文學生活雜誌出版有限公司
	23586新北市中和區中正路800號13樓之3
	電話：(02) 2228-1626　　　　傳真：(02) 2228-1598
	e-mail：ink.book@msa.hinet.net
	網址：http://www.sudu.cc
法 律 顧 問	漢廷法律事務所 劉大正律師
總 經 銷	成陽出版股份有限公司
	電話：(03) 358-9000（代表號）　傳真：(03) 355-6521
郵 撥 帳 號	1900069-1 成陽出版股份有限公司
製 版 印 刷	海王印刷事業股份有限公司
	電話：(02) 8228-1290
港澳總經銷	泛華發行代理有限公司
地　　　址	香港筲箕灣東旺道3號星島新聞集團大廈3樓
	電話：(852) 2798-2220　　　　傳真：(852) 2796-5471
	網址：www.gccd.com.hk
出 版 日 期	2012年9月
定　　　價	320元

ISBN　978-986-5933-32-6

國家圖書館出版品預行編目（CIP）資料

中共「大八大」菁英甄補：人事、政策與挑戰／
　陳德昇主編. --新北市：INK印刻文學, 2012.08
　　304面；17×23公分. --（論壇；14）

　ISBN 978-986-5933-32-6（平裝）

　1.政治權力　2.中國大陸研究　3.文集

574.107　　　　　　　　　　　　　101015466